Andreas Weber, geboren 1959 in Berlin, arbeitet als Fernsehredakteur.
Zuletzt erschien im Verlag Die Hanse sein Krimi »Der Schuldschein«

ANDREAS WEBER

Tödliche Maskerade

Ein Hansekrimi

Die Hanse

Bibliografische Information Der Deutschen Bibliothek

Die Deutsche Bibliothek verzeichnet diese Publikation in der Deutschen Nationalbibliografie; detaillierte bibliografische Daten sind im Internet über http://dnb.ddb.de abrufbar.

Umschlaggestaltung: Susanne Reizlein, Hamburg
Motiv: Detail aus Ambrogio de Predis »Portrait of a Young Man«, ca. 1500
Herstellung: Das Herstellungsbüro, Hamburg
Druck und Bindung: Aalexx, Großburgwedel
Printed in Germany

ISBN 3-434-52813-X

Informationen zu unserem Verlagsprogramm finden Sie im Internet unter www.die-hanse.de

Personen

Christian Hovemann, Kaufmann aus der Hansestadt Berlin-Cölln mit verhängnisvoller Spielleidenschaft

Thomas Hovemann, von Pech und Glück verfolgter Sohn des Kaufmanns

Sieglinde Hovemann, geborene Sauertaig, eine Frau, die über sich hinauswächst

Sebastian Hovemann, Sohn von Thomas und Sieglinde, der kein Angsthase sein will

Friedelinde Hovemann, schmerzlich vermisste Tochter Christian Hovemanns

Hubertus Sauertaig, Vater von Sieglinde und ein Kaufmann, der weiß, wie man es zu etwas bringen kann

Randulf van Törsel, ein Tuchmacher, dem übel mitgespielt wurde

Marquis de Samy, einflussreicher Kaufmann mit vielen Gesichtern

Vocatus, die Stimme des Marquis de Samy

Mechthild Biggenbach, eine Amme, die fast alle Kinder der Hamburger Notabeln aufgezogen hat

Caspar Freyar, ein tüchtiger Knecht mit einem losen Mundwerk

Bruder Jacobus, ein Mönch für alle Fälle

Alexander Wadenau, Ratsherr in Hamburg, der gerne mal nach fremden Weibern schaut

Michael Wittelbach, ehemaliger Freund von Thomas, der diesem die Hand zur Versöhnung reicht

Stefan Wolk, gutmütiger Geselle, der stets zur Stelle ist, wenn man ihn braucht

Lea, ein Mädchen aus Wittenberge, das mit ihren Reizen die Geldkatzen ihrer Bewunderer zu öffnen vermag

Prolog

Geschäftliche Vorfälle des Kaufmanns Heinrich von Erp von der Art, dass sie aufgeschrieben gehören. 1376.

»Nun, da die Lust befriedet ist, die mich so stark im Banne hielt, ist es leer in mir geworden. Ich sehne mich nach einem Weibe, das mehr als nur den Trieb in mir stillt, das lieb an meiner Seite steht, wenn es bergab und auch bergauf die Wege zu beschreiten gilt.

Hovemann, von ihm selbst schriftlich eingestanden, steht in meiner Schuld, mit allem, was er sein Eigen nennt.

Es war ein feiner Zug von ihm, mir die Gespielin seiner Brut zu überlassen. Sie brachte mir ähnlichen Frieden wie die Tochter des Kaufmanns van Törsel. Dennoch verweigert er mir sein Juwel, das, was mein Herz in Wallung bringt und den Gefährten tief unten friedlich lässt. Friedelinde heißt das Mädchen, für das ich sterben würde, wollt' sie's nur. Ich hoffe auf die Hilfe Sauertaigs, dem ich auf seinen Wunsch den Nebenbuhler van Törsel abgenommen habe, indem ich ihn mit aller Freude in sein Unglück stürzte. Seitdem lacht Sauertaig das Handelsglück bei Holz und auch bei Tüchern, die Farbe uns ins Leben bringen. Gewiss wird er's mir über den Tag hinaus noch lohnen. So wird auch Hovemann mir folgen müssen.«

1

Ungestüm wie ein Ungeheuer aus den Fluten eines Ozeans tauchte Christian Hovemann aus dem Badekübel auf. Die Hände über das Gesicht reibend, fragte er, wieder zu Atem gekommen: »Na, mein Sohn, wie fühlst du dich nun als frisch gebackener Bürger der Stadt Hamburg?«

Auch Thomas saß in einem Kübel, seinem Vater direkt gegenüber. Er zuckte mit den Schultern. »Ich hatte mir den Bürgereid feierlicher vorgestellt.«

»Es ging dem Stadtkämmerer wohl auch mehr um die Höhe des Bürgergeldes als um den Eid«, sagte der Vater. »Aber du solltest froh sein, dass es in Hamburg genügt, Geld zu zahlen, und man nicht wie in anderen Städten Vermögen oder größere Besitztümer nachzuweisen braucht, um in der Stadt aufgenommen zu werden.« Und weil Christian Hovemann stets Sorge hatte, seinen Sohn könnten schon kleine Erfolge dazu verführen, sich mit dem Erreichten zu begnügen, schickte er nach: »Auch wenn du nun Bürger von Hamburg geworden bist, mit den Rechten, an allen Versammlungen der Stadt teilzunehmen, und den Pflichten, Steuern zu zahlen, hast du noch lange kein eigenes Geschäft aufgebaut und …«

»Ich weiß, Vater«, unterbrach ihn der Junge, der sich mit seinen siebzehn Jahren reif genug fühlte, sich nicht derart maßregeln zu lassen.

Hovemann lehnte sich zurück und fuhr sich durch die nassen Haare. »Du hast wirklich großes Glück, dass du morgen Sieglinde Sauertaig zur Frau bekommst.«

»Glück?«, fragte Thomas und schüttelte den Kopf.

Glück hatte es für ihn nur mit Marta gegeben. Marta, seine einzige, große Liebe, die von dem reichen Kaufmann Heinrich von Erp geschändet worden und an den Folgen verstorben war. Und es war der Mann, der ihm da gegenübersaß, der von dem geplanten Verbrechen wusste und nicht eingeschritten war, weil er sich von dem Scheusal abhängig gemacht hatte. Er hatte seine Leidenschaft, im Spiel sein Glück zu suchen, nicht eher zu zügeln vermocht, bis Haus, Hof und Ehre verwettet waren. Und nun saß der Vater da in seinem Kübel und schwadronierte selbstgerecht über das Leben. Zu gerne wäre Thomas ihm einfach über den Mund gefahren, aber er unterließ es denn doch, ihn wegen seiner Schuld an Martas Tod zur Rede zu stellen, weil er fürchtete, die Antwort könnte den Zusammenhalt der kleinen Familie zerstören. Außer dem Vater und ihm gab es ja nur noch Friedelinde, seine Schwester, denn die Mutter war bei dem verheerenden Berliner Stadtbrand wie so viele andere Menschen auch ums Leben gekommen. Über ein Jahr war das nun her, man schrieb inzwischen das Jahr 1377, und so lange gärten die Vorwürfe in Thomas wie schlechter Wein, ohne jedoch den Weg auf seine Zunge zu finden.

Und wenn es doch irgendwann passierte? Wahrscheinlich würde sich der Vater darauf berufen, dass von Erp als Ausgleich für die Spielschulden Friedelinde gefordert hatte und er, ihr Vater, doch nur aus Angst um sie so gehandelt hatte. Was bedeutete da schon das Leben von Marta, die weder von hohem Stande noch vermögend war.

Sieglinde Sauertaig, die er morgen hier in Hamburg heiraten würde, war vermögend. Und in Hamburg wollte er den Neuanfang wagen. Hier würde es ihm vielleicht gelingen, alles zu vergessen. Vergessen! Wie oft hatte Thomas versucht, die trüben Gedanken aus dem Kopf zu vertreiben. Vielleicht wäre es ihm gelungen, zumindest zu verdrängen, was ihn so bedrückte, gäbe es da nicht diese schrecklichen Aufzeichnungen, die ihm nach dem Brand in die Hände gefallen waren. Jenes Handelsbuch des Heinrich von Erp, in dem nicht nur die Geschäfte des mächtigen Kaufmanns niedergeschrieben waren, sondern in dem dieser Erp, getrieben von Eitelkeit und Spott, akribisch auch seine Schandtaten sowie die Helfer und Helfershelfer benannt hatte, als seien sie zu verwaltender Besitz.

So vermochte derjenige, der von dem Inhalt des Buches Kenntnis erhielt, Macht über die darin Genannten auszuüben.

Thomas beobachtete, wie der Vater sich mühte, Wasser aus seinem rechten Ohr zu entfernen, indem er den Kopf neigte und mit dem Zeigefinger im Gehörgang herumrührte. Trotz dieser albernen Verrenkungen strahlte er eine so unerschütterliche Selbstsicherheit aus, dass Thomas überlegte, ob es nicht heilsam für den Vater wäre, wenn er ihn doch wissen ließ, was über ihn in diesem Buch stand. Aber was würde es nutzen? Seine Hoffnung, aus dem Streit gestärkt hervorzugehen, war gering. Und die Antworten auf die Fragen, die er seinem Vater hätte stellen wollen, waren ohnehin in dem Buch zu finden.

Also sah Thomas stattdessen dem Vater zu, wie er den Lappen vom Beckenrand nahm, damit so heftig über seine Arme rieb, bis die Haut sich rötete, und dabei kundtat, dass man sich im Leben nie schonen dürfe, denn das Glück erreiche man allein durch nicht nachlassende Anstrengung und Thomas solle ruhig etwas dankbarer sein dafür, die Tochter von Sauertaig heiraten zu dürfen. Christian Hovemann hielt inne, schaute verzückt gegen die Decke und schwärmte: »Thomas und Sieglinde Hovemann. Wie schön das klingt.«

Thomas schloss die Augen und tauchte unter. Vielleicht wurde hier in Hamburg wirklich alles anders. Eine neue Stadt, andere Menschen und so mühelos, wie er als Bürger aufgenommen worden war – all das gab ihm Hoffnung. Und wenn der Vater dann wieder nach Berlin zurückkehrte, hatte er, Thomas, endlich Gelegenheit, sein Leben selbst zu planen.

Unter Wasser war die Suada des Vaters nicht zu verstehen. Thomas versuchte, so lange wie möglich die Luft anzuhalten. Das Herz schlug bereits langsamer, aber dafür umso kräftiger. Er tauchte auf und hörte den Vater sagen: »Da wundert es mich doch, dass der Ratsherr Wadenau sich so eifrig als Bürge angeboten hat. Er kennt weder uns noch die Familie Sauertaig.

Aber egal. Beliebt und geachtet zu sein ist das Allerwichtigste für einen Kaufmann. Und Wadenau hat wahrscheinlich für dich gebürgt, weil er sofort gemerkt hat, dass du es zu etwas bringen wirst. So ein erfahrener Mann hat einen Blick dafür.« Er nickte Thomas aufmunternd zu. »Na ja, nun bist du Bürger Hamburgs. Es ist zwar nicht das prächtigste Haus, das wir gekauft haben, aber bedenke, dass wir noch ein Brauhaus brauchen, um überhaupt das Recht zu erwerben, Bier herzustellen.«

Thomas besah sich seine schrumpeligen Finger. Seit einer Stunde saßen sie nun schon im Badehaus, und seitdem redete und redete der Vater.

»Genieße den letzten Tag in Freiheit. Lass mit dem Wasser dein vergangenes Leben an dir hinunterrinnen«, empfahl er nun. »Ab morgen hast du ernsteren Dingen zu folgen. Glaub mir, eine Familie zu gründen ist nichts, was schwache Schultern tragen …«

Thomas tauchte noch einmal ab.

2

Hubertus Sauertaig strich respektvoll über den Fensterrahmen und verzog anerkennend seinen Mund. Das Gasthaus, in dem er mit seiner Tochter Sieglinde untergekommen war, galt als das vornehmste und teuerste der Stadt Hamburg. Anders als in seinem Berliner Haus hingen hier nicht einfach nur gespannte Tierhäute vor den Fenstern, sondern kunstvoll verzierte Rahmen mit Bleieinfassungen boten bunten Glasscheiben Halt. Sauertaig brummte als Zeichen seiner Bewunderung. Hamburg strahlte den Reichtum hansischer Kaufleute aus. Aber auch er brauchte sich nicht zu verstecken. Er genoss den Ruf eines erfahrenen Kaufmanns, der von Holz aus Berlin und Tuchen aus Flandern bis zu Stockfisch und Feigen mit allem erfolgreich Handel trieb. Aber hier in Hamburg hatte er seinen Stand noch nicht gefunden. Er zog die Luft durch die breiten Nasenflügel.

Es roch nach Maische. An jeder Ecke dieser Stadt befand sich ein Brauhaus. Hamburg war berühmt für sein Bier und wurde wohlwollend scherzhaft mit dem Titel »Brauhaus der Hanse« geadelt. Sauertaig beobachtete diese Entwicklung argwöhnisch. Er hatte noch nicht durchschaut, wie die Hamburger es geschafft hatten, nicht nur für den eigenen Bedarf zu brauen, sondern ihr Bier auch in andere Länder zu verkaufen und sich gegen das wismarsche Gebräu oder das mit Hafer versetzte Bier aus Bremen zu behaupten. Hamburg ist eine Stadt, in der es ein fleißiger Kaufmann zu Wohlstand und Ansehen bringen kann, dachte er und beschloss, ebenfalls Fenster aus Glas für sein Haus in Berlin anfertigen zu lassen, wenn er wieder daheim war. Vorerst aber galt es, sich um andere Dinge zu kümmern. An diesem Morgen würde er seine Tochter endlich unter die Haube bringen. Mit ihren sechzehn Jahren war das überfällig. Dank des Vermögens, das er ihr mit in die Ehe geben konnte, war sie zwar eine gute Partie, trotzdem hatte sich nur schwer ein Mann für sie finden lassen, der seinen Ansprüchen genügte. Der nun Auserwählte, Thomas Hovemann, gefiel ihm, aber noch wichtiger war, dass ihn mit dem Vater des Jungen seit Jahren gute Geschäfte und so manche geheime Verabredung verbanden, auf dass eine Hand die andere reinlich halte. So waren sie sich beide in den Fragen der Heirat, was Brautschatz, Mitgift, Morgengabe und Wittum betraf, schnell einig geworden. Zudem war auch Sieglinde mit alldem sehr einverstanden. Und das umso mehr, als sie wusste, dass auf die Neigung der Frau bei der Wahl eines Ehemanns gemeinhin nur wenig Rücksicht genommen wurde.

Vater und Tochter waren also gleichermaßen zufrieden mit der bevorstehenden Eheschließung, dennoch empfand Sauertaig ein gewisses Unbehagen. Er ahnte, wie still es um ihn sein würde, wenn er demnächst ohne Sieglinde nach Berlin zurückkehrte. Wie Hovemann war auch er Witwer. Die Pest hatte ihm die Frau genommen. Ihn und Sieglinde hatte der schwarze Tod verschont, und so hatten es beide als einen Wink des Himmels verstanden, fortan füreinander zu sorgen.

Sauertaig fuhr sich durch den ergrauten Bart. Nur vereinzelt schimmerte er noch dunkel und erinnerte ihn daran, dass seine Jugend lange hinter ihm lag. »Viel Zeit wird nicht mehr vergehen, bis ich bloß noch zum Spottgreis tauge und froh sein kann, wenn nicht die Kinder auf mich zeigen und mit faulem Obst nach mir werfen«, sagte er manchmal scherzhaft.

Die Tür der Schlafkammer wurde geöffnet. Seine Tochter trat heraus, behutsam und andächtig, denn sie trug ihr kostbares Hochzeitskleid. Damit es keinen Schaden nahm, bemühten sich zwei Mägde, den dunkelblauen Samt nicht über den Boden schleifen zu lassen. Als Sieglinde den Vater bemerkte, hielt sie inne.

»Warum schaut Ihr so missmutig drein an diesem schönen Tag?«

Sauertaig rang sich ein Lächeln ab. »Nichts. Nichts, mein Kind. Die Zeit ist gekommen, da der Vogel die Tränke verlässt.«

»Ja«, unterbrach ihn Sieglinde freudig. Doch im nächsten Augenblick schon wurde auch sie ernst. »Werdet Ihr denn ohne mich zurechtkommen?«

»Sorge dich nicht um mich. Mein Leben ist gelebt. Ich habe in Berlin einige Menschen, die mir Halt geben. Allein werde ich nicht sein. Da ist ja auch noch der Vater deines Bräutigams. Und wenn es einige Berliner Kaufleute auch gerne sähen, ganz zurückziehen von meinen Geschäften werde ich mich nicht.« Lächelnd seufzte er. »Nur das väterliche Herz wiegt etwas schwer. Ich fürchte, nicht schnell genug bei dir sein zu können, sollte es dir schlecht ergehen. Hamburg und Berlin – zu weit liegen die Städte auseinander.«

Sieglinde umarmte ihren Vater. »Mit Gottes Segen und dem, was Ihr mich gelehrt habt, wird es mir kaum schlecht ergehen.«

Behutsam befreite sich Sauertaig aus der Umarmung. »Ich hoffe, dir nach dem Tode deiner Mutter die Antworten gegeben zu haben, die du sonst von ihr eingefordert hättest, mein Kind.«

Sieglinde nickte und drehte sich, das raschelnde Kleid mit seinen Unterröcken vom Boden hebend, schwungvoll im Kreis. »Wie soll ich es nur beschreiben? Er ist so schön, der Augenblick, dass ich fast wünschen möchte, er sollte nie vergehen …«

Die Mägde sorgten sich um das Kleid und liefen um Sieglinde herum, bereit, zu Hilfe zu springen, falls es sich irgendwo verhakte, bis Sieglinde innehielt.

»Aber in meine frohe Erwartung auf das neue Leben mischt sich auch Furcht, den Ansprüchen meines Bräutigams nicht genügen zu können«, gestand sie ein wenig atemlos.

Sauertaig krauste die Stirn. »Er kann sich nicht beklagen. Die Mitgift ist mehr als großzügig«, sagte er selbstbewusst.

Sieglinde sortierte die Blumen, die vorbereitet auf dem Tisch lagen. »Das habe ich nicht gemeint, Vater. Ich weiß es zu schätzen, dass Ihr mich nicht verheiratet habt allein nach den Regeln eines Kaufmanns, sondern Euch auch von meinem Wunsch habt leiten lassen.«

Sauertaig nickte. »Wohl wahr. Die Verbindung mit einer besser gestellten Familie als den Hovemanns wäre unserem Wohlstand sicherlich zuträglicher gewesen. Die letzten Jahre waren hart.«

Wenn Sauertaig von den letzten Jahren sprach, meinte er vor allem das Jahr 1376, als ein Brand die hansische Doppelstadt Berlin-Cölln in Schutt und Asche legte. Der Gedanke daran war noch immer qualvoll. Sauertaig seufzte. Nicht nur die Stadt hatte deutliche Narben davongetragen. Auch die Menschen hatten sich verändert. Friedlicher Handel war kaum mehr möglich. Wer von dem Brand besonders schwer heimgesucht worden war, hegte Neid und Missgunst gegenüber den Kaufleuten, die mehr oder weniger unbeschadet davongekommen waren. Deshalb war es auch nicht verwunderlich, wenn diese, einer nach dem anderen, der Brandstiftung verdächtigt wurden. Auch Sauertaigs Haus hatte das Feuer verschont, weil es als eines von wenigen aus Ziegeln erbaut worden war. Geschickt hatte er es vermocht, den Verdacht auf einen Mönch namens Nikolaus Hundewerper zu lenken. Dessen Schuld konnte zwar nie nachgewiesen werden, aber Volkes Seele fand ihre Ruhe, als er in das Kloster Lehnin zur geistlichen Haft verbracht worden war. Erst danach begann der Handel allmählich wieder aufzublühen, und Sauertaig nutzte die Gelegenheit und machte Geschäfte vor allem mit Baumaterial.

Grund zum Klagen hatte er also nicht. Trotzdem befolgte er das Gebot eines klugen Kaufmanns, eher zu lamentieren, als seinen Reichtum zur Schau zu stellen. Es hielt seine Handelspartner davon ab, den Preis für die Ware drücken zu wollen.

»Das Feuer hat alles verwüstet. Die Häuser und die Seelen der Menschen«, sinnierte Sauertaig.

Sieglinde stellte sich vor dem Vater auf und steckte ihm eine Margerite an.

»Seid nicht ungerecht. Ihr habt mit Hovemann zusammen einen guten Schnitt gemacht. Es steht kaum ein Haus in Berlin, das nicht mit von Euch geliefertem Holz repariert wurde. Außerdem sind wir jetzt in Hamburg, aber es scheint so, als wären Eure Gedanken nur in Berlin.« Und ehe der Vater sich gegen den Vorwurf zur Wehr setzen konnte, erinnerte sie ihn: »Ihr seid es gewesen, der mir beigebracht hat, dass auch Undank eine große Sünde ist.«

Sauertaig merkte, dass aus dem kleinen, dicklichen Mädchen eine tüchtige Frau wurde.

»Vergiss nicht, ich bin nicht aus der Welt. Wenn dich Sorgen betrüben, dann will ich hoffen, sie treiben dich zu mir.« Er schnäuzte sich. »Aber nun eile dich. Du solltest deinem zukünftigen Gemahl nicht schon am ersten Tag durch Unpünktlichkeit missfallen.«

Sieglinde nahm die Blumen vom Tisch und drehte eine zweite Blüte ab, um sie in ihrem Haar zu befestigen. Eine der Mägde kam ihr zu Hilfe, denn das Geräusch eines sich nähernden Gespanns mahnte zur Eile. Sauertaig blickte aus dem Fenster. Zwei Pferde, festtäglich herausgeputzt, tänzelten in ihrem Zaum. Sie zogen eine farbige Kutsche, die über und über mit Blumen geschmückt war. Der Kaufmann setzte seine Gugel auf, die einen derart langen Schwanz hatte, dass er ihn getrost um seinen Hals hätte legen können, und folgte der Tochter und den Mägden. Vor dem Haus drehte er sich noch einmal um.

»Die Fenster sind wirklich schön«, stellte er abermals fest und setzte sich dann mit einem tiefen Seufzer neben seine Tochter in die Kutsche, darauf bedacht, mit seiner Haltung der Würde des Tages zu entsprechen. »Kutscher, treib die Pferde an, dass sie meine Tochter in ihr neues Leben bringen!«, rief er.

Die Peitsche knallte, und das Gefährt setzte sich vom Südwesten der Stadt in Bewegung, polterte die Deichstraße entlang, an der Nicolaikirche und der alten Mühle vorbei bis zum Berg, hinter dem die Petrikirche stand.

3

Christian Hovemann stellte sich auf die Zehenspitzen, um über die Köpfe der festtäglich gekleideten Gäste schauen zu können. Er war froh, dass nicht nur einfache Bürger gekommen waren, sondern auch solche von hohem Stande. Tagelang hatte er die Wirts- und Zunfthäuser besucht, um Einladungen auszusprechen. Insgeheim erhoffte er sich davon ein wohlwollendes Willkommen für die junge Familie. Sein Plan schien aufzugehen. Der Platz füllte sich mit Neugierigen, die der Zeremonie beiwohnen wollten.

Inzwischen empfand Hovemann es sogar als eine glückliche Entscheidung seines Sohnes, nicht in Berlin, sondern in Hamburg heiraten zu wollen, weil das Fest eine gute Gelegenheit bot, sich den Einwohnern der Stadt vorzustellen.

Christian Hovemann bemühte sich, jeden Blick, den er erhaschen konnte, freundlich zu erwidern, egal, welchen Standes derjenige war, der ihm da grüßend zunickte. Unter den vielen fremden Gesichtern entdeckte er nach und nach auch bekannte: Friedelinde, seine Tochter, war da und in ihrer Nähe Caspar Freyar, ein Junge, den Thomas auf seiner ersten selbstständigen

Handelsfahrt zwischen Berlin und Hamburg kennen gelernt hatte. Er stand inzwischen als Knecht im Dienste der Hovemanns und hatte sich durch seinen Fleiß und seine Findigkeit längst unentbehrlich gemacht. Besonders freute sich Christian Hovemann, als er Bruder Jacobus, einen Franziskanermönch aus Berlin, in der Menge ausmachte. Er war über viele Jahre Lehrer und Förderer seines Sohnes gewesen. Hovemann lief, die Arme ausgestreckt, dem Mönch entgegen.

»Bruder Jacobus! Dass Ihr kommen konntet! Ihr glaubt nicht, was für eine Freude das für mich ist ...«

»Der Zufall brachte mich hierher«, erwiderte der Mönch überraschend kühl. Und als ob es ihm wichtig wäre, keinesfalls den Eindruck entstehen zu lassen, aus eigenem Antrieb gekommen zu sein, fügte er hinzu: »Der Guardian hat mich auf eine Reise nach Canterbury geschickt.«

Hovemann tat, als hätte er die Unfreundlichkeit des Mönchs nicht bemerkt, und fragte: »Was erwartet Euch dort?«

»Der Guardian hat mir die Buße auferlegt, an das Grab von Thomas Becket zu pilgern.«

Christian Hovemann nickte verständnisvoll, doch ehe er den Mönch mit einer Höflichkeit trösten konnte, sagte der: »Auch Ihr hättet wohl Grund genug, Euer Gewissen zu erleichtern.«

»Bruder Jacobus ... Ihr seid mir noch immer gram!«, stellte der Kaufmann überrascht fest.

»Wie könnte ich vergessen, dass Ihr mich damals schamlos für Euer schändliches Treiben ausgenutzt habt?«

»Ihr übertreibt, Bruder Jacobus ... Heute ist ein besonderer Tag ...«

»Auch wenn Ihr bisher womöglich die Erfahrung gemacht habt, man könne sich das Leben auf Kosten anderer erfolgreich einrichten, so solltet Ihr eines nicht vergessen: Wenn das Ende naht, wird auch der Saldo ausgeglichen.«

Hovemann war heute ganz und gar nicht danach, Vorwürfe über sich ergehen zu lassen. Zumal es über ein Jahr zurücklag, dass er Jacobus unter einem Vorwand überredet hatte, Thomas im Kloster aufzuhalten, damit der das Treffen zwischen dem Kaufmann von Erp und Marta, Thomas' Freundin, nicht stören konnte. Um den Mönch zu besänftigen, heuchelte er Einsicht: »Bruder Jacobus, glaubt mir, ich verstehe Eure Mahnung, aber ...«

»Ihr habt mich für Eure eigennützigen Ziele hintergangen!«, fiel ihm der Mönch scharf ins Wort.

»Aber ...«, druckste Hovemann. »Heute ist ein ganz besonderer Tag. Wollt Ihr da nicht lieber mit uns feiern, als ...«

Jetzt lächelte der Mönch nachsichtig und deutete auf Thomas. »Nun habe ich die Wege dieses Wirrkopfs so lange begleitet, da will ich natürlich auch dabei sein, wenn er die saftige Wiese endlich gefunden hat. Außerdem hatte ich hier im Sankt-Maria-Magdalenen-Kloster ein paar Bücher abzugeben. Eine gute Gelegenheit also, die Pflicht mit dem Angenehmen zu verbinden, indem ich meinen Auftrag erfülle und zugleich dem Fest, dessen Anlass so erfreulich ist, beiwohnen kann.«

Hovemann vermisste noch immer die gewohnte Herzlichkeit des Mönchs. »Ihr habt mir tatsächlich nicht verziehen?«, stellte er fest.

»Es geht nicht um mich«, erwiderte Bruder Jacobus und fügte hinzu: »Ihr hättet mich in Euren schmutzigen Plan nicht hineinziehen dürfen. Ihr tragt nicht nur eine Mitschuld am Tode von Marta. Ihr habt mein Vertrauen missbraucht, indem Ihr mich damals mit einer Lüge überredet habt, Thomas aufzuhalten, damit er Euch nicht in die Quere kommen konnte. So habt Ihr auch mich zum Mitschuldigen gemacht.«

»Ich bin gestraft genug, Bruder Jacobus, und als ein Mann der Kirche solltet Ihr mir verzeihen.«

Bruder Jacobus ging nicht ein auf diese Forderung. Er beobachtete Thomas, wie der mit der Fußspitze einen Stein vor sich herschob und ihn dann mit aller Wucht von sich stieß. »Ihr müsst stolz sein auf Euren Sohn«, sagte er, wie es schien, versöhnlich.

»Das will ich meinen«, bestätigte Hovemann. Auch wenn er

sich anfangs gesträubt hat, Sieglinde Sauertaig zu ehelichen, hat die Vernunft nun doch gesiegt.«

Bruder Jacobus kam nicht dazu, darauf zu antworten, denn Friedelinde, Hovemanns Tochter, hatte ihn entdeckt und begrüßte ihn freudig. »Schön, dass Ihr kommen konntet«, sagte sie. »Thomas wäre sonst gewiss traurig gewesen.«

Bruder Jacobus strich ihr über den Kopf. »Und gefällt es dir hier in Hamburg?«

Christian Hovemann legte seine Hand auf den Arm des Mönchs und sagte entschuldigend: »Wir sehen uns später.« Er wusste, wenn Friedelinde zu erzählen begann, dauerte es länger, auch weil Bruder Jacobus ein geduldiger Zuhörer war.

Christian Hovemann schaute zum Himmel. Kaum ein Wölkchen war zu sehen. Einen besseren Zeitpunkt für die Hochzeit als diese sonnigen Pfingsttage hätten sie nicht wählen können. Die Vermählung, hoffte er, würde seinen Sohn zur Vernunft bringen und vergessen lassen, was ihn so lange mit Trauer erfüllt hatte. Im Leben eines Kaufmanns ist keine Zeit, vergangenen Dingen nachzutrauern, sagte er gerne. Schließlich fiel es ihm auch nicht leicht, all die schrecklichen Ereignisse der vergangenen Zeit zu verkraften. Was würde er dafür geben, wenn seine Frau den heutigen Tag erleben könnte.

Hovemann zweifelte, ob es ihm gelungen war, die Lücke auszufüllen, die sie bei den Kindern hinterlassen hatte. »Das verdammte Feuer!«, fluchte er leise und dachte: Zumindest hat es auch diesen verdammten Teufel hinweggerafft …

Mit dem Teufel war jener Kaufmann Heinrich von Erp gemeint, mit dem viele Handel getrieben hatten, aber ungern darauf angesprochen wurden, weil diese Geschäfte nur selten der Kaufmannsehre entsprachen. Auch Hovemann hatte sich mit ihm eingelassen und allen Grund, das zu bereuen.

Hovemann stieg die Treppe zur Kirche hinauf, um nach der Braut Ausschau zu halten. Er wollte jetzt nicht an Vergangenes denken. Heute nicht. Heute sollte gefeiert werden. Aber vielleicht war ja gerade die Hochzeit der Grund, warum sich ihm längst vergessen geglaubte Erlebnisse wieder aufdrängten. Dabei wünschte er nichts mehr, als dass dieser Tag ein Neuanfang würde.

Und im Übrigen: Ihm konnte man doch keinen Vorwurf machen, dass Marta ums Leben gekommen war. Er hatte das Treffen zwischen ihr und von Erp bloß arrangiert, und auch nur gezwungenermaßen. Kein Haar hatte er dem Mädchen gekrümmt. Geschändet wurde es von diesem Ungeheuer von Erp. Hovemann schüttelte leicht den Kopf. Nein. Er hatte es ja tun müssen ...

Es begann mit einem jener Unglückstage, die ein ganzes Leben verändern konnten, erinnerte er sich, dem Tag, an dem er sich auf das Würfelspiel mit von Erp eingelassen und alles verloren hatte. Seine Schulden waren danach so hoch, dass er sie niemals hätte abtragen können. Diese ausweglose Situation hatte von Erp schamlos ausgenutzt und vorgeschlagen, die Schulden gegen eine Nacht mit Friedelinde zu verrechnen. Darauf konnte er sich doch nie und nimmer einlassen! Deshalb hatte er dann den Vorschlag gemacht, von Erp möge stattdessen mit Marta seine Lust befriedigen. So froh Hovemann auch darüber war, dass Marta nicht mehr zwischen Thomas und Sieglinde stand, ihren Tod hatte er nicht gewollt.

»Was schüttelt Ihr den Kopf?«, riss Bruder Jacobus ihn aus den Gedanken.

»Ach, nichts.« Hovemann blickte dem Mönch lächelnd ins Gesicht, was ihm in diesem Moment recht schwer fiel »Nichts! Aber seht nur, wie festlich die Tafeln geschmückt sind«, lenkte er ab.

Tatsächlich befanden sich auf dem Platz vor der Kirche zahlreiche Tische, Stühle und Baldachine. Zwei Schweine wurden bereits über dem Feuer gedreht. Etwa 300 Hühner waren für die Hochzeitsgäste vorbereitet, dazu 30 Gänse und 500 Krebse. Es roch nach gebratenem Fleisch, kostbaren Gewürzen und geräuchertem Fisch.

Bruder Jacobus nickte anerkennend. Gern hätte auch er

zugelangt, aber auf einer Pilgerreise war es ihm verboten zu schlemmen, wie es auch nicht erlaubt war, Haare und Fingernägel zu schneiden, um wollüstiger Begierde einen Riegel vorzuschieben.

Bruder Jacobus überlegte, ob er den Beginn der Pilgerreise auf den morgigen Tag verlegen sollte. Immerhin, dachte er listig, war er nach Hamburg ja hauptsächlich gekommen, um ein paar Bücher in das Franziskanerkloster zu bringen. Bei weitherziger Auslegung handelte es sich also bis hierher um eine ganz normale Reise. Die Glocken, die den Brautwagen ankündigten, rissen Bruder Jacobus aus seinen Abwägungen.

Christian Hovemann trat zu seinem Sohn und schlug ihm derb auf die Schulter. »Jetzt fängt der Ernst des Lebens an«, scherzte er. Aber die Worte lösten nicht die erheiternde Wirkung aus, die ihnen zugedacht war. Thomas stand da mit unbewegtem Gesicht. »Du wirst sehr vermögend einheiraten und hinter dir lassen, was dein Leben vorher bestimmt hat«, versuchte der Vater ihn aufzumuntern. »Sieglinde wird dir gewiss eine brave Gefährtin sein, und du wirst mit Gottes Schutz und ihrer Hilfe eine Familie gründen und viele Söhne bekommen.«

»Ja«, antwortete Thomas, und weil er sah, wie sehr den Vater die einsilbige Antwort enttäuschte, rang er sich ein Lächeln ab. Nun war es ohnehin zu spät. Er würde Sieglinde Sauertaig heiraten, die Familie dadurch wieder finanziell besser gestellt sein und er den Rest seines Lebens Marta nachtrauern. »Es ist in Ordnung, Vater. Es geht mir nur so viel durch den Kopf.«

Die Kutsche mit der Braut polterte um die Ecke. Christian Hovemann straffte sich und war bereit, den Brautvater zu empfangen. Genau vor dem Portal von St. Petri hielt der Wagen an. Die Tür wurde geöffnet. Heraus sprangen die beiden Mägde, gefolgt vom alten Sauertaig. Zaghaft lugte Sieglinde aus der Kutsche.

Christian Hovemann stieß Thomas mit dem Ellenbogen in die Seite und raunte: »Sieht sie nicht bezaubernd aus?«

Thomas, durch den Stoß leicht aus dem Gleichgewicht gebracht, verzog eher schmerzhaft als freudig sein Gesicht.

Das dunkelblaue Kleid aus teurem Samt schmeichelte Sieglindes kräftiger Figur. Üppige Stickereien und goldene Verzierungen verliehen ihr Anmut und kaschierten etwas von ihrer Fülle, die Thomas stets als dicklich benörgelt und der Vater als sinnlich und drall gepriesen hatte.

Sauertaig reichte seiner Tochter die Hand. Sie lächelte unsicher und war bemüht, eine gute Figur zu machen und der Würde des Tages zu entsprechen. Aber der Wagen war gut gefedert und schaukelte leicht. Besorgt, das Kleid könnte Schaden nehmen, wenn es an der Stufe hängen blieb, tastete Sieglinde zögernd mit ihrem Fuß nach dem Tritt. Die Umstehenden schauten gespannt, wie es der Braut gelingen würde, festen Boden unter die Füße zu bekommen. Mitleidiges Lächeln einiger Kaufleute mischte sich mit hämischem Spott neidischer Jungfern. Hovemann warf einen strafenden Blick in die Runde, bis Sauertaig das Schauspiel beendete, indem er seine Tochter kurzerhand aus dem Wagen hob. Die Umstehenden würdigten die Entschlossenheit mit Applaus.

»Ich hoffe, Ihr hattet eine sichere und angenehme Fahrt«, erkundigte sich Christian Hovemann.

»Nun ja, Ihr scherzt. Was hätte uns auf den paar Metern Schreckliches widerfahren können?«, sagte Sauertaig.

Die beiden Männer lachten. Sieglinde schaute sich nach ihrem Bräutigam um.

Thomas trat zögerlich auf sie zu, verbeugte sich vor dem künftigen Schwiegervater und dann vor Sieglinde.

Direkt vor der Kirche stand ein mit Samt bedeckter Tisch. Der Pastor von St. Petri rief: »Nun denn, lasst uns vor Gott zusammenfügen, was sich gefunden hat, auf dass es bis zum Tode Bestand hat.«

Die Stundenglocke von St. Petri schlug zehnmal. Es wurde still, denn die Zeit war gekommen, die Braut von ihrem Vater an den Bräutigam zu übergeben.

Der Geistliche bemühte sich um besondere Würde, indem er die Mundwinkel nach unten zog und die Stirn runzelte. Als er die schüchternen Blicke der Braut bemerkte, hob er die Mundwinkel wieder etwas an.

Die Hoffnung, der Allmächtige möge die Wege des Paares bis zum Tode wohlwollend begleiten, sprach er so aus, als habe er persönlich kurz zuvor Rücksprache mit ihm gehalten und sei sich nun seiner Zusage sicher.

Sauertaig fasste die linke Hand seiner Tochter und führte Sieglinde zu ihrem Bräutigam. Thomas wurde schwindlig. Seine Ohrläppchen füllten sich mit Blut. Er nahm die rechte Hand von Sieglinde, steckte den Ring nacheinander an drei Finger und sprach: »Mit diesem Ringe heirate ich dich, mit diesem Golde ehre ich dich, mit diesem Schatze beschenke ich dich.«

Sieglindes Augen füllten sich mit Tränen. Es war so still, dass man nur noch das Knistern des Feuers unter den Festbraten hörte.

4

Die strenge Mahnung, dass der Mensch nicht trennen dürfe, was von Gott zusammengefügt worden sei, war kaum ausgesprochen, da stürzten von allen Seiten die Gäste herbei, um dem Paar Glück und Segen zu wünschen.

»Lasst uns feiern und trinken. In den nächsten Tagen soll niemand behaupten können, er habe die Stadt hungrig verlassen!«, rief Sauertaig.

Der Priester war unter den Ersten an den reich gedeckten Tischen. Bruder Jacobus hatte indessen beschlossen, sich an die Regeln einer Pilgerreise zu halten, und durfte sich folglich von diesem Aufruf nicht anstecken lassen, obwohl sein Magen rumorte. Er schaute hinüber zu dem dicht beieinander stehenden Brautpaar und hörte Sieglinde sagen: »Ich will dir eine brave Frau sein.« Es stimmt wohl doch, dass die Zeit alle Wunden heilt, dachte der Mönch, als er sah, wie behutsam Thomas ihre Haube zurechtrückte.

Thomas spürte tatsächlich ein Gefühl, das er seit dem Tode Martas nicht mehr empfunden hatte. Nie war ihm aufgefallen, dass Sieglinde so liebevolle Augen hatte, die mal grün und mal grau schimmerten. Bisher war sie ihm nur plump und schlicht erschienen, so anders als das Mädchen, das er noch immer liebte und immer lieben würde. Aber er begann auch zu ahnen, dass Marta nach ihrem Tode eine Bedeutung für ihn bekommen hatte, die kein Lebender zu erringen vermochte. Allenfalls Heilige hatten diese Kraft. Vielleicht hatte er auch deswegen Sieglinde immer als wenig liebreizend empfunden.

Nun stand sie vor ihm, und es rührte ihn doch ein wenig, wie sie sich um ihn bemühte. Er nahm ihre Hände. »Ich werde treu für dich sorgen«, versprach er.

Inzwischen drängten sich alle um das Paar, sodass Bruder Jacobus sich nur mit Mühe Thomas nähern konnte. Er zupfte ihn am Ärmel. »Mein junger Freund, auch ich wünsche dir von Herzen, dass der Herrgott dich und deine Familie auf allen Wegen und bei allen Vorhaben beschützt.«

»Habt Dank für Eure guten Wünsche und all das, was Ihr für mich getan habt. Ich durfte viel von Euch lernen«, erwiderte Thomas ein wenig schwankend, obwohl noch kein Tropfen Alkohol durch seine Kehle geflossen war. In dem Gedränge fiel es ihm schwer, auf einem Fleck stehen zu bleiben. »Es war sicherlich nicht immer einfach mit mir …«

»Gottlob!«, erwiderte der Mönch scherzend und hob die Hände gen Himmel. »Aber ein gelehriger Schüler warst du. Vielleicht manchmal zu naseweis. Ich habe den Makel zu tragen, es mit meiner Lehrkunst nicht vermocht zu haben, die Erkenntnis in dir zu wecken, dass es auch Dinge gibt auf Erden, denen man besser nicht auf den Grund gehen sollte und die sogar Gefahren in sich bergen, wenn man es tut.«

Das Gedränge um das Paar nahm Thomas die Ruhe, den Gedanken des Mönchs zu folgen. »Ich werde Euch auch fortan um

Euren Rat bitten, wenn er mir fehlen sollte«, versuchte er die Rede seines Lehrmeisters abzukürzen.

»Das ist es ja, lieber Thomas. Es wird nicht gehen, denn die Pilgerreise trete ich auf Wunsch des Guardians an. Ich bin also in der Wahl meines Aufenthaltes beschränkt und werde morgen weiterziehen.« Bruder Jacobus winkte Thomas zu sich heran und flüsterte ihm dann ins Ohr: »Er hoffe, sagte der Guardian, er könne mir so Gelegenheit geben, die Muße, die er seit einiger Zeit bei mir vermisse, zurückzuerlangen. Du siehst also, Thomas, auch ich habe Lehrmeistern zu folgen.«

»Wie lange werdet Ihr für Eure Reise brauchen?«

Bruder Jacobus hob die Schultern. »Wer weiß? Ein Jahr, zwei Jahre ...« Er blickte hinunter auf seine Bastschuhe, die für weite Wege nicht geeignet schienen. »Es hängt wohl auch davon ab, wie schnell mich meine Füße tragen.«

Thomas umarmte den Mönch. »Im Abschiednehmen bin ich ein Meister geworden.«

Bruder Jacobus nickte seufzend. »Nun, ein paar letzte Worte noch.« Der Mönch legte die Hände ineinander. »Ich hoffte stets, du würdest dein Leben in den Dienst Gottes stellen und das Klosterleben als dein Heil begreifen. Deshalb habe ich versäumt, dir von dem Geist Asmodeus zu berichten. Ich nahm an, dass er nie zu einer Gefahr für dich werden könnte. Jetzt aber, da du die Ehe mit Sieglinde eingegangen bist, ändert sich das ...«

Thomas war abgelenkt. Noch immer wurden er und Sieglinde mit Glückwünschen und Geschenken überhäuft. Ein alter Mann mit einem nahezu zahnlosen Mund näherte sich ihnen, eine Schale in den Händen. Spielleute sorgten dafür, dass das eigene Wort nicht zu verstehen war. »Wer ist eine Gefahr für mich?«, fragte Thomas mit erhobener Stimme, um den Lärm zu durchdringen.

»Asmodeus! Ein Geist, der die Männer tötet, wenn sie die Ungeduld bereits in der ersten Nacht zur Wollust treibt.«

Sieglinde hörte die Worte und blickte erschrocken. Noch ehe sie fragen konnte, was für eine Gefahr ihrem Gemahl drohe, polterte der alte Hovemann dazwischen: »Bruder Jacobus, was Ihr in Jahren nicht geschafft habt, dem Knaben beizubringen, wird Euch beim Manne nicht innerhalb zweier Glockenschläge gelingen.«

»Wenn ich bei Euch die Hoffnung nicht aufgegeben habe, so werde ich sie doch bei meinem gelehrigsten Schüler nicht fahren lassen.«

Hovemann hatte Furcht, der Mönch würde mit seinen Ermahnungen kein Ende finden, nickte zustimmend und hielt Ausschau nach seiner Tochter Friedelinde, um seine Freude mit ihr zu teilen. Da Thomas nun geheiratet hatte und sich in Hamburg als Brauherr niederlassen wollte, war sie der einzige Mensch, der ihm blieb. Er stellte sich neben sie, und als er seine Hand auf ihre Schulter legte, bemerkte er, dass sie schon wieder gewachsen war. Auch wenn sie mit ihren zehn Jahren noch kindlich wirkte, war nicht zu übersehen, dass ihre Figur mit jedem Tag weiblicher, ihre Bewegungen ausgeglichener und ihr Verstand wacher wurden. »Du wirst deinen alten Vater nie verlassen, nicht wahr, Friedelinde?«, fragte er scherzhaft. Und als sie so übertrieben und unernst nickte, war er froh, dass er die Frage in Spott gekleidet hatte.

Inzwischen war es dem alten Mann gelungen, sich bis zu dem Brautpaar vorzudrängeln. Breit grinsend reichte er Sieglinde eine glasierte Schale, die mit einem roten Tuch bedeckt war. »Hier, nimm, Jungfer. Ein Geschenk, damit du dich für die erste Nacht schmücken kannst.« Er kicherte und forderte Sieglinde mit einer Bewegung des Kopfes auf, das Tuch zu lüften. Friedelinde riss sich vom Vater los, um zu schauen, was in der Schale lag. Sieglinde blickte unsicher Thomas an, und als er nickte, nahm sie mit der einen Hand die Schale und hob mit der anderen vorsichtig den Stoff an. Zum Vorschein kamen mehrere Spangen und Bänder in den verschiedensten Farben. Auch wenn der farbenfrohe Haarschmuck nicht von großem Wert war, gefiel er ihr. Sie gab Thomas das Gefäß, damit er es für sie hielt, und nahm ein Stück nach dem anderen heraus, um es zu begutachten. Friedelindes Augen leuchteten, als sie den glitzernden Tand sah. Abwechselnd steckten sich die beiden Mädchen Spangen und Bänder in das Haar. Friedelinde drehte sich stolz im Kreis. Auf der einen Seite trug sie eine Spange mit einem Mond, auf der anderen eine mit einer Sonne. Die Schale lehrte sich, bis Teile eines Bildes sichtbar wurden. Der alte Mann drängte näher, um sich nicht entgehen zu lassen, wie die Braut reagierte, wenn es vollständig freigelegt war. Sieglinde bemerkte die Ungeduld des Alten und schob den restlichen Schmuck beiseite. Was sie sehen musste, trieb ihr die Schamesröte ins Gesicht: einen Jüngling, der allzu bereit sein edelstes Teil auffordernd in die Höhe hielt. Darunter war der Spruch zu lesen: »Lass das Greifen oben sein, führe lieber unten ein.«

Während die Männer laut lachten, die Frauen feixten und die Jungfern kicherten, schaute Thomas erst böse und dann unsicher in die Runde. Als er aber den Vater und den alten Sauertaig ebenfalls lachen sah, prustete auch er los. So festlich und bunt geschmückt, wie Sieglinde war, drehte sie sich im Kreise, bis sie zu taumeln begann und Thomas sie auffangen musste. Und er tat es nicht ungern, merkte er. Nun war sie also seine Frau. Ihre blonden Locken waren aus der Haube gerutscht. Hell hoben sie sich von ihrem dunklen Hochzeitskleid ab. In ihren Augen sammelten sich Tränen, so gerührt war sie, und Thomas hatte mit einem Mal das Gefühl, dass er sich an sie gewöhnen würde. Christian Hovemann nickte ihnen aufmunternd zu und freute sich, dass sich wohl doch alles zum Besten entwickelte. Er schaute in die Runde und sah, wie Bruder Jacobus sich auf den Weg machte – ohne sich zu verabschieden. Nur Friedelinde begleitete ihn ein Stück.

Der alte Hovemann beschloss, sich ab sofort von keinen dunklen Gedanken mehr bedrängen zu lassen. Schon gar nicht von Martas Tod. – Marta? Hovemann horchte in sich hinein. Er hatte sie schon fast vergessen.

5

Sieglinde fuhr hoch und versuchte, sich zu erinnern, was es für ein Traum war, der sie so schlagartig geweckt hatte. Er war beunruhigend. Sie schaute in den bunten Stoffhimmel, der über das Bett gespannt war. Asmodeus! Jetzt war es ihr wieder eingefallen. Bruder Jacobus hatte gewarnt vor dem bösen Geist. Sie schaute neben sich, und tatsächlich: Thomas lag leblos neben ihr. Ein Arm hing aus dem Bett. Der andere ruhte unter seinem Kopf. Sieglinde beugte sich über ihn und hielt ihr Ohr an seine Nase, um zu prüfen, ob er noch atmete. Als ein leichter Hauch sie kitzelte, ließ sie sich erleichtert zurückfallen. Bruder Jacobus hatte also nicht Recht behalten. Der Geist Asmodeus war offensichtlich großzügiger als angedroht, denn Thomas lebte. Aber etwas anderes beunruhigte sie. Sein Hemd bedeckte den Oberkörper nicht vollständig. Auf der freien Stelle lag ein Amulett. Bruder Jacobus hatte es selbst gefertigt, auch das Bildnis im Innern gemalt und es Thomas geschenkt. Es zeigte die Heilige Elisabeth von Thüringen, die ein ungewöhnlich hübsches Mädchen gewesen sein musste und bekannt geworden war dafür, dass sie 1225 in der Hungersnot die eigenen Kornkammern für die Notleidenden geöffnet hatte. Das hatte Thomas ihr erzählt, ziemlich wortkarg, wie sie sich erinnerte, als sie ihn einmal nach der Kette um seinen Hals fragte. Was außerdem über die Heilige Elisabeth überliefert war, gefiel Sieglinde weniger. So sagte man ihr nach, sie hätte es geliebt, in wildem Galopp über die Felder zu reiten und ihr schwarzes Haar im Winde zur Schau zu stellen.

Vorsichtig tastete Sieglinde nach dem Amulett. Es ließ sich schwer öffnen. Sie presste die Lippen aufeinander und schob ihren Fingernagel in den Verschluss. Das Amulett sprang auf und gab das Bild frei. Sieglinde seufzte. Je länger sie das Bildnis des Mädchens mit den langen schwarzen Haaren betrachtete, desto unsicherer wurde sie, ob Bruder Jacobus wirklich die Heilige Elisabeth oder nicht doch Marta gemalt hatte.

Thomas öffnete die Augen und richtete sich auf. Behutsam nahm er Sieglinde das Schmuckstück aus der Hand. »Es gibt keinen Grund, betrübt zu sein.«

»Marta wird immer zwischen uns stehen«, sagte sie. Ihre Stimme war leise, aber nicht traurig, eher resigniert.

Thomas schüttelte den Kopf. »Du weißt, dass sie tot ist.«

Und weil er nicht einmal versucht hatte, sie zu überzeugen, dass es sich bei dem Bild auf seiner Brust um das der Heiligen Elisabeth handelte, schmerzte es Sieglinde noch mehr.

»In deinem Herzen wird sie weiterleben. Und mir kann es kaum gelingen, dir dein geliebtes Weib zu sein.«

Thomas nahm ihre Hand, die von dem neuen Ring geschmückt war, und streichelte sie sanft. Marta war in seiner Vorstellung zwar immer wunderschön, aber er merkte auch, dass seine Erinnerung an sie blasser wurde. Wenn er das Bild in seinem Amulett anschaute, fiel ihm mitunter ein ganz anderes Mädchen ein. Er hatte es getroffen, als er vor einem Jahr auf einer Handelsreise durch Wittenberge gekommen war. Es hatte wie Marta langes schwarzes Haar, aber nicht nur das. Auch Augen, Nase und Mund der Fremden erinnerten ihn an Marta. Nur dass sie keine arme Müllerstochter, sondern eine Hübschlerin war, die ihre Dienste schamlos öffentlich anbot. Vielleicht gab es von jedem Menschen irgendwo auf dieser Welt ein Gegenstück, versuchte er sich damals die Ähnlichkeit der beiden Mädchen zu erklären. Doch je länger er darüber nachdachte, desto beunruhigender war für ihn ein anderer Gedanke. Was, wenn seine geliebte Marta, die verdorbene Lea und die Heilige Elisabeth in irgendeiner Weise etwas miteinander zu tun hatten und er derjenige war, der es herausfinden musste? Womöglich war dies das zweite Rätsel, das er zu lösen hatte neben dem, das ihm das Buch des Heinrich von Erp aufgab …

Sieglinde merkte, dass Thomas mit seinen Gedanken ganz woanders war. »Wir sollten uns wieder auf dem Fest blicken lassen«, schlug sie vor. »Unsere Gäste werden sich sonst vernachlässigt fühlen.«

Thomas nickte. »Ja, du hast Recht. Lass uns zurück auf den Markt gehen. Mein Magen knurrt, als wäre er ein entlaufener Bär.«

Sie schlüpften rasch in ihre Kleider. Sieglinde ordnete ihre Haare zu einem Kranz und stülpte die Haube darüber, die sie nun als verheiratete Frau immer tragen würde.

»Hörst du?«, sagte Thomas.

Musik und Gegröle drangen zu ihnen ins Zimmer. Die Hochzeitsgesellschaft hatte sich wohl bis in die engen Gassen ausgebreitet. Solange für ausreichend Speise und Trank gesorgt war, amüsierten sich die Gäste auch ohne das Brautpaar.

Auf dem Domplatz jedenfalls ging es noch immer fröhlich zu. Mehrere Hochzeitsgäste tanzten um einen Tisch herum, auf dem ein Pfau, mit seinem eigenen Gefieder geschmückt, köstlichen Bratenduft verströmte. Jeder konnte sehen, dass die Familien Hovemann und Sauertaig weder Kosten noch Mühen gescheut hatten, sich in der Stadt bekannt und beliebt zu machen. Das siebte Fass Bier war bereits angestochen, und auch Wein floss reichlich. Paare drehten sich zu Trommeln und Flöten, sangen und jauchzten. Das laute Muhen ungemolkener Kühe in den Ställen und Höfen mahnte, wenigstens den nötigsten Pflichten nachzugehen, weshalb man den einen oder anderen davoneilen, aber schon wenig später wieder in den Armen leichter Mädchen oder unter dem Weinfass liegen sah.

Inzwischen hatte sich auch bei den Gauklern der Umgebung herumgesprochen, dass Hamburg feierte. Ein Bär wurde an einer Kette durch die Menge gezogen, auf dass sie den plumpen Zögling bewunderte. Aus den bunten Zelten auf dem Marktplatz war Gekicher und wollüstiges Gestöhn zu hören. Thomas fasste Sieglinde bei den Händen und drehte sie im Kreis. Die beiden Väter saßen neben einem Bierfass, aus dem sie einen Krug nach dem anderen zapften, und unterhielten sich, sichtlich zufrieden über das gelungene Heiratsgeschäft.

Sauertaig hob seine Hand mit dem gefüllten Becher. »Hovemann, auf Euch und Euer Geschick, die Launen Eures Sohnes im Zaume zu halten. Ich sag es frei heraus: Hätte Thomas Sieglinde nicht zur Frau genommen, wäre ihr ein Leben im Kloster beschieden gewesen ... Aber seht nur, wie ausgelassen sie miteinander tanzen.«

»Ja«, stimmte Hovemann zu und beobachtete, wie Thomas Sieglinde zu dem Schweinespieß zog, ein großes Stück herausriss und das fetttriefende Fleisch in sich hineinschlang. Hovemann grinste. »Seinem Appetit nach zu urteilen, hat mein Sohn sich ziemlich verausgabt«, sagte er. Und nach einer kleinen Pause fügte er hinzu: »Mir wäre es lieber, er würde zuerst die geschäftliche Grundlage schaffen, bevor er die Familie vergrößert.«

Sauertaig hob nun seinen Becher. »Gebt endlich Ruhe, lieber Hovemann. Jetzt wird er sein Leben nach eigenen Vorstellungen einrichten müssen.«

Hovemann seufzte und stieß mit ihm an. Das Bier floss die Mundwinkel entlang, so gierig goss er es in sich hinein. Die beiden Becher knallten gleichzeitig auf den Tisch. Sauertaig beobachtete, wie das nächste Wildschwein auf den Spieß geschoben wurde, als er von zwei Gestalten angebettelt wurde. Ein magerer, hoch aufgeschossener Kerl in verschlissenem Sackleinen und ein etwas kleinerer, stämmiger, dessen Gesicht unter einer Kapuze verborgen blieb, hielten fordernd ihre schmutzigen Hände auf. Der Hagere war besonders aufdringlich. Mit quäkender Stimme forderte er: »Eine milde Gabe ...« Und als wolle er Sauertaig verhöhnen, ließ er eine unverschämt lange Pause, bis er »... Herr« hinzufügte.

Sauertaig wurde böse. Was trieb diesen Kerl, ihn zu stören? »Nehmt Euch bloß in Acht«, rief er Hovemann zu. »Das Gesindel betrügt einen, wo es kann.« Er wandte sich an den Hageren. »Hast du Hunger?«

Der Mann nickte.

Hovemann schob mit beiden Händen die Knochen des Schweinebratens zusammen, die sich auf dem Tisch angesammelt hatten, und sagte spöttisch: »Bedient euch. Ich wünsche gut zu speisen.«

Der Dürre hatte einen Fetzen Fleisch in dem Abfall ausgemacht und stopfte ihn sich in den Mund, begleitet vom Hohngelächter der beiden Kaufleute.

Thomas verfolgte mit ungutem Gefühl, auf wessen Kosten sich die beiden angetrunkenen Väter amüsierten. Er überlegte, was seine Mutter in dieser Situation getan hätte, würde sie noch leben. Wahrscheinlich wäre sie, ohne den Vater bloßzustellen, eingeschritten, denn es war ein ungeschriebenes Gesetz, dass Bettlern eine Gabe, und sei sie noch so klein, nicht vorenthalten werden durfte.

Sieglinde stieß Thomas an. »Ich frage mich, warum die Männer dieses entwürdigende Schauspiel hinnehmen. Auch sie haben Gastrecht wie jeder andere in dieser Stadt. Sie hätten sich doch nur ein Stück Fleisch vom Spieß abschneiden müssen.«

»Vielleicht liegt ihnen mehr an Münzen«, vermutete Thomas. Er griff in seine Geldkatze, fischte einen Groschen heraus und warf ihn den Bettlern zu. »Geht eurer Wege«, forderte er, »und stört nicht länger unser Fest!«

Eilig steckte der Hagere das Geld ein, und beide Männer zogen ab, wobei der kleinere seine Kapuze zurückwarf. Zum Vorschein kam statt eines Gesichts eine finstere Maske aus Leder, mit Löchern für Mund, Nase und Augen, die aufzuleuchten schienen. Thomas starrte ihn verblüfft an, aber da verhüllte sich der seltsame Kerl auch schon wieder und entfernte sich eilig.

Als die beiden den Markt verlassen hatten, steckten die Leute ihre Köpfe zusammen, wisperten und raunten sich etwas zu. Thomas meinte herauszuhören, dass von einem Marquis die Rede war, aber worum es ging, blieb ihm ein Rätsel.

Das Fest begann sich gleich darauf ohne ersichtlichen Anlass aufzulösen. Die Leute spazierten einfach davon, ohne ein Wort des Dankes.

»Wo wollt ihr hin?«, nuschelte Sauertaig. »Ihr werdet euch doch wohl nicht von solchem Gesindel vertreiben lassen.« Er lachte auffordernd, um die Stimmung zu verbessern, aber die Leute reagierten nicht.

Hovemann zapfte frisches Bier. »Solchem Pack scheint man in dieser Stadt mehr Respekt zu zollen als uns«, schimpfte er.

Das Wildschwein war inzwischen angebrannt, weil sich niemand mehr darum kümmerte, dass es gedreht wurde. Caspar, der Knecht, riss sich von dem noch genießbaren Teil ein Stück ab und rief übermütig: »Ist doch nicht schlecht, wenn mehr für uns bleibt.«

Hovemann lallte: »Wir sollten uns nicht die Laune verderben lassen.« Dann fiel sein Kopf auf den Tisch.

Thomas wollte nach dem Vater sehen, als er einen Mann sagen hörte: »Ihr habt zwar den Bürgereid geleistet, aber um von den Hamburgern aufgenommen zu werden, steht Euch noch einiges bevor.«

Thomas drehte sich um. Hinter ihm stand der Ratsherr Alexander Wadenau, der sich genüsslich eine Feige in den Mund steckte und Sieglinde ziemlich respektlos musterte.

»Was meint Ihr damit?«, fragte Thomas.

Die Frucht schien dem Ratsherrn nicht zu schmecken. Er verzog das Gesicht und spuckte sie auf den Boden.

»So, wie Ihr Euch zu den Bettlern verhalten habt, darf man allenfalls mit üblem Gelichter umgehen.«

»Was meint Ihr damit?«, fragte Thomas nochmals, bekam aber auch diesmal keine Antwort. Im Gegenteil. Der Ratsherr wandte sich wortlos ab. Erst als Sieglinde die Frage wiederholte, hielt er inne und lächelte hintergründig: »In dieser Stadt folgt man eigenen Regeln.« Wadenau richtete seine schwere Kette, die er um den Hals trug, und verschwand ohne Gruß. Thomas sah ihm erstaunt nach. Was veranlasste diesen hoch angesehenen Mann, armselige Bettler unter seinen Schutz zu stellen?, wunderte sich Thomas.

Sauertaig ließ ihm keine Gelegenheit, darüber nachzudenken, denn er stimmte ein Lied an: »Schenkt voll ein …« Aber so laut er seine Stimme auch hob und sich mühte, die verbliebenen Gäste aufzuheitern, die Freude am Fest war verflogen.

»Dann eben nicht«, maulte Hovemann, der mit letzter Kraft seinen Kopf in die Höhe hielt und über den Platz sah. »Sagt Friedelinde Bescheid, dass wir gehen.«

Thomas schaute in die Runde. Der Platz leerte sich allmählich, aber Friedelinde konnte er nirgendwo entdecken. »Wo ist sie eigentlich?«

Mit einem Schlag war Hovemann nüchtern. »Ich habe sie schon lange nicht gesehen.« Er sprang auf, lief ziellos umher und rief mit unsicherer Stimme: »Friedelinde! Friedelinde …«

Sauertaig verzog das Gesicht. »Was verbreitet Ihr für eine Unruhe?«

»Wo ist Friedelinde?«, rief Hovemann erneut über den Platz. »Hat jemand meine Tochter gesehen?«

»Sie wird längst zu Hause sein«, vermutete Sauertaig.

Hovemann ließ sich nicht beruhigen. »Bruder Jacobus …«

Thomas verstand nicht, warum der Vater derart aufgeregt war. »Was ist mit Bruder Jacobus?«

Hovemann setzte sich. »Er hat mir prophezeit, dass etwas Schlimmes passieren wird.«

»Der Alkohol hat ihm den Kopf vernebelt«, meinte Sauertaig mitleidig. »Was soll denn der Mönch mit dem Mädchen …«

Sieglinde ging vor Hovemann in die Knie. »Was hat er gesagt?«

Hovemanns Blicke wurden hektisch. »Ich werde für alles bezahlen müssen.«

Sieglinde konnte sich keinen Reim auf die Worte machen. Nur Thomas ahnte, was damit gemeint sein könnte.

»Vielleicht liegt sie inzwischen wirklich schon in ihrem Bett«, versuchte er sich und den Vater zu beruhigen.

Und Sauertaig, dem der Tumult zu viel wurde, bestärkte ihn: »Es war ein anstrengender Tag.«

6

Friedelinde war nicht zu Hause.

»Wir müssen die Stadt absuchen. Irgendwo wird sie schon sein«, sagte Thomas so gelassen wie möglich.

Hovemann saß auf der Bank, die Arme auf den Tisch gestützt und das Gesicht in den Händen vergraben. »Ich spüre, dass ihr etwas zugestoßen ist.«

Sauertaig stöhnte: »Also jetzt nehmt Euch mal zusammen. Es wird ihr langweilig geworden sein, und sie ist die Stadt erkunden gegangen. Vielleicht hat sie sich auch irgendwo ins Gras gelegt, weil sie müde geworden ist.«

»Wir sollten nicht länger reden, sondern zurück zum Marktplatz gehen. Vielleicht sucht sie uns inzwischen dort«, sagte Sieglinde entschlossen.

Thomas schaute etwas verwirrt, weil er solch einen beherzten Ton vorher nie von ihr gehört hatte. Aber es klang vernünftig, was sie sagte.

Also wurde verabredet, sich in der Stadt Straße für Straße umzusehen. Thomas und Caspar wollten Richtung Pferdemarkt an der Jacobikirche beginnen. Hovemann und Sauertaig entschieden sich für die Deichstraße hinter der Nicolaikirche.

Sieglinde sollte das Haus hüten, für den Fall, dass das Mädchen sich hier einfand.

Als die Männer fort waren, ließ sich Sieglinde auf einen Schemel nieder und seufzte bekümmert. Warum musste ausgerechnet ihre Hochzeit ein so unschönes Ende nehmen? Aber weit konnte Friedelinde ja nicht sein, beruhigte sie sich und beschloss, statt herumzusitzen und zu warten, etwas zu tun. Als Erstes wollte sie eine Aufstellung der Dinge anfertigen, die sie für die Hausarbeit noch benötigte. Sie nahm nacheinander Schüsseln, Grapen, Löffel und Messer aus den Truhen, breitete alles auf dem Tisch aus, prüfte und zählte die einzelnen Stücke. Ihre Aussteuer war üppig. Dennoch würde sie in den nächsten Tagen zusätzliches Glas aus Köln und Tonwaren aus

Süddeutschland anfordern. Sie stellte das Geschirr wieder zurück an seinen Platz und schaute in die Truhe, in der Stoffe, Kleider und Wäsche aufbewahrt waren. Der schwere Deckel war nur mit Mühe zu öffnen. Obenauf lagen mehrere Tuche für Vorhänge. Sie strich über das Gewebe und spürte zu ihrer Verwunderung einen festen Gegenstand darunter. Sie konnte sich nicht erinnern, Derartiges in die Truhe getan zu haben. Behutsam fasste sie unter das Leinen und förderte ein Buch zutage. An den Rändern war es verkohlt. Auf dem Deckel stand etwas geschrieben, das sie nur schwer entziffern konnte. Sie wischte mit der Hand den Staub weg und las: »Geschäftliche Vorfälle des Kaufmanns Heinrich von Erp von der Art, dass sie aufgeschrieben gehören. 1376.«

1376.

Das war letztes Jahr, dachte Sieglinde, als es in Berlin und Cölln so schrecklich gebrannt hatte und so viele Menschen umgekommen waren, auch dieser von Erp.

Vorsichtig öffnete sie den Deckel des Buches. Die ersten Seiten waren fast bis zur Unkenntlichkeit durch das Feuer zerstört. Nur ein paar Sätze waren noch zu entziffern.

»12. Februar 1376

Das Jahr ist jung, und die Geschäfte gehen gut. Es ist geglückt, Kastanien zu verkaufen. In der Stadt und auch auf dem Land vergnügt man sich mit dem gerösteten Naschwerk.

Ich ließ sie sammeln einst, aus einer Laune nur, und dachte, wie ist es schön, was mir der Herrgott als Geschenk mit auf die Erde gibt, damit ich es verkaufen soll …«

Sieglinde setzte sich. Über diesen von Erp hatte sie einiges gehört. Unter anderem, dass er einer der windigsten Kaufleute von Berlin gewesen sei, der es geschickt verstanden hatte, sich Menschen gefügig zu machen, indem er ihnen mit Gefälligkeiten diente. So fanden sich genügend arme Sünder, die sich bei ihm hoch verschuldeten und dann die niederträchtigsten Dienste für ihn verrichten mussten. Sieglinde erinnerte sich, wie erleichtert so mancher war, als er hörte, auch von Erp sei in den Flammen umgekommen.

Sie starrte auf das Buch in ihren Händen, in dem offenbar die letzten Tage vor dem Tod des Scheusals beschrieben waren. Aber sie konnte sich beim besten Willen nicht erklären, wer es in ihrer Wäschetruhe versteckt hatte und warum.

Sie versuchte sich zu erinnern, was damals passiert war. Von ihrem Vater wusste sie, dass der alte Hovemann hoch verschuldet gewesen war, weil er im Spiel gegen von Erp sein Hab und Gut gesetzt und verloren hatte. Und noch etwas fiel ihr ein. Vor dem Brand war die Stadt in Aufregung, weil jemand die Tochter des Kaufmanns Randulf van Törsel geschändet und getötet hatte. Kurz danach ereilte Marta das gleiche Schicksal. Den Mörder hatte man nicht gefunden, zumal die Stadt ja kurz danach in Flammen stand und andere Probleme wichtiger wurden. Zudem war Marta ein einfaches Mädchen und auf sich allein gestellt gewesen, und den Kaufmann van Törsel hatte man nach dem grausamen Tode seiner Tochter plötzlich nicht mehr gesehen. Jeder hätte es verstanden, wenn er alles darangesetzt hätte, den Mörder seiner Tochter zu finden, um ihn zu richten. Aber ihm fehlte wohl die Kraft dazu. Vielleicht war auch er in den Flammen umgekommen.

Thomas vermutete in Heinrich von Erp den Mörder seiner geliebten Marta, wollte darüber aber nie sprechen, sondern fügte sich still trauernd den Heiratsplänen seines Vaters. Sieglinde seufzte bekümmert. Sie wusste, dass es so war.

Vorsichtig blätterte sie weiter.

»13. Januar 1376

Es ist fast so, wie wenn es Frühling wird und vor Lebenslust das Herz beginnt, schneller zu schlagen. Sauertaig hat mich gebeten, ihn zu besuchen. Es war ein heikler Wunsch, den er mir vortrug. Ein Kaufmann namens van Törsel kreuze seine Wege im Handel mit Tuchen. Zwar würde der sie auch in Berlin fär-

ben wie Sauertaig. Die Farben allerdings führe er ein aus fernen Landen, und kein Mensch vermochte bisher herauszufinden, woher er sie bezieht. Sauertaig, darüber sehr ärgerlich, fragte mich, ob ich, bekannt für gute Ideen, nicht Ausweg wüsst' aus dem Dilemma. Eine Hand soll die andere reinlich halten, gab ich zurück. Sein erfreutes Gesicht lässt mich sicher sein, auf ihn bauen zu können in ähnlich schwieriger Lage.«

Noch ehe Sieglinde begreifen konnte, dass also auch ihr Vater aus den Verbrechen von Erps seinen Nutzen gezogen hatte, mehr als sie zu fürchten gewagt hatte, wurde sie aus ihren Gedanken gerissen. Sauertaig, Thomas und der alte Hovemann kehrten zurück und sprachen aufgeregt miteinander. Sie schlug das Buch zu, etwas zu heftig, sodass die Asche des Pergaments sich von einigen Seiten löste und hinabrieselte. Rasch legte sie es wieder unter den Stoff in der Truhe und schloss den Deckel. In dem Moment betraten die drei Männer das Haus – ohne Friedelinde.

»Ist sie hier?«, fragte der alte Hovemann und ließ sich erschöpft auf einen Stuhl fallen.

Sieglinde drehte sich schnell von der Truhe weg. »Nein!«, sagte sie mit klopfendem Herzen.

Hovemann rieb sich mit den Händen verzweifelt über das Gesicht. »Wo sollen wir jetzt noch suchen? Wir sind die ganze Stadt abgelaufen. Caspar ist noch immer unterwegs.«

Sieglinde setzte sich zu ihm. »Hat denn niemand sie gesehen?«

Sauertaig lief durch das Zimmer. »Zuletzt soll Bruder Jacobus bei ihr gewesen sein.«

Hovemann nickte. »Bruder Jacobus!«

»In welchem Ton Ihr den Namen aussprecht …«, wunderte sich Thomas.

»Wir sollten dem Burschen hinterher«, sagte Hovemann aufgebracht.

Thomas schüttelte den Kopf. »Was meint Ihr damit?«

»Wahrscheinlich hat er sie mitgenommen, weil er mich strafen will«, erklärte Hovemann.

»Was ist das für ein Unsinn, Vater?«

Sauertaig lief noch immer durch die Stube, den Blick auf den Boden gerichtet. »Habt Ihr nicht mal gesagt, sie badet so gern – wenn sie nun ertrunken ...«

»Nein«, unterbrach Thomas. »Wir brauchen Leute, die uns helfen. Hamburg ist zu groß für uns vier.«

»Du hast völlig Recht«, bestätigte Sauertaig und schlug auf den Tisch. »Dieses ewige Jammern geht mir auf die Nerven. Wir werden sie finden, verdammt noch mal!«

Durch den Schlag rutschte eine Schere vom Tisch, und als Sieglinde sie aufhob, bemerkte sie auf dem Boden eine Seite des Buches. Sie wendete ihren Blick rasch wieder ab. Aber es war zu spät. Thomas hatte das Blatt im gleichen Moment entdeckt, bückte sich, nahm das Pergament und rollte es zusammen, wobei er Sieglinde einen strengen Blick zuwarf.

Sein Vater sah ihn fragend an, aber Thomas wiegelte ab: »Es ist nichts, nur ein paar wertlose Gedanken, die ich aufgeschrieben habe.«

7

Auch am nächsten Tag und in der darauf folgenden Nacht suchten Sauertaig, Hovemann, Caspar und Thomas die Stadt nach Friedelinde ab. Sie fragten jeden, der ihnen begegnete, nach dem Mädchen, aber meist ernteten sie nur ein Achselzucken. Der Rat veranlasste nur widerwillig, dass ein paar berittene Büttel der Stadtverwaltung die Suche auf die Umgebung der Stadt ausweiteten. Aber von Friedelinde fand sich keine Spur. Nur die Gerüchte wucherten. Während die einen vermuteten, dass das Mädchen außer Landes verschleppt worden war, um als Magd verkauft zu werden, bestätigten andere, es zuletzt mit Bruder Jacobus gesehen zu haben.

Mit jedem Tag, an dem Friedelinde verschwunden blieb, fiel der alte Hovemann mehr in sich zusammen. Es war bereits der siebte Tag vergangen ohne ein Lebenszeichen von ihr, und Thomas hatte kaum noch Hoffnung, seine Schwester jemals wiederzusehen. Er fühlte sich erschöpft und leer. Bald dämmerte der Morgen. Die Väter und Caspar waren immer noch unterwegs, und Sieglinde schlief. Es war so still im Haus, dass Thomas das Gebälk knacken hörte. Er spürte die Müdigkeit in allen Gliedern. Der Kopf schmerzte, und er hatte das Gefühl, als müsse er nur aufwachen, dann wäre er ein unverheirateter Bursche und säße mit seinem Vater im Badehaus.

War es zu früh, das Schlimmste anzunehmen? Seit dem Brand in Berlin und dem Tod der Mutter schien ihm sein Leben wie von fremder Hand gelenkt. Und das machte ihm Angst. So wie dieses Buch ... Das Buch!

Thomas öffnete die Truhe und nahm es voller Ehrfurcht heraus. Warum drängte es ihn, ausgerechnet jetzt darin zu lesen ...? Vielleicht weil es ihn inzwischen doch weniger ängstigte als vordem. Was konnte noch an Unglück passieren, was nicht schon geschehen war? Und wenn das Buch die Prophezeiung war, für die er es hielt, war es vielleicht an ihm, sich ihr zu stellen ...

»2. Februar 1376

Es scheint verhext. Bis heute ist es nicht gelungen, van Törsels Geheimnis auf die Spur zu kommen, woher er seine Farben bezieht. Das muss der Neid ihm lassen, sie leuchten prächtig. Umso mehr ist der Ärger zu verstehen, der Sauertaig umtreibt. Und noch ein prächt'ges Licht umgibt den Kaufmann. Ein Töchterchen, so rein und jung, von zierlicher Gestalt und Vollkommenheit, zu schad, um sie allein an Arbeit zu verlieren.«

»4. Februar 1376

Nun ist sie mein auf ewig. So, wie es Weiber tun, gefiel es ihr zu flüchten. Sie lief davon. Ich folgte ihr. Die Zier schien mir gespielt zu sein. Sie fand den Frieden, gekleidet in leuchtend Stoff. Was kann es Würdigeres geben für solch ein hübsches Kind?«

Thomas starrte auf das Geschriebene. Es war das Geständnis des Mordes an der Tochter Randulf van Törsels, eines Kaufmanns, der mit Tuchen aus Flandern gehandelt hatte. In den Stoffballen des Vaters war sie gefunden worden, entehrt und ihrer Haare beraubt.

»5. Februar 1376

Van Törsel hat die Stadt verlassen. Er soll allein gewesen sein. Sauertaig zeigte sich erfreut darüber, obgleich er beklagte, dass die Färbermeister des Mordes beschuldigt und die Gesellen gerichtet worden seien. So treibt das Leben Schabernack, denn der Gewinn, den Sauertaig erhoffte, wenn van Törsel sein Geschäft aufgibt und er es übernimmt, bleibt somit aus. Sauertaig wird sich umsehen müssen, solch gute Färber zu finden, wie van Törsel sie hatte.

Er fragte nicht danach, wie es zu dem kam, was er Unglück nannte. Die Furcht vor meiner Antwort hielt ihn wohl zurück.«

Thomas sprang auf. Wenn auch Hubertus Sauertaig von dem Mord wusste und wie der Vater aus der Tat Vorteil zu ziehen suchte, hatten die beiden vielleicht sogar dafür gesorgt, dass van Törsel aus der Stadt verschwunden war …? Das Buch musste vom Teufel sein, dachte er verzweifelt.

Er starrte auf die eng beschriebenen Seiten. Niemals konnte er die Fragen, die ihn jetzt mehr denn je quälten, seinem Vater oder dem alten Sauertaig stellen. Spräche er sie aus, würde er unweigerlich den Zusammenhalt der Familie zerstören. Das Beste wäre, überlegte er, das Buch würde ein für alle Mal aus der Welt geschafft.

Aber durfte man ein Buch vernichten, in dem die Wahrheit

stand? Und wie sollte er es tun? Wenn es tatsächlich ein Machwerk des Teufels war, könnte ihm das nicht gelingen.

Entschlossen klemmte Thomas das Buch unter den Arm und verließ das Haus.

Draußen begann es hell zu werden. Weit war es nicht von der Brauerstraße bis zur Schmiede in der Nähe des Doms. Auf den Straßen herrschte bereits Geschäftigkeit. Er lief an den Häusern des Reichenufers entlang. Hier vernahm er schon den Klang von Eisen, das auf Eisen geschlagen wurde. Die Schmiede war nicht mehr weit.

»Guten Morgen, Meister«, grüßte Thomas. »Euer Fleiß ist bis über die Elbe zu hören.«

Der Schmied legte nur ganz langsam, als müsse er mit seiner Kraft haushalten, den Hammer aus der Hand, wischte sich den Schweiß von der Stirn und fragt: »Was führt Euch zu mir, Fremder?«

»Noch sind wir fremd, aber es soll nicht lange so bleiben. Thomas Hovemann ist mein Name. Wir sind aus Berlin und gekommen, um in das Braugeschäft einzusteigen.«

»Da seid Ihr bei mir falsch«, gab der Schmied Bescheid. »Ich brauche nur Eisen, Feuer und Wasser.«

»Nein, Bier will ich Euch auch nicht verkaufen. Ich komme mit einem Problem. Es ist von der Art, wie Ihr es sicherlich nicht häufig zu lösen habt.« Thomas deutete auf den Amboss. »Wie ich sehe, seid Ihr ein Mann, der sein Handwerk versteht. Deshalb bin ich voller Zuversicht, dass Ihr mir helfen könnt.«

»Auch wenn Ihr herumzwitschert wie Vögel beim Nestbau, wird es nicht billiger. Sprecht, wie kann ich Euch behilflich sein?«

Thomas zeigte dem Schmied das Buch. »Ich möchte, dass Ihr es in Eisen schlagt und verschließbar macht mit nur einem Schlüssel, sodass ich allein entscheiden kann, wer von dem Inhalt Kenntnis erlangt.«

Der Schmied sah auf das Buch. »Ist es so wertvoll, oder geht Gefahr von ihm aus, dass Ihr es in Ketten legen wollt wie einen

Gefangenen?«, fragte er und ahnte nicht, wie nahe er mit seiner Vermutung lag.

Thomas drückte das Buch fest an sich.

Der breite Mann zog ein Tuch aus der Tasche und schnäuzte sich. »Ihr werdet es mir aber geben müssen, wenn ich ihm die Freiheit entziehen soll.« Seine wulstigen Finger griffen nach dem Buch. Nur ungern ließ Thomas es sich aus den Händen nehmen.

»Wie lange werdet Ihr brauchen?«

»So lange, wie die Arbeit braucht.«

»Vier Tage?«

Der Schmied legte das Buch auf einen Tisch und wandte sich wortlos wieder seinem Amboss zu.

8

Unzählige Male war der alte Hovemann das Ufer der Elbe hinter dem Brokthor abgelaufen bis zu den Gräben und Hügeln der Landwehr. Nun setzte er sich erschöpft auf einen Findling. So spurlos verschwindet ein Mensch nur, wenn das Wasser ihn zu sich nimmt, dachte er. Aber war es nicht noch zu kühl, um zu baden? Und hätte man dann nicht Kleidungsstücke finden müssen?

Hovemann schloss die Augen und presste die Hände vor das Gesicht. Wenn man dem Plätschern des Flusses nur oberflächlich lauschte, schien es stets gleich zu sein. Hörte man genauer hin, veränderte sich das Geräusch von Augenblick zu Augenblick, je nachdem, was die Elbe mit sich führte.

Immer wieder kam Hovemann Bruder Jacobus in den Sinn. Friedelinde war bei ihm gewesen, als er zur Pilgerreise aufgebrochen war. Er hatte es selbst gesehen. Natürlich. Bruder Jacobus hatte es nicht verwinden können, damals von ihm getäuscht worden zu sein. Und deshalb …

Jetzt war Hovemann alles klar. Dieser miese kleine Mönch

hatte Friedelinde überredet, ihn zu begleiten, wohin auch immer, und das nur, um ihn, Hovemann, zu strafen! Er brauchte nur dem Mönch zu folgen, und dann wollte er ihm schon Bescheid geben, diesem falschen Heiligen ...

»Hovemann?«

Der alte Kaufmann sprang erschrocken auf. Da stand schon wieder ein Landstreicher. Die Kleidung war zerrissen, und auch ein Bad hatte diese klägliche Gestalt lange nicht gesehen.

»Woher kennst du meinen Namen?«

Das Gesicht des Bettlers zeigte keine Regung. Nur müde und stumpf sah es aus. Die Belehrung Wadenaus noch im Ohr, was den Umgang mit Bettlern in dieser Stadt anging, fingerte Hovemann nach einem Groschen. Da streckte der Kerl ihm seine Faust entgegen, in der er offenbar etwas verbarg. Hovemann trat einen Schritt zurück. Auf dem Handrücken waren Pusteln und Spuren mangelnder Reinlichkeit zu entdecken. Der Bettler drehte die Faust. Hovemann schaute abwechselnd in das Gesicht des Mannes, dann auf die geschlossene Hand, die sich langsam öffnete. Hovemann wankte, verlor das Gleichgewicht und fiel zurück auf den Stein. In der Handfläche lagen die Spangen, die Friedelinde sich bei der Hochzeitsfeier ins Haar gesteckt hatte, eine verziert mit dem Mond, die andere mit der Sonne.

Hovemann sprang wieder auf. »Woher hast du die? Wo ist sie?« Weil der Bettler schwieg, packte er ihn an der Kleidung. »Was hast du ihr angetan?«

Der alte Mann sackte zusammen und lag auf dem Boden, noch ehe ihn Hovemanns Faust treffen konnte. »Ihr erkennt mich noch immer nicht?«, schrie er ängstlich.

Hovemann hielt inne. Das Gesicht kam ihm jetzt doch bekannt vor. »Van Törsel ...?«, fragte er zögernd.

Der Mann kniff die Augen zusammen. »Ja, Ihr habt sicherlich nicht mehr damit gerechnet, mich jemals wiederzusehen.«

»Aber was tut Ihr hier in Hamburg? Und wie kommt Ihr zu diesen Haarspangen?«

Van Törsel erhob sich und zeigte das Elbufer entlang. »Sie lagen nicht weit von hier.« Er reichte sie Hovemann. »Das Wasser raubt nur die Seelen, den Körper gibt es wieder her.«

Hovemann hielt die Spangen in der Hand, als seien es Edelsteine von besonderem Wert. Seine Augen füllten sich mit Tränen.

Van Törsel nahm einen kleinen Stein und warf ihn in das Wasser. »Glaubt mir, ich weiß, wie es ist, ein Kind zu verlieren.«

Der Tonfall verunsicherte Hovemann. Es war nicht nur Anteilnahme, was er heraushörte. »Was meint Ihr damit?«, fragte er unsicher.

»Nicht mehr, als ich gesagt habe.« Und nach einer kleinen Pause fügte van Törsel hinzu: »Es ist Euch und Sauertaig nicht schlecht ergangen, nachdem ich mich aus meinen Geschäften habe zurückziehen müssen.«

»Was wollt Ihr damit sagen?«

Van Törsel schaute auf das Wasser. »Nichts, nur dass Ihr sehr fleißig seid.« Er kniff die Augen zusammen und deutete auf seine zerschlissenen Kleider. »Ich habe es nicht so weit gebracht.«

»Warum habt Ihr auch Euer Geschäft aufgegeben?«

Van Törsel lächelte bitter. »Ich habe erst nach dem Tode meiner Tochter gemerkt, dass sie der eigentliche Antrieb für mich war, immer für Brot auf dem Tisch zu sorgen und etwas Vorrat zu haben für schlechte Zeiten. Für mich allein ...« Er hob die Schultern und ließ sie wieder fallen. »Was lohnt da die Plackerei?«

»Einmal Kaufmann, immer Kaufmann«, erwiderte Hovemann.

Van Törsel schüttelte den Kopf. »Ich habe andere Ziele.«

Hovemann versuchte sich vorzustellen, welche Ziele der heruntergekommene Mann noch im Sinn haben könnte außer einer warmen Mahlzeit. Aber fragen mochte er nicht.

Nach einer Pause seufzte van Törsel. »Ich habe erst überlegt, ob ich aus dem Leben gehe ...«

»Das ist Sünde«, fuhr Hovemann dazwischen.

»Ja. Ich hab mir dann auch gesagt, was soll ich mich davonschleichen, wenn ich das, was mich am meisten beschäftigt, nicht zu Ende gebracht habe?«

»Was ist es, das Euch umtreibt?«

Van Törsel stellte sich vor Hovemann und verschränkte die Arme. »Ich werde sie alle die gerechte Strafe spüren lassen …« Und wie ein Pfeil, der abgeschossen wird, um den Gegner mitten ins Herz zu treffen, fügte er hinzu: »… die Mörder meiner Tochter.«

Hovemann reichte Randulf van Törsel fahrig die Hand. »Wenn ich Euch irgendwie helfen kann, so lasst es mich wissen.« Und er wiederholte unsicher lächelnd: »Einmal Kaufmann, immer Kaufmann.«

9

Vier Tage später lagen die beiden Spangen noch immer so auf dem Tisch, wie Hovemann sie hingelegt hatte. Keiner wagte es, sie anzurühren. Hovemann starrte sie an, während er sich mit der Hand durch den Bart fuhr, der ihm inzwischen gewachsen war. Er zwirbelte die Haare zwischen den Fingerkuppen, weil seine Gedanken keine Ruhe fanden. Er, der sonst sehr auf Reinlichkeit achtete und in guten Zeiten mindestens zweimal wöchentlich das Badehaus aufsuchte, ließ sich nun gehen. Weder waren ihm die Kleider wichtig, noch kämmte er sich das Haar. Jetzt hob er den Kopf, und seine Blicke wanderten ruhelos durch den Raum, der seine Trostlosigkeit nur noch verstärkte. Es war dunkel. Türen und Fenster waren verschlossen. Eine kleine Öllampe sorgte dafür, dass die schwachen Schatten der um den Tisch Sitzenden sich an den Wänden abzeichneten.

Sauertaig wäre am liebsten längst wieder nach Berlin zurückgekehrt. Zu lange schon ruhten seine Geschäfte. Er atmete tief und hörbar, um die Stille zu durchbrechen.

Hovemann schien zu spüren, dass Sauertaig die Geduld verlor. Er deutete auf den Haarschmuck. »Sonne und Mond«, sagte er.

Er schaute Sauertaig an, dann Thomas, Sieglinde und schließlich Caspar, als erwarte er von ihnen zu hören, ob nicht vielleicht diese Spangen Friedelindes Verschwinden erklären könnten. »Ausgerechnet Mond und Sonne«, murmelte er vor sich hin, »was gleichbedeutend ist mit Kirche und Kaiser – Glanz und Abglanz hat sie sich ausgesucht.«

Die anderen sahen sich betreten an. Sie fürchteten um den Verstand des gramgebeugten Mannes. Selbst Caspar, selten um eine vorlaute Bemerkung verlegen, blieb stumm.

Mit einem Mal sprang Hovemann auf, lief zum Fenster und winkte Sauertaig, ihm zu folgen. Der zögerte, aber Hovemann zog ihn am Ärmel zu sich heran und flüsterte ihm verschwörerisch ins Ohr: »Es war ein großer Fehler, was wir gemacht haben. Alles, was wir van Törsel angetan haben, wird auf uns zurückfallen. Friedelinde ist nur der Anfang.«

Obwohl Sauertaig mahnend die Augen verdrehte, setzte Hovemann nach: »Nicht erst im Jenseits. Nein. Es beginnt jetzt, heute, hier!«

Sauertaig schüttelte den Kopf. »Es gibt nicht viele Geschäfte, bei denen beide Handelspartner gleich viel gewinnen. Einer ist immer derjenige, der mehr einsetzt als der andere.«

Ihm war klar, dass er sich eben widersprochen hatte, weil er üblicherweise stets die Auffassung vertrat, dass jede Seite so zufrieden sein sollte, als wäre sie der Gewinner des gerade abgeschlossenen Handels.

»Christian Hovemann, Ihr habt gut verdient. Ich habe gut verdient. So traurig es ist, dass Friedelinde verschwunden ist, ihr solltet nicht die Geschäfte und das Verschwinden Eurer Tochter in einen Topf werfen.« Und um das Gespräch sicher in seine Richtung zu lenken, fügte er hinzu: »Lieber Freund, es hilft nichts. Ich muss nach Berlin zurück. Möchtet Ihr Euch nicht anschließen?«

Sieglinde stand auf, ging zum Herd, füllte einen Topf mit Wasser und hängte ihn über das Feuer. »Wann wollt Ihr fahren, Vater?«

»Solange es uns nicht gelungen ist, hier in Hamburg neue Geschäfte aufzubauen, sollten wir die alten in Berlin nicht vernachlässigen – also am besten morgen schon.«

»Und was machen wir?«, fragte Caspar, wieder mal etwas zu vorlaut, und schaute Thomas fordernd an.

In letzter Zeit war vieles aus dem Ruder gelaufen, merkte Thomas. Caspar war gewiss ein wendiger Bursche, der die Familie stets mit all seinen Talenten hilfreich begleitet hatte, aber er war in diesem Haus dennoch ein Knecht, und er, Thomas, würde darauf achten müssen, dass Caspar das nicht vergaß. Doch ehe er ihn zurechtweisen konnte, meldete sich der alte Hovemann wieder zu Wort.

»Warum hat ausgerechnet van Törsel die beiden Spangen gefunden?«

Nun wurde es Sauertaig zu viel. »Beschäftigt Euch doch nicht ständig mit diesem Törsel. Er hat Pech gehabt, aber das kommt vor im Leben. Dass er sich nun hängen lässt, hat er ausschließlich selbst zu verantworten. Ihr seid nicht das Kindermädchen dieses Mannes.«

»Hier geht es um Schuld«, flüsterte Hovemann zurück.

»Vater«, mischte sich nun Thomas ein, »Ihr habt mich ermahnt, von Marta zu lassen und mich endlich wieder dem Leben zu stellen. Und Ihr hattet Recht damit. Es hat wenig Sinn, dem Schicksal länger zu zürnen.« Und nach einer kleinen Pause sagte er entschieden: »Ich werde mich gleich morgen früh um das Braurecht bemühen.«

Dass sein Sohn selbstständig wurde, war ganz im Sinne des alten Kaufmanns, aber dass er das so plötzlich anpacken wollte, wunderte ihn doch. Noch mehr überraschte ihn jedoch, von Thomas zu hören: »Es wird mir schon gelingen, denn ich bin nicht allein. Sieglinde wird mir beistehen. Gemeinsam werden wir es schaffen.«

Hovemann schaute hinüber zu seiner Schwiegertochter, die aber nicht erkennen ließ, ob sie Thomas' Worte verstanden hatte.

Sie hatte sie verstanden, doch sie hätte sich darüber mehr freuen können, wenn ihr nicht ständig durch den Kopf gegangen wäre, was sie in dem Erp'schen Buch über ihren Vater gelesen hatte.

Sieglinde stellte Becher auf den Tisch und goss Tee ein. Sie wusste, dass es der falsche Zeitpunkt wäre, wenn sie jetzt ihre Sorgen ausbreiten würde.

Caspar schien der Einzige zu sein, der keine Bürde zu tragen hatte und das Leben nahm, wie es war. »Wir könnten das Dach der Scheune hinter dem Haus befestigen und dort die Bottiche aufstellen«, schlug er eifrig vor.

»Gemach«, bremste ihn Sauertaig. »Als Erstes muss Thomas sich darum kümmern, dass ihr überhaupt brauen dürft. Dazu braucht man ein Haus, auf dem das Braurecht liegt. Das Geld dafür ist vorhanden. Aber es reicht nicht ewig. Ich muss so schnell wie möglich wieder nach Berlin. Was ist also, Hovemann? Werdet Ihr mich begleiten?«

Hovemann hatte den Tee bisher nicht angerührt. »Ich sollte warten, bis das Wasser unsere Friedelinde hergegeben hat«, sagte er.

Auch Thomas hielt es inzwischen für möglich, dass Friedelinde ertrunken war. Nur dass sie jemals hier in Hamburg aus der Elbe geborgen würde, daran glaubte er nicht. Zu reißend war der Strom. Dennoch sagte er: »Wenn sie gefunden wird, bekommt sie ein Begräbnis, für das Ihr Euch nicht zu schämen braucht.«

Der Vater legte seine Hände um den warmen Teebecher. »Meinst du denn, du bist schon so weit, dass ich dich alleine die Geschäfte angehen lassen kann?

Der Respekt vor dem Schwiegervater verbot Sieglinde zu seufzen. Sie suchte nur Blickkontakt zu ihrem Vater und verzog das Gesicht. Der verstand und sagte: »Sehr erfolgreich sind wir Alten bisher in Hamburg auch nicht gewesen, was die Geschäfte anbelangt. Weniger wird den beiden jungen Leuten schwerlich gelingen können.« Sauertaig legte seinen Arm um Caspars

Schultern. »Und einen fleißigen Gehilfen haben sie ja auch an ihrer Seite.«

Caspar strahlte vor Stolz, was Thomas' Sorge, er könne sich womöglich zu viel herausnehmen, nicht gerade verringerte.

Sieglinde zwinkerte ihrem Vater dankbar zu. Vielleicht, dachte sie, war es wirklich besser, nicht ständig zu fragen, was gewesen war, weil der Blick sonst getrübt wurde für den Weg, der vor einem lag. Viel wichtiger als die Missetaten ihres Vaters, aufgeschrieben von einem Fremden, war doch die Zukunft mit Thomas. Und so ließ sie allen Respekt beiseite und fragte den alten Hovemann direkt und mit deutlicher Betonung auf dem ersten Wort: »*Wann* werdet Ihr zurückfahren, lieber Schwiegervater?«

Hovemann blickte auf. Er sah so traurig aus, dass es Sieglinde schon wieder Leid tat, so unumwunden gefragt zu haben, aber er antwortete: »Ich werde mich deinem Vater anschließen.«

10

Thomas schaute dem Fuhrwerk der beiden Väter lange nach. Nun war der Moment gekommen. Alle Entscheidungen lagen bei ihm. Und er wollte auch gleich mit der Arbeit beginnen und sich zum Rathaus aufmachen.

Er ging die Reichenstraße entlang, immer geradeaus, dann links an Kran und städtischer Waage vorbei, bis das hohe Haus rechts des Weges auftauchte. Hier hatte er seinen Bürgereid ablegen müssen und das Bürgergeld entrichtet. Nun hoffte er, hier zu erfahren, welche Grundstücke, auf denen das Braurecht lag, in Hamburg zu erwerben waren.

Die Tür des Rathauses war offen. Thomas ging hinein und gelangte zu einem mit hohen Regalen ausgestatteten Raum, wo zahllose Bücher und Schriftstücke verschiedener Art aufbewahrt wurden. Am Fenster stand ein Pult, davor ein kleiner

Mann, der etwas in ein dickes Buch schrieb, ein anderes vom Tisch nahm und damit zu einem Wandgestell lief.

»Hallo?!«, rief Thomas.

Der Mann war zu beschäftigt, um ihn auch nur eines Blickes zu würdigen.

»Guten Tag!«, versuchte Thomas ein zweites Mal, auf sich aufmerksam zu machen.

Der kleine Mann schob einen Stuhl vor das Regal, stieg hinauf und bemühte sich, den Folianten in die Lücke zu schieben, aus der er offensichtlich herausgenommen worden war. Sosehr sich der kleine Mann aber streckte, er reichte nicht an das oberste Brett heran. Er sprang wieder hinunter, stellte auf den Stuhl einen Hocker und war im Begriff, den wackeligen Aufbau zu besteigen. Thomas dachte, dass es wohl ratsamer wäre, ihn vor diesem gewagten Vorhaben um Auskunft zu bitten.

»Darf ich Euch helfen?«, bot er stattdessen an.

Unwillig schüttelte der kleine Mann den Kopf und rief: »Was denkt Ihr? Das sind die Steuerlisten der Stadt Hamburg.«

Thomas war nicht klar, warum diese Listen so kostbar waren, dass er, der ungefähr zwei Köpfe größer war als der Mann, sie nicht in das Regal schieben durfte.

»Verzeiht, ich wollte mich nicht aufdrängen. Ich benötige nur eine Auskunft, welche Grundstücke in der Brauerstraße zu erwerben sind.«

Der kleine Mann schaute Thomas an, als hätte der ihm einen unziemlichen Antrag gemacht. Er stieg von seinem wackligen Leiterersatz, legte das Buch zurück auf den Tisch und zog aus dem gegenüberstehenden Regal ein anderes heraus. Darauf stand mit ausladender, säuberlicher Schrift: »Bürgerliste«. Thomas kannte den Folianten, weil auch sein Name darin eingetragen worden war.

Der Mann schlug ihn auf, fuhr mit dem Zeigefinger durch den Text, schüttelte den Kopf und sagte: »Ausgeschlossen, wir haben bereits vierhundertsiebenundfünfzig Brauer, davon verkaufen einhunderteinundachtzig ihr Bier in alle Welt. Das reicht!«

Thomas war entsetzt. »Aber ich bin extra von Berlin nach Hamburg gezogen, um hier in das Brauereigewerbe einzusteigen.«

Sein Gegenüber erwiderte lakonisch: »Ein weiter Weg für dies magere Ergebnis.«

Thomas war klar gewesen, dass es nicht einfach sein würde, in Hamburg als Bierbrauer Fuß zu fassen, aber so unverschämt abgewiesen zu werden, damit hatte er nicht gerechnet.

»Und es gibt keine Möglichkeit ...«

»Keine!«

»Ja, aber ...«

»Keine!«, fuhr ihn der Mann an und wandte dem lästigen Antragsteller den Rücken zu, um wieder ans Bücherregal zu treten.

Thomas drehte sich rat- und wortlos um. Nichts weniger hatte ihm der unfreundliche Bedienstete gesagt, als dass er in Hamburg keine Zukunft als Bierbrauer hatte. Was ist das für eine Stadt, dachte er empört, die einem durch seine Beamten den Bürgereid abnahm, herzliches Willkommen und erfolgreichen Handel wünschen ließ und sich dann gegen einen stellte? Ich gehe zum Rat, beschloss er. Der muss diesen Rüpel zur Ordnung rufen.

Als er wieder vor dem Gebäude stand, drang aus einem der Fenster ein Schrei, darauf dumpfes Poltern, und dann war es still. Thomas wartete, bis er jemanden jammern und fluchen hörte. Befriedigt darüber, dass es mitunter doch noch Gerechtigkeit gab und die Strafe auf dem Fuße gefolgt war, setzte er seinen Weg fort.

Durch diesen kleinen Zwischenfall war sein Zorn etwas gelindert. So beschloss er, bevor er Wadenau in die Pflicht nahm, das Buch vom Schmied zu holen. Inzwischen sollte er den Auftrag wohl erledigt haben.

Der Geselle sah ihn zuerst und stieß seinen Meister an, woraufhin der die Arbeit unterbrach, Thomas entgegenkam und ihn ungewohnt freundlich begrüßte.

»Es ist mir sehr peinlich …«, druckste er.

Thomas rollte mit den Augen. »Habt Ihr die Arbeit noch nicht fertig?«

Der muskulöse Körper des Schmieds wand sich, und die Worte wollten ihm nicht so recht über die Lippen kommen.

»Doch, das heißt, nein.«

»Was soll das?«

Schließlich presste der Schmied heraus: »Das Buch ist gestohlen.«

Thomas hielt sich an dem Bock fest, auf dem Eisenstangen lagen. Das Blut stieg ihm in den Kopf. »Wie konnte das passieren? Habe ich Euch nicht aufgetragen, es zu hüten wie Euren eigenen Sohn?!«

»Das ist es ja.« Der Schmied sah seinen Gesellen böse an. »Dieser Nichtsnutz sollte darauf aufpassen, aber er taugt zu rein gar nichts.«

»Wann ist es abhanden gekommen?«

»Es muss heute in der Früh gewesen sein.«

Thomas wirbelten die Gedanken durch den Kopf. Was konnte nicht alles passieren, wenn das Buch in falsche Hände kam! War es dem Dieb nur zufällig in die Finger geraten, oder hatte er es absichtsvoll gestohlen?

Der Schmied reichte Thomas das Gestell. »Vielleicht könnt Ihr es trotzdem gebrauchen, für den Fall, dass das Buch wieder auftaucht, meine ich.«

Thomas schüttelte den Kopf. Es scheint sich alles gegen mich verschworen zu haben, dachte er und verschob den Besuch beim Rat auf den nächsten Tag, weil er fürchtete, dass ihm heute nichts mehr gelingen würde.

11

Sieglinde ließ sich erschöpft auf die Bank am Fenster sinken. So hart hatte sie schon lange nicht mehr gearbeitet. Sie hatte viel geschafft und war dabei auf andere Gedanken gekommen. Nun war sie mit sich zufrieden, denn das ganze Haus war gereinigt, das Bettstroh erneuert und frische Wäsche aufgezogen. Sogar auf dem Markt war sie noch gewesen, um die Zutaten für ein gutes Essen zu besorgen. Sie hoffte mit Hilfe von Süßwein, Kalbspastete, gebratenem Wolfsbarsch und Milch mit Speck zu den Fragen kommen zu können, die ihr auf dem Herzen lagen. Wenn sie schon nicht mit ihrem Vater über das reden konnte, was sie in dem Buch gelesen hatte, so wollte sie es wenigstens mit Thomas versuchen.

Als sie ihn kommen sah, ging sie ihm entgegen, um ihn mit der freundlich gemeinten Frage zu empfangen, ob er Erfolg gehabt habe.

»Nichts ist gelungen«, murrte er. »Rein gar nichts. Es gibt viel zu viele Brauereien in Hamburg. Wir haben nicht die geringste Aussicht auf Erfolg. Da kommt man nach Hamburg mit großen Plänen, und dann werden einem zur Begrüßung nur Knüppel zwischen die Beine geworfen. Ich verstehe es auch deshalb nicht, weil dein Vater wie auch meiner behauptet hat, er hätte sich erkundigt, wie es um das Braurecht in dieser Stadt bestellt ist. Ich habe fast den Eindruck, sie wollen, dass ich scheitere. Was sollen wir hier in Hamburg, wenn wir zum Nichtstun verdammt sind?«

Sieglinde entschied sich, ihn reden zu lassen, bis der erste Zorn verraucht war. Dann fragte sie: »Und wenn du dich direkt an Wadenau wendest? Er hat für dich gebürgt und muss doch auch wollen, dass wir hier in der Stadt Fuß fassen können. Und als einer der wichtigsten Ratsherren hat er auch die Macht, diesen unverschämten Schreiberling, der dich abgewiesen hat, zurechtzustutzen.«

Der Gedanke war nicht verkehrt, wusste Thomas. Er hatte ja selbst schon daran gedacht, Wadenau anzusprechen. Aber er war nicht in der Stimmung, seine Frau zu loben oder überhaupt irgendetwas gut zu finden.

Er nahm am gedeckten Tisch Platz, ohne die Mühe, die Sieglinde sich mit dem Essen gemacht hatte, zur Kenntnis zu nehmen, und schob sich ein Stück Pastete in den Mund. Wie hatte er sich auf den Neuanfang in Hamburg gefreut. Alles schien bestens. Und plötzlich folgte ein Unglück dem anderen. Erst verschwand Friedelinde, dann stieß er mit seinen Bemühungen um das Braurecht auf harsche Ablehnung. Dazu der Verlust dieses verdammten Buches. Thomas kaute, ohne zu schmecken, was er aß, und fluchte still in sich hinein. Wenn es ihm nicht bald gelang, ein Brauhaus zu kaufen, war alles umsonst. Dann war er gescheitert, bevor er angefangen hatte.

Erst jetzt nahm er wahr, dass Sieglinde ihn ansah. Ihr Blick war fordernd, aber er wusste nicht so recht, ob sie nun ein Lob für das Essen erwartete oder für ihren Vorschlag, Wadenau anzusprechen. So beschränkte er sich darauf, irgendwie anerkennend zu nicken.

Das genügte Sieglinde jedoch als Ansporn, über das zu reden, was ihr auf der Seele brannte.

»Thomas?«

»Mh.«

»Was ist das für ein Buch?«

»Von welchem Buch redest du?«, tat Thomas ahnungslos. Sieglinde überlegte, ob es nicht ratsam war, das Thema zu einem späteren, günstigeren Zeitpunkt anzusprechen, hörte sich dann aber sagen: »Das Buch, das in der Truhe versteckt war.«

Thomas sprang auf, warf den Fisch, den er in den Händen hielt, auf den Teller zurück und herrschte sie an: »Wie kommst du darauf, dass es versteckt war?«

»Es lag in der Truhe, in der ansonsten nur Stoff und Wäsche aufbewahrt wird«, erwiderte Sieglinde sanft.

Thomas schlug mit der Faust auf den Tisch, dass die Kerzen wild flackerten. »Na gut. Aber wenn es versteckt war, warum lässt du dann nicht deine Finger davon?«

Jetzt blieb auch Sieglinde nicht mehr ruhig. »Wenn du der Ansicht bist, etwas vor mir verbergen zu müssen, dann doch nicht ausgerechnet in der Wäschetruhe.«

Thomas setzte sich wieder und musste insgeheim zugeben, dass der Ort tatsächlich nicht gut gewählt gewesen war.

»Das Buch geht dich nichts an!«

Ehe Sieglinde antworten konnte, wurde die Tür geöffnet und Caspar trat herein. Er schnupperte. »Ich komme doch wohl nicht zu spät.«

Sieglinde und Thomas reagierten nicht.

Caspar fischte sich eine Pastete vom Tisch. »Oh, dicke Luft«, stellte er fest.

Nun hielt Thomas es für höchste Zeit, ihm klar zu machen, wer der Herr im Hause war.

»Wie kannst du dich unterstehen, in diesem Ton mit uns zu sprechen? Und ob oder wann wir das Essen für dich bereithalten, entscheide noch immer ich. Da hast du nicht mit deinen schmutzigen Fingern ...«

»Eigentlich wollte ich auch nur fragen, was zu tun ist.«

»Nichts«, gab Thomas zornig zurück.

Caspar lachte scheinbar unbeeindruckt. »Gut. Haben wir also die weite Reise angetreten, um nichts zu tun?«

Thomas schlug abermals mit der Faust auf den Tisch. »Wenn ich sage ›nichts‹, dann meine ich ›nichts‹. Muss ich in diesem Hause alles zweimal sagen, bevor getan wird, was ich anordne? Wer bin ich, dass mir mein Weib nicht gehorcht und mein Knecht alles, was ich sage, in Zweifel zieht?«

Jetzt wich Caspar erschrocken zurück. Er hatte die Situation wohl falsch eingeschätzt.

Sieglinde war vom Tisch aufgestanden und band sich ihre Schürze ab. »Caspar, hilf mir bitte. Ich habe einige Besorgungen auf dem Markt zu erledigen«, sagte sie mit gefrorener Miene.

Caspar schnallte sich den Reisigkorb auf den Rücken und beeilte sich, die ungemütliche Stätte zu verlassen.

Nachdem Sieglinde die Tür kraftvoll geschlossen hatte, beugte Thomas sich über den Tisch und legte seinen Kopf auf die Arme. In dem Moment, da es geschehen war, bereute er es schon, die beiden so angeherrscht zu haben. Er verachtete sich dafür, dass es ihm nicht gelang, die Geschäfte und sich selbst unter Kontrolle zu halten. Vielleicht, überlegte er, wäre es doch besser, mit Sieglinde darüber zu reden, was er über ihren Vater herausgefunden hatte. Aber wenn es deshalb zu einem Streit käme, würde Sauertaig sich womöglich von ihnen abwenden. Und ohne dessen Unterstützung konnte es nicht gelingen, den Traum von der eigenen Brauerei in Hamburg zu verwirklichen. Die Geldrücklagen schwanden mit jedem Tag. Schon in einem Monat würden sie den Betrag angreifen müssen, den sie für den Kauf des Grundstücks mit Braurecht zurückgelegt hatten.

Bier ist ein zu gut gehendes Geschäft, dachte er seufzend. Kein vernünftiger Kaufmann wird sich von seinem Haus trennen. Und er, fremd in der Stadt, wurde von jedem anderen Brauer als Gegner gesehen, den man sich besser vom Halse hielt.

Und dieses verdammte Buch? Hätte er es doch niemals aus dem abgebrannten Haus des Kaufmanns geborgen. Obwohl es sich nicht mehr in seinem Besitz befand, beeinflusste es sein Leben. Einen Schlussstrich unter die Vergangenheit zu ziehen, merkte er, war doch leichter gedacht als getan. Es gab keinen Neuanfang. Nein, er sollte mit Sieglinde nicht darüber sprechen. Wenn sie von den Geschichten erfuhr, die darin standen, würden sie ihr Leben so belasten wie schon seines. Je länger ihm das Buch im Kopf herumging, desto mehr bedrängte ihn der Gedanke, dass es sich bei diesen Aufzeichnungen nicht nur um eine Niederschrift vergangener Tage handelte, sondern auch um ein Orakel, das einen ins Unglück stürzte, wenn man sich darauf einließ. Heinrich von Erp war der Teufel und mit dem Brand zur Hölle gefahren. So, wie ihm, Thomas, dieses Buch zugefallen war, hatte Gott ihm vielleicht die Aufgabe zugedacht, darauf zu achten, dass es niemals in falsche Hände geriet. Und er hatte es fahrlässig weitergegeben. Aber wer konnte einen Grund haben, dieses äußerlich unscheinbare Buch eines Wildfremden zu stehlen? Doch nur jemand, der dessen Bedeutung kannte.

Um sich den Kopf nicht länger zu zermartern, beschloss Thomas, nun sofort den Ratsherrn Wadenau aufzusuchen. Der musste ihm erklären können, wie er doch noch zu dem Braurecht kommen konnte. Das würde ihn auch endlich auf andere Gedanken bringen.

Thomas warf seinen Rock über und trat aus dem Haus. Der Regen lief den Rinnstein entlang. Die Luft war klar. Er atmete tief durch. Er hatte die Tür noch nicht ins Schloss gezogen, als sich ein unangenehmer Geruch unter die frische Luft mischte. Er hielt seine Nase dem Gestank entgegen, da wurde er von dessen Verursacher gefragt: »Ist Euer Vater zu sprechen?«

Vor ihm stand ein Mann mittleren Alters, hager, in zerlumpter Kleidung und mit vom Wetter gegerbtem Gesicht.

Thomas kramte nach einer Münze. »Was willst du von ihm?«

»Er hat mir gesagt, ich könne mich jederzeit melden, wenn ich seiner Hilfe bedarf.«

Thomas murrte: »Wenn du ein Almosen haben willst, musst du mir nicht solche Geschichten auftischen.« Er hielt ihm einen Groschen hin. »Ich kann es mir nicht vorstellen, dass er dir solch ein Angebot gemacht hat.«

»Mein Name ist van Törsel.«

Thomas schaute genauer hin. Nichts erinnerte mehr an die Erhabenheit des reichen Kaufmanns, der es geschafft hatte, mit seinen farbenfrohen Tuchen weit über die Grenzen hansischen Handels bekannt zu werden. Thomas zog das Geldstück wieder zurück, doch van Törsel griff nach seinem Arm.

»Nein, nein. Ich kann Euer Almosen schon gebrauchen.«

Thomas legte noch einen Schilling dazu. Van Törsel bedankte sich und ließ die Münzen in einen kleinen Beutel fallen. Thomas war der Dank unangenehm. Auch wenn er eben die Höhe eines Tageslohns verschenkt hatte, war es das Mindeste, was er für den Kaufmann hätte tun wollen. Sein Blick glitt mitleidig über dessen Kleidung.

Van Törsel lächelte bitter. »Ich sehe nicht mehr aus wie Euresgleichen.«

»Ihr kommt leider zu spät«, sagte Thomas. »Der Vater ist bereits auf dem Weg nach Berlin.«

Er öffnete wieder die Tür des Hauses. »Kommt herein. Legt ab und nehmt eine Stärkung zu Euch«, forderte er den erschöpft wirkenden Mann auf.

Der alte Kaufmann trat ein und blickte sich um. Mit seiner Hand fuhr er über die Lehne der Bank und die dicke Holzplatte des Tisches, die sich über eine Wand der Küche erstreckten.

»Schön habt Ihr es hier«, stellte er fest. »Darf ich mich setzen?«

Thomas wies auf die Bank. »Ja, bitte. Macht es Euch bequem.«

Er stellte van Törsel etwas von dem übrig gebliebenen Mittagessen auf den Tisch. Der griff gierig nach einem Fladen, rollte ihn zusammen und schob ihn komplett in den Mund, bis er bemerkte, dass er beobachtet wurde. »Es ist seit drei Tagen die erste Mahlzeit«, entschuldigte er seine Gier.

Thomas zog sich einen Stuhl heran und nahm van Törsel gegenüber Platz. »Wie konnte es so weit kommen? Ihr seid doch immer ein erfolgreicher Kaufmann gewesen?«

Van Törsel schüttelte den Kopf. »Seitdem meine Tochter tot ist und ich Berlin verlassen habe, ist alles schief gegangen, was schief gehen konnte.« Er schob den Teller von sich, als wäre ihm bei den Gedanken der Appetit vergangen. »Meine Tochter war mir das Wichtigste und Liebste, und als sie nicht mehr bei mir war, konnte ich nicht länger bleiben. Jeder Stein, jeder Baum, alles hätte mich immer an sie erinnert …«

»Warum habt Ihr niemals versucht herauszufinden, wer Euch das angetan hat?«, unterbrach Thomas ihn und bereute in dem Moment schon die Frage, wusste er doch, dass vor allem der alte Sauertaig Vorteile von Törsels Rückzug aus dem Geschäft gehabt hatte.

Der ehemalige Kaufmann deutete auf seine zerschlissenen Kleider und sagte: »Seht mich an. Mir fehlt sogar die Kraft, den alltäglichen Pflichten nachzukommen.«

Auch wenn Thomas Mitgefühl für den alten Mann empfand, war er doch erleichtert, dass der es anscheinend aufgegeben hatte, den Mord an seiner Tochter aufzuklären. Dennoch fragte er, um sicherzugehen: »Habt Ihr eine Ahnung, wer Eure Tochter auf dem Gewissen hat?«

Thomas meinte ein flüchtiges Zucken im Gesicht des Mannes zu bemerken, aber eine Antwort bekam er nicht. Van Törsel zog den Teller wieder zu sich und rollte einen weiteren Fladen zusammen.

»Und was werdet Ihr nun tun?«, fragte Thomas in die Stille.

»Nach Berlin wollte ich nie zurück. Das Geld ist aufgebraucht, und ohne Mittel oder Ware kann man sich in keiner Stadt einen Kaufmann nennen.«

»Was habt Ihr versucht? Womit habt Ihr Handel getrieben?«

»Mit Fischen, auch Tuchen und Bier. Es gab in Hamburg eine große Aufbruchstimmung. Der Roggen war sehr preiswert. Eine Brauerei nach der anderen wurde gegründet, und alle brauchten Getreide. Also habe ich angenommen, dass ein fleißiger Kaufmann wie ich hier sein Glück finden würde.«

Inzwischen hatte van Törsel die Fladen verschlungen. Thomas ging an den Herd, öffnete den Korb, in dem die Schweinspastete aufbewahrt wurde, und stellte sie auf den Tisch.

»Greift zu. Esst, so viel Ihr wollt.«

»Fast kommt es mir vor, als gäbe es jemanden, der gegen mich arbeitet«, sagte der alte Kaufmann. »Aber ich habe niemandem Leid zugefügt, ich wüsste nicht, wer einen Grund haben könnte, mir irgendetwas heimzuzahlen. Pech allein kann es nicht sein, aber bei nahezu jedem Geschäft gab es einen anderen Kaufmann, der schneller war als ich.« Er hielt inne, schaute ins Leere und sagte nach einer kleinen Pause: »Es ist, als würde ich von einer fremden Macht gesteuert, die mir nur Irrtümer vorgibt, denen ich zu folgen habe, damit alle meine Pläne durchkreuzt werden. Es ist eigentlich zum Verzweifeln. Aber inzwischen kann mir nichts mehr genommen werden.« Er schaute Thomas tief in die Augen, schob das Essen beiseite und sagte: »Aber Ihr müsst doch nachempfinden können, wie es mir geht. Schließlich erlebt Ihr doch fast dasselbe. Seit Friedelinde verschwunden ist, gelingt Euch auch nichts mehr.«

Den Satz hätte Thomas vielleicht als einen unpassenden Vergleich abgetan, wenn da nicht dieser Blick gewesen wäre, der verriet, dass van Törsel mehr wusste, als er sagte.

»Vielleicht liegt es daran, dass die Hamburger Fremden gegenüber wenig aufgeschlossen sind«, versuchte Thomas ihn herauszufordern, »weil sie um ihre eigenen Gewinne fürchten.«

Van Törsel schüttelte den Kopf. »Das glaube ich nicht. Auch hier heißt es leben und leben lassen. Sie treiben hier genauso gerne Handel wie alle Kaufleute auf dieser Welt.«

Diese Einschätzung verunsicherte Thomas noch mehr. Wenn einen so erfahrenen Mann das Schicksal ereilt hatte, von heute auf morgen derart erfolglos zu werden, musste er wohl ernsthaft um seine Zukunft als Kaufmann fürchten.

»Ich bin nach Hamburg gekommen, um Bier herzustellen und zu vertreiben«, sagte er fast trotzig.

Van Törsels buschige Augenbrauen tanzten auf und nieder.

»Wie gesagt. Es scheint in unserem Leben viel Ähnliches zu geben. Wie lange hat es denn gedauert, bis sich der Marquis bei Euch vorgestellt hat?«

»Der Marquis? Welcher Marquis?«

»Ihr seid ihm noch nicht begegnet? Das ist seltsam.« Van Törsel unterbrach sich, als müsse er überlegen, ob es nicht ratsam wäre zu schweigen. »Die meisten kennen ihn als Marquis«, fuhr er dann aber doch fort. »Andere nennen ihn den Mann mit der Maske. Der Marquis lenkt jedes Geschick in dieser Stadt.«

Allmählich kam es Thomas so vor, als ob der alte Mann etwas wirr redete. »Was soll ein Marquis in Hamburg, und wie will er dafür sorgen, dass ein Kaufmann Eures Schlages das Handelsglück verliert? Manchmal hat es den Anschein, dass man das Pech auf sich zieht, wenn man nur lange genug davon spricht.«

Van Törsel nahm einen großen Schluck Wein. »Wo kommt er her?«

»Wer?«, fragte Thomas.

»Der Wein. Ich habe schon lange nicht mehr einen so ausgezeichneten Tropfen genießen dürfen.«

»Aus dem Rheinland«, gab Thomas kurz zur Antwort. So schnell wollte er das Thema nicht wechseln. »Erzählt mir von diesem Marquis.«

Van Törsel stellte den Becher zurück auf den Tisch. »Seine Wurzeln liegen nicht in Hamburg. Er selbst lässt verbreiten, dass er aus Paris stamme. Es hält sich aber auch hartnäckig die Geschichte, er sei nicht aus Paris, sondern geradewegs aus der Hölle hierher gekommen, weil man ihn dort nicht haben wollte. Er sei also ein Zurückgekehrter.«

Thomas lachte. »Das klingt sehr seltsam. Das müsst Ihr schon zugeben.«

Van Törsel lächelte. »Ihr habt gefragt. Ich habe geantwortet. Wenn Euch das, was ich erzähle, seltsam erscheint ...«

»Das wollte ich damit nicht sagen, aber Ihr wisst doch, dass Geschichten oft von Marktfrau zu Marktfrau spannender werden. Und diese scheint mir so eine zu sein. Aber erzählt ruhig weiter. Wenn ich Euch gekränkt haben sollte, dann tut mir das Leid. Ich bezichtige Euch nicht der Lüge, allenfalls erfreue ich mich an Eurer Fantasie.« Thomas füllte beide Becher auf. »Woran erkennt man den Marquis?«

»Es scheint für ihn nur eine Aufgabe zu geben. Er bekämpft die Langeweile.«

»Das ist wohl der größte Reichtum, den man erringen kann. Und womit verdient er sein Geld?«

»Ob Bier, Tuche, Gewürze oder Pferde, an allem, was mit Handel und Geld in dieser Stadt zu tun hat, verdient er mit. Ihm gehört so ziemlich alles hier und in der Umgebung.«

Inzwischen war es Thomas zu warm geworden. Er stand auf und legte seinen Kragen ab.

»Was meint Ihr damit, dass er sich langweilt?«

»Genau kann keiner sagen, was in dem Marquis vor sich geht, aber manchmal läuft er verkleidet wie ein Bär oder eine Raubkatze aus fernen Ländern herum und erschreckt Frauen und Kinder. Er ist aber auch schon Almosen fordernd im Gewande eines Bettlers aufgetaucht, mit tief hinuntergezogener Kapuze. Er hat anscheinend seinen Zeitvertreib in der Gaukelei gefunden. Das führt so weit, dass niemand von sich behaupten kann, ihm jemals ins Antlitz geblickt zu haben.«

»Aber hat er denn keine Freude daran, dass man weiß, wer das ist, der über so viel Reichtum und Macht verfügt?«

Ohne auf die Frage einzugehen, lehnte sich van Törsel über den Tisch, um Thomas näher zu kommen, und sprach etwas leiser, so, als würde er ihm ein Geheimnis anvertrauen: »Es ist seltsam, dass er sich Euch noch nicht vorgestellt hat.«

Thomas erinnerte sich an die Begegnung mit den beiden Bettlern auf der Hochzeitsfeier.

»Tritt er nur alleine auf?«

Van Törsel rieb die fettigen Hände aneinander. »Der Zweite im Bunde heißt Vocatus, sein persönlicher Sekretär. Er hält alles von seinem Herrn fern, was ihn ermüden könnte. Er leiht ihm sogar seine Stimme. Es gibt wohl niemand in der Stadt, der den Marquis je hat sprechen hören.«

»Zwei Bettlern bin ich begegnet«, sagte Thomas nachdenklich, »auf meiner Hochzeitsfeier.« Er schüttelte den Kopf. »Aber verzeiht die Offenheit. Sie sahen zerschlissener aus als Ihr.«

Van Törsel schien fast etwas erleichtert.

»Wir haben sie fortgejagt, weil wir befürchteten, uns Läuse oder Schrecklicheres einzufangen«, sagte Thomas lachend, was ihm sofort Leid tat, als er sah, wie sein Gegenüber sich auf die Unterlippe biss. Rasch fragte er: »Ist der Marquis denn ein Mensch, vor dem man sich in Acht nehmen muss?«

Van Törsel schüttelte den Kopf. »Nein, nein, das ist es ja. Ihr werdet nur Gutes über ihn zu hören bekommen. Er ist besonders fromm. Kein Tag vergeht, an dem er nicht mehrfach die Kirche aufsucht. Und nicht wenigen Menschen hat er ja auch zu Wohlstand verholfen. Also wird sein Leben stets von Dank begleitet sein. Und was meine Vermutung angeht ... Ihr habt völlig Recht. Ich kann nicht beweisen, dass er die Fäden zieht in meinem unglücklichen Leben.« Van Törsel schaute an sich hinunter. »Nur dass ich nicht zu seinen Begünstigten zähle, ist unschwer zu erkennen.«

Thomas hielt nichts mehr am Tisch. Er lief hin und her.

»Ihr sprecht in Rätseln.«

»Die meisten Büttel des Marquis bemerken nicht einmal, dass sie es sind. Denkt nur nicht, dass in dieser Stadt irgendetwas ohne seine Zustimmung geschieht.« Van Törsel erhob sich. »Die Zeit treibt mich«, erklärte er.

Thomas konnte sich nicht vorstellen, was den Mann zur Eile treiben sollte. Vermutlich gab er nur vor, erwartet zu werden, um nicht den letzten Stolz zu verlieren.

»Vielen Dank für Speis und Trank«, verabschiedete sich der Gast. Thomas begleitete ihn zur Tür. Auf der letzten Stufe der kleinen Steintreppe vor dem Haus verhielt van Törsel seinen Schritt und drehte sich um. »Habt Ihr noch Hoffnung, Friedelinde zu finden?«

Thomas beschlich ein ungutes Gefühl. Er meinte ein hintergründiges Lächeln in van Törsels Gesicht wahrgenommen zu haben.

»Wenig«, gab er verunsichert zur Antwort und versteinerte fast, als er van Törsel sagen hörte: »Manchmal scheint sich im Leben doch alles auszugleichen.«

12

Es begann Abend zu werden. Thomas hatte sich an den Tisch gesetzt, spitzte den Gänsekiel, schrieb dann alle Zahlen aus den Listen des vorhandenen Vermögens untereinander und begann zu rechnen. In der nächsten Zeit musste gehandelt werden, sonst waren nicht einmal mehr die laufenden Steuern zu bestreiten. Thomas rieb mit den Fingerspitzen über die Schläfen. Der Kopf schmerzte. Er stellte sich vor, wie der Vater reagieren würde, wenn er ihm sagen müsste, dass keiner von seinen Plänen aufgegangen war.

Es war still. Nur das glimmende Holz im Kamin knackte. Er legte die Feder beiseite, lehnte sich zurück und überlegte, was zu tun sei. Womöglich hatte van Törsel Recht mit der Vermutung, dass es an dem Marquis vorbei keine Geschäfte gab und selbst der Rat ohne seine Zustimmung nichts ausrichten konnte. Er hatte keine Wahl, er musste mit dem Marquis sprechen. Vielleicht würde der eine Entschuldigung für die demütigende Behandlung auf dem Hochzeitsfest annehmen. Aber wie konnte er ihn erkennen, wenn er ständig anders verkleidet daherkam?

Thomas' Gedanken wurden unterbrochen von Gekicher. Sieglinde und Caspar kehrten von ihrem Einkauf zurück. Eilig schob er die Listen zusammen, da wurde auch schon die Tür geöffnet. Caspar stellte den gefüllten Korb auf den Tisch. Sieglinde beugte sich zu Thomas hinunter, um ihn mit einem Kuss zu begrüßen. Der aber hatte nur Augen für den Korb und seinen reichhaltigen Inhalt.

»Haben wir einen Festtag heute, oder warum hast du so viel eingekauft?«

Sieglinde war entsetzt. Mit allem hatte sie gerechnet, aber nicht mit Kritik an ihrer Haushaltsführung. Um nicht in den sich anbahnenden Streit hineingezogen zu werden, stahl Caspar sich rücklings aus der Tür.

Thomas lief hin und her und begann mit einem Vortrag: »Sieglinde, es macht wenig Sinn, wenn wir mehr ausgeben, als wir einnehmen. Als meine Frau ...«

»Ich wollte dir eine Freude machen«, unterbrach sie ihn.

Erst jetzt sah Thomas, dass sich in dem Korb vor allem Zutaten befanden, die er besonders mochte. Er ließ sich auf die Bank fallen. Was war nur mit ihm los?

Sieglinde setzte sich zu ihm. »Steht es so schlecht um uns? Wie viel Geld haben wir denn noch?«

Thomas wehrte ab. »Es ist Sache des Mannes, den Überblick über Geld und Geschäfte zu behalten.«

»Aber wenn ich nicht weiß, wie unsere Lage ist, kann ich mich nicht danach verhalten.«

Thomas schwieg. Das Gefühl sagte ihm zwar, er könne inzwischen mit Sieglinde über seine Probleme reden, aber wo sollte das enden? Wozu war er, der Mann im Hause, dann noch nütze? Obwohl er eingestehen musste, dass sie oft gute Ideen hatte.

»Vielleicht«, meinte er, »ist es doch richtig, wenn ich dir über unsere Situation Bescheid gebe.«

Er legte ihre Hand auf seinen Schoß. »Ich weiß, dass du in dem Buch gelesen hast. Du wirst erfahren haben, was besser ein Geheimnis geblieben wäre. Aber nun ist es so, wie es ist. Wir müssen wohl oder übel die Bürde tragen, dass an den Geschäften unserer Väter Blut klebt.«

Sieglinde zog ihre Hand zurück. »Für mich ist nur wichtig, nicht angeschrien zu werden.« Und nach einer Pause fügte sie hinzu: »Du hängst noch immer an Marta, nicht wahr? Deshalb kannst du dich auch nicht von dem Amulett trennen.«

Sieglinde schien den Ernst seiner Worte nicht zu verstehen. Sie hatte doch bekommen, was sie wollte, nämlich ihn als Ehemann. Was sollte noch ihre Eifersucht?

Er zog den Anhänger aus dem Hemd und öffnete ihn. Das Bild vermochte schon lange nicht mehr zu verhindern, dass die Erinnerung an Marta mehr und mehr verblasste.

»Nein. Das ist es nicht«, sagte er. Sorgsam schloss er es wieder. Er nahm die Kette ab, hängte sie über den Zeigefinger, um sie langsam in Sieglindes Schoß gleiten zu lassen. »Bewahr es für mich auf.«

Sieglinde lächelte glücklich.

Diese Nacht war wichtiger für beide, als die Hochzeitsnacht es jemals hätte sein können. Sie sprachen über alles, was sie sorgte, tauschten aus, was sie am jeweils anderen mochten, und sparten nicht aus, was sie störte oder gar verletzte. Auch die Geldsorgen kamen auf den Tisch. Thomas ließ Sieglinde sogar in die Geschäftsbücher schauen und musste wohl oder übel anerkennen, dass sie mehr über Buchführung wusste, als er angenommen hatte. So fand sie sofort heraus, dass anstelle einer Sieben eine Neun hätte stehen müssen. Thomas erklärte daraufhin, dass die Sieben keine Sieben sei, sondern eine unleserliche Neun. Hätte es was gebracht, darüber zu streiten, was beide wussten, nämlich dass es doch eine Sieben war? Also lächelte Sieglinde nachsichtig.

»Wenn der Marquis wirklich so reich und mächtig ist, wird er sich mit unserer Bitte um Verzeihung bestimmt zufrieden geben«, überlegte sie laut.

»Van Törsel meint, der Marquis sei ein eifriger Kirchgänger«, sagte Thomas. »Vielleicht gelingt es mir, ihn vorher oder danach anzusprechen.«

»Und wenn ich den Vater um etwas Geld bitte?«, fragte Sieglinde. »Er hat sicherlich Verständnis, wenn die Geschäfte nicht gleich so laufen wie geplant.«

Thomas schüttelte den Kopf. »Untersteh dich! Was wäre ein größeres Eingeständnis, versagt zu haben, als auf die weitere Unterstützung unserer Väter angewiesen zu sein?«

»Setz dich doch mal«, bat sie und zog ihn neben sich auf einen Stuhl.

»Aber ich verbiete dir, mit dem Vater zu sprechen!«

Sie atmete tief durch, nahm seine Hand, streichelte darüber, lächelte geheimnisvoll und kostete jeden Moment aus, die Spannung zu erhöhen, ehe sie sagte: »Vielleicht gibt es etwas, das noch viel wichtiger ist als alles Geld.«

Thomas guckte verständnislos.

»Ich bekomme ein Kind.«

Weil Thomas nicht reagierte, nickte Sieglinde mehrmals.

»Bist du … Ich meine … Also … Bist du dir sicher?«, stammelte er.

»So sicher, wie eine Frau sein kann.«

Thomas sprang auf, packte Sieglinde an den Händen, drehte sie im Kreis und bedeckte sie anschließend mit Küssen, wie er es noch nie zuvor getan hatte. Er hielt sein Ohr an ihren Bauch und strich zärtlich darüber, als habe er soeben ein Wunder entdeckt.

»Nun wird alles gut.«

13

Schon vor dem ersten Hahnenschrei sprang Thomas aus dem Bett. Sieglinde schlief noch. Er gab ihr einen Kuss auf die Stirn und warf sich seinen besten Rock über, der aus tiefschwarzem Wollstoff geschneidert und an den Rändern mit Goldstickereien verziert war. So herausgeputzt würde er sich auf die Suche nach dem Marquis machen. Zuvor aber wollte er dem Schöpfer danken für das Glück, das er Sieglinde und ihm beschert hatte mit dem zu erwartenden Kind. Und er wollte ihn darum bitten, dass es ein gesunder Junge würde, und natürlich auch dafür beten.

Es hatte die Nacht über geregnet. Thomas hatte schon lange nicht mehr die Muße gehabt, auf solche Kleinigkeiten zu achten. Er atmete tief durch und genoss die frische Luft des Morgens. Es ging ihm gut.

Alles schien noch zu schlafen, bis auf einen Mann, der sich erfolglos mühte, sein stures Maultier zu bewegen, eine mit Äpfeln beladene Karre zum Markt zu ziehen. Der Esel blieb unbeeindruckt und standhaft. Thomas zügelte seinen Schritt. Das Schauspiel amüsierte ihn. Als der Mann aber böse herüberschaute, lief er schnell weiter.

Auch in der Reichenstraße war noch wenig Leben zu spüren. Nur am Alsterhafen waren Männer damit beschäftigt, kürzlich aus Wittenberge angekommene Schiffe zu entladen. Normalerweise hätte Thomas interessiert, welche Güter umgeschlagen wurden, aber heute zog es ihn zur St.-Petri-Kirche.

Vor der Kirche standen ungewöhnlich viele Männer, verteilt an beiden Seiten des Portals, als hielten sie Wache. Merkwürdig, dachte Thomas. Die ganze Stadt schläft noch, nur hier herrscht so reges Treiben, als sollte die Messe gesungen werden. Die Männer waren gekleidet, als stünden sie im Dienst eines reichen Bürgers. Und sie schienen sich zu langweilen. Vermutlich warteten sie hier schon eine Weile. Als Thomas die Hand auf die schwere Klinke der Tür legen wollte, trat einer der Männer auf ihn zu und versperrte ihm den Weg.

»Halt!«

Thomas wich einen Schritt zurück, stemmte die Arme in die Hüften und musterte den Mann von oben bis unten. Der war mit einem schwarzen Umhang aus feinem Tuch bekleidet. Sein Gesicht hob sich blass von dem dunklen Stoff ab. Auf der anderen Seite des Portals stand ein fülligerer Mann. Er war ähnlich gekleidet, aber im Unterschied zu dem blassen Kerl waren Gesicht und Nase von Röte durchzogen, ein sicheres Zeichen dafür, dass er dem Wein nur selten zu widerstehen vermochte.

Der blasse Mann fragte: »Wer seid Ihr?«

Thomas reckte sich. »Thomas Hovemann, Bürger dieser Stadt, und kein Mensch wird mich daran hindern können, das Haus Gottes zu betreten.« Er hatte mit mehr Gegenwehr gerechnet, aber der Mann nickte plötzlich freundlich.

Thomas trat ins Kircheninnere. Er brauchte einen Moment, bis sich die Augen an das Dämmerlicht gewöhnt hatten und er die ganze Pracht wahrnehmen konnte. Er hielt den Atem an. Der Altar war weit geöffnet, wie für einen besonderen Anlass. Die gesamte Schöpfungsgeschichte, die Gestirne und Tiere aller Art waren auf den goldenen Tafeln abgebildet. Sogar die kleinen Heiligenfiguren, die sonst nur zu hohen Feiertagen aufgestellt wurden, standen am Altar.

Thomas ließ sich auf die Knie fallen, senkte voller Demut den Blick und bekreuzigte sich. Als er wieder aufschaute, bemerkte er direkt vor dem Altar einen Mann. Ganz für sich, nur mit Gott kauerte er da. Auch er war mit einem dunklen Umhang bekleidet, der so reich bestickt und verziert war, als sei er ein Bestandteil des Kirchenschmucks.

Thomas nahm respektvoll auf der hintersten Bank Platz und widmete sich seinem Gebet. Er dankte Gott für den zu erwartenden Kindersegen und bat um Schutz für Sieglinde und das Ungeborene und um eine Geburt ohne größere Qualen. Als er sein Bittgebet beendet hatte, erhob er sich wieder. Der Mann kniete noch immer fast regungslos vor dem Altar.

Als Thomas aus der Kirche trat, schmerzte das helle Licht in seinen Augen. Er musste sie zusammenkneifen, sah aber, dass die beiden Männer vor der Kirche noch immer warteten. Ansonsten war der Kirchplatz inzwischen menschenleer. Nur schräg gegenüber dem Brunnen stand ein Mann, den Thomas als van Törsel erkannte und der ihn zu sich winkte.

»Ist es der Zufall, der uns hier zusammentreffen lässt?«, fragte Thomas, nachdem er van Törsel begrüßt hatte.

Ohne auf die Frage einzugehen, antwortete der: »Also habt Ihr den Kontakt zum Marquis gefunden.«

»Wie meint Ihr das?«

Wie einfältig die Frage war, erkannte Thomas daran, wie sein Gegenüber das Gesicht verzog. Er zeigte zur Kirche. »Der Marquis?«, fragte er. Er fuhr sich durch die Haare. Die Freude über Sieglindes gesegneten Zustand hatte tatsächlich alle seine Sinne verkümmern lassen.

Im nächsten Moment wurde die Tür der Kirche geöffnet. Im Portal stand der Mann, der vor dem Altar gekniet hatte. Als er heraustrat, war da plötzlich wie aus dem Boden gewachsen ein hagerer Kerl an seiner Seite, der sich erfolglos bemühte, seinen Herrn nicht zu überragen, indem er seinen Oberkörper etwas beugte.

»Das ist Vocatus«, sagte van Törsel.

Thomas verabschiedete sich hastig. »Verzeiht. Das ist die Gelegenheit …«, entschuldigte er sich knapp und rannte dem Marquis und seinem Gefolge hinterher.

Obwohl sie eilig davongingen, gelang es ihm rasch, sie einzuholen. Außer Atem stellte er sich dem Marquis in den Weg. Dessen Begleiter drängten ihn augenblicklich zurück. Thomas verneigte sich und ging wieder einen Schritt auf den Marquis zu. »Verzeiht«, stammelte er und wurde sofort erneut auf Abstand gehalten. »Edler Herr, erlaubt mir eine Frage.«

Der Marquis lüftete leicht die Kapuze. Thomas starrte ihn an. Obwohl zwei Büttel zwischen ihnen standen, konnte er erkennen, dass der Marquis eine täuschend echt wirkende Bärenmaske trug.

Vocatus schob sich vor den Marquis. »Wie könnt Ihr es wagen, uns aufzuhalten?«

»Ihr kennt mich vielleicht ... Hovemann ... Thomas Hovemann ... mein Name ... Ich wollte Euch um Verzeihung bitten, für das, was Euch auf meiner Hochzeitsfeier widerfahren ist. Ihr müsst mir glauben ... Es ist normalerweise nicht unsere Art, so mit Gästen umzugehen.«

Vocatus zeigte sich ungerührt von der Stammelei. »Und?«

»Nun wollte ich Euch fragen ... weil ich gehört habe ... Ich möchte gerne Bier brauen in der Stadt, und mir wurde berichtet, dass Ihr in der Lage seid ...«

»Könnt Ihr mir einen Grund nennen, warum der Marquis sich für Euch einsetzen sollte? Meint Ihr wirklich, es reicht ihm, Euch winseln zu sehen?«

Thomas versuchte, an Vocatus vorbei Blickkontakt zum Marquis zu bekommen, aber der Adlatus achtete darauf, dies zu verhindern.

»Ich erwarte ja nicht, das Grundstück geschenkt zu bekommen. Ich habe Geld und will es auch bezahlen.«

»Meinem Herrn liegt nichts daran, jemanden zu begünstigen, von dem er zuvor wie ein räudiger Köter verscheucht wurde. Euer Vater, aber auch Ihr habt Euch wie unfreie Bauernlümmel aufgeführt, die fremde Ziegen scheuchen. So sollt Ihr auch wie diese leben.«

»Verzeiht, ich konnte doch nicht ahnen ...«

»Mir scheint, Ihr habt begriffen, dass Ihr nicht bekommt, was Ihr begehrt, und verlegt Euch nun darauf, uns die Zeit zu rauben.« Ohne eine Erwiderung von Thomas abzuwarten, drehte Vocatus sich um, und der Tross setzte sich wieder in Bewegung.

Thomas hätte ohnehin nichts zu antworten gewusst. Selten hatte er sich so hilflos gefühlt. Er war enttäuscht über die Abfuhr und seine Hilflosigkeit, aber auch beeindruckt von der Macht, die der Marquis ihn hatte spüren lassen. Als er seinen Blicken entschwunden war, tauchte van Törsel wieder auf.

»Was werdet Ihr nun tun?«

Thomas rieb sich das Kinn. »Ich weiß es nicht. Er fühlt sich wohl mehr in seiner Ehre verletzt, als ich angenommen habe. Es wird schwer sein, die Kränkung vergessen zu machen.« Er zuckte mit den Schultern und brachte sein Problem auf den Punkt. »Immerhin will ich etwas von ihm und nicht er von mir.«

»Vielleicht will er ja doch mehr von Euch, als Ihr annehmt«, gab van Törsel zu bedenken.

»Wozu macht er aber auch solche Spielereien«, ärgerte sich Thomas. »Verkleidet sich als Bettler und wundert sich, wenn er auch so behandelt wird. Mir ist nicht ganz klar, was er mir vorwirft.«

»Der Marquis ist dafür bekannt, dass er sein Spiel mit allen und allem treibt und stets darauf bedacht ist, die Regeln selbst zu bestimmen.«

»Mit anderen Worten: Wie ich es mache, ist es verkehrt? Ach, van Törsel, Ihr übertreibt schon wieder. Habt Ihr gesehen, was er für eine Maske trug? Die eines Bären. Er sah aus, als könnte man ihn mit einem Ring durch die Nase zum Tanz führen. Er scheint einfach Spaß daran zu haben, sich nach der Manier eines Spielmanns zu verwandeln.« Thomas steckte dem Kaufmann drei Groschen in die Tasche. »Macht Euch einen schönen Tag im Badehaus und für den Rest kleidet Euch ein. Bei allem Respekt, Ihr lauft weit unter Eurem Stande umher. Einmal ein Kaufmann, immer ein Kaufmann, sagt mein Vater stets. Lasst Euch nicht so gehen.«

Diesmal bedankte sich van Törsel nicht. Er schaute Thomas in die Augen. »Wenn Ihr den Sinn des Lebens meint, nach dem ich Eurer Meinung nach trachten sollte, so habe ich ihn Euch bereits genannt.«

»Der Mörder Eurer Tochter ist tot«, erwiderte Thomas fast gelangweilt.

»Woher wisst Ihr das?«, fuhr van Törsel ihn an.

Thomas wich einen Schritt zurück. »Woher ...?«

Van Törsel kniff die Augen zusammen. »Woher!«

»Man hatte es sich erzählt in der Stadt«, flunkerte Thomas. »Was nützt es Euch, wenn Ihr wisst, woher?«

Enttäuscht wandte sich der alte Mann ab und sagte: »Sauerteig, aber auch Euer Vater haben gut an meinem Unglück verdient.« Er holte die Geldstücke heraus, die Thomas ihm in die Tasche gesteckt hatte. »Und deshalb nehme ich Euer Almosen gerne an und betrachte es als Anzahlung.«

14

Ein halbes Jahr später war nicht mehr zu übersehen, dass Sieglinde bald ein Kind zur Welt bringen würde. Der Haushalt fiel ihr mit jeder Woche schwerer. Aber die Geschäfte gingen noch immer nicht besser. Eine Magd, die ihr hätte helfen können, war nicht zu bezahlen. Sieglinde hatte ihrem Vater zwar einen Brief geschrieben, in dem sie die bevorstehende Geburt seines Enkels ankündigte, Thomas hatte ihr jedoch ausdrücklich verboten, auch nur anzudeuten, wie schlecht ihre geschäftliche Lage war. Auch bei Wadenau war er immer wieder auf taube Ohren gestoßen. Angeblich konnte der Ratsherr nichts für ihn tun. Wahrscheinlich wollte oder durfte er es nicht, vermutete Thomas.

Jeden Tag erwartete Sieglinde den Antwortbrief ihres Vaters. Sie schaute ungeduldig aus dem Fenster. Es regnete. Die Bäume waren kahl, und dennoch war es recht warm. Viel zu warm für Ende November.

Als der Bote endlich kam, erkannte sie ihn schon von weitem.

Sie setzte schnell ihre Haube auf und öffnete die Tür. Vor ihr stand ein völlig durchnässter Mann.

Er reichte ihr den ersehnten Brief. »Euer Vater hat mich beauftragt, Euch dieses Schreiben zu übergeben.«

Sieglinde nahm das durchweichte Pergament, darauf bedacht, es nicht zu beschädigen. »Darf ich Euch etwas anbieten? Ihr seid weit gereist.«

»Nein, danke, ich bin in Eile.« Der Bote zeigte auf ein mit Holz beladenes Fuhrwerk. »Ich werde schon erwartet.« Eilig drehte er sich um, schwang sich auf seinen Wagen und brachte die Pferde in Trab.

Sieglinde setzte sich in der Küche an den Tisch, öffnete vorsichtig den Brief und begann die verschwommene Schrift zu entziffern.

»20. November 1377

Meine liebe Sieglinde. Um es vorwegzunehmen, dem alten Hovemann, aber auch mir geht es gut. Die Speicher sind gefüllt, und der Winter kann kommen. Außerdem merken wir hier in Berlin-Cölln, dass die Hamburger bauwütig geworden sind. Die Menge des Holzes, das allein in diesem Monat geordert wurde, übersteigt die der Jahre zuvor erheblich. Wollen wir beten, dass es so bleibt.

Wenn ich des Rechnens noch kundig bin, und bei Gott, das sollte ich als Kaufmann sein, dann wird im Januar mein Enkelkind geboren. Ich denke, es ist ratsam, wenn Du hier in Deiner Geburtsstadt und unter väterlicher Obhut niederkommst.

Ansonsten bleibt mir nur, Dir Grüße an Thomas aufzutragen. Ich erwarte Dich, sobald es Eure Geschäfte zulassen.

Sei herzlich gegrüßt und umarmt.

Dein Vater«

Sieglinde schaute aus dem Fenster hinaus auf den Hof. Der Eimer am Brunnen war mit Regenwasser voll gelaufen. Ihr war klar, dass sich Thomas gegen die Reise nach Berlin sträuben würde, um die geschäftlichen Misserfolge nicht erklären zu müssen. Dabei hatte er alles getan, das Blatt zu seinen Gunsten zu wenden. Inzwischen bemühte er sich sogar, in den Holzhandel einzusteigen. Gebaut wurde immer, und selbst dem größten Trottel gelang es, mit dem Holzgeschäft sein Glück zu machen. Nur Thomas nicht.

Sieglinde strich über ihren Bauch. Nur noch zwei Monate, dann war es so weit. Dann waren sie und Thomas endlich eine Familie. Seitdem sie Thomas' Kind in sich trug, war er ihr gegenüber immer fürsorglicher und liebevoller geworden, kein böses Wort kam mehr über seine Lippen. Ganz ungetrübt war ihre Freude darüber aber nicht. Sie wusste, wie sehr er sich einen Jungen wünschte, und hatte Angst, ihn zu enttäuschen. Sie faltete die Hände, um wie jeden Tag dafür zu beten, dass Thomas' Wunsch in Erfüllung ging. Dann trat sie vor die Tür. Dicke Regentropfen zerplatzten auf ihrer ausgestreckten Hand. Es roch nach feuchter Erde. Sie nahm die Haube ab und stellte sich mitten auf den Hof. Das Wasser durchnässte die Haare und rann über Schläfen und Hals den Körper entlang. Sie legte den Bauch frei. Der Regen kitzelte angenehm. »Siehst du«, sagte sie zu ihrem Kind, »da hast du heute gleich etwas gelernt. So ist es, wenn Regen fällt.« Sie hob die Arme über den Kopf und drehte sich, bis die Kleidung nass und schwer an ihrem Körper klebte. Heute wollte sie unvernünftig sein, nicht länger traurig oder ängstlich. Nein. So wie den Regen wollte sie die Sorgen an sich ablaufen lassen. Langsam ging sie zurück ins Haus. Als sie in der Schlafkammer aus einer Truhe ein großes Tuch holte, um das Haar zu trocknen, hörte sie Thomas nach Hause kommen.

»Um Himmels willen!«, rief er besorgt, als ihm Sieglinde so tropfnass entgegentrat. »Du wirst dich erkälten.« Er nahm ihr das Leinentuch aus der Hand und rubbelte ihr den Kopf trocken. »Rasch, zieh die nassen Kleider aus!«

»Und?«, fragte sie ihn leise.

»Nichts. Wie alle Holzhändler könnte ich Stämme aus Lüneburg bekommen und auch hier verarbeiten lassen, aber kaufen will von mir niemand.«

»Und wenn du dich doch noch mal an Wadenau wendest?«

»Was soll das bringen? Niemals wird der sich über eine Entscheidung des Marquis hinwegsetzen.«

Sieglinde streichelte Thomas mit dem Handrücken über die Wange: »Kopf hoch!«, sagte sie hilflos und ging zurück in die Schlafkammer, um die Kleider zu wechseln und um ihm nicht zu zeigen, wie traurig sie sein Kummer machte.

Thomas setzte sich in der Küche an den Tisch und starrte vor sich hin. Nein, es hatte keinen Sinn, noch mal bei Wadenau vorzusprechen. Der würde ihm wieder bloß sagen, dass die Bestimmungen eben so sind, wie sie sind, und ein weiterer Brauer nicht zugelassen werden darf. Es sei denn, ein Brauer würde sein Geschäft aufgeben. Aber inzwischen waren die Geldreserven schon so weit aufgebraucht, dass er gar nicht mehr in der Lage wäre, ein Brauhaus zu bezahlen. Wenn sich nicht bald wenigstens ein kleiner Erfolg einstellte, würde er sich sogar Caspar nicht mehr leisten können. Eine Magd kostete ein Drittel weniger.

Thomas folgte Sieglinde in die Kammer. Sie stand nackt da mit einem frischen Hemd in Händen. Es gibt Wichtigeres als Geldsorgen, dachte er, kniete vor ihr nieder und legte sein Ohr an ihren Bauch. »Er bewegt sich«, stellte er fest.

Sieglinde schob ihn sanft von sich. »Und wenn es nun ein Mädchen wird?«

Thomas richtete sich auf, schüttelte den Kopf und umarmte sie.

»Auch dann ist es ein Geschenk Gottes, und wir werden doch deshalb nicht mit ihm hadern?«

Etwas Schöneres hätte Thomas ihr nicht sagen können. Sieglinde zog ihn an sich, so fest sie konnte.

»Der Vater lässt dir Grüße ausrichten«, sagte sie, während sie sich anzog.

»Ach, wie geht es ihm?«

»Du kannst den Brief ruhig lesen.« Sie hob ihr nasses Kleid auf und förderte aus einer Tasche das Schreiben ihres Vaters zutage.

Thomas faltete das feuchte Pergament auseinander. Als er den Brief zu Ende gelesen hatte, waren seine Ohren dunkelrot. Er legte ihn auf die Truhe.

»Also, ich denke, wir können doch auch hier für das Kind sorgen und …«

»Ich will auch, dass es in Berlin zur Welt kommt«, fiel Sieglinde ihm ins Wort. »Ich freue mich darauf, meinen Vater wiederzusehen und die Stadt.«

Thomas wusste, dass er diesmal gegen Sieglinde nicht ankommen würde, und seufzte tief. Wie sollte er den beiden Vätern nur erklären, warum er nichts, aber auch gar nichts zuwege gebracht hatte.

»Nein, nein, nein, ich habe hier zu viel zu tun. Ich kann nicht weg«, sträubte er sich dennoch.

»Aber, Thomas …«

»Du siehst, deinem Vater gelingt der Holzhandel, mir aber nicht. Ich muss herausfinden, was er anders macht als ich.«

»Dann frag ihn doch einfach.« Sie strich ihm über den Kopf. »Der Vater wird dir keine Vorwürfe machen. Er weiß, wie schwer der Anfang in einer fremden Stadt ist.«

»Aber ich kann ihm doch nicht unter die Augen treten und zugeben, dass ich gescheitert bin. Was soll ich ihm sagen, wenn er fragt, wie die Geschäfte laufen?«

»Gut«, gab Sieglinde kurz zur Antwort. »Du sagst ihm einfach, sie laufen gut, aber du würdest gerne von ihm erfahren, wie du es noch besser machen könntest.«

Er musste zugeben, dass das vernünftig klang. Dennoch fühlte er sich nicht wohl. Sieglinde aber freute sich darüber, ein Geheimnis mit ihm zu teilen, weil sie ihm damit noch einen Schritt näher gekommen war.

15

Im Dezember 1377 musste Thomas in seinem Handelsbuch vermerken: »Es sind keine Mittel mehr vorhanden, Ware einzukaufen. Nahezu alles ist für den Lebensunterhalt verbraucht worden ...«

Dieses niederschmetternde Ergebnis führte ihn auch zu dem Entschluss, sich seinem Vater und Sauertaig zu offenbaren, denn es musste entschieden werden, ob sie die Zelte in Hamburg nicht besser abbrechen sollten oder ob die beiden Väter weiteres Geld investieren wollten, in der Hoffnung auf bessere Zeiten.

Caspar war bei Thomas und Sieglinde geblieben, obwohl sie ihm seit einem Monat nichts mehr für seine Dienste zahlen konnten. Er bekam sein Essen wie bisher und bewohnte weiterhin die kleine Kate, die zum Hof lag. Wo hätte er auch hingehen sollen? Pläne für sein Leben hatte er keine, aber Hoffnung, dass es ihn noch weit bringen würde. Wenn Thomas und Sieglinde nach Berlin reisten, würde er zurückbleiben, um das Haus zu hüten. So war es abgesprochen. Viel war dabei nicht zu tun. Das Gesindel sollte er vor allem fern halten und dafür Sorge tragen, dass kein Brand ausbrach.

Als der Tag herangekommen war, hatte Caspar alles vorbereitet. Das Fuhrwerk war beladen, und die Pferde waren angeschirrt. Thomas hatte beschlossen, Pelze und Tücher mitzunehmen, um sie auf dem Weg nach Berlin zu verkaufen. Wenigstens die Proviantkosten und das Portaticum wollte er von dem Erlös bestreiten, damit Caspar in der Zwischenzeit mit dem Rest des Geldes für Steuern und Unterhalt des Hauses aufkommen konnte. Im Übrigen hoffte er, in Berlin Abnehmer für drei Fässer eines in Hamburg gebrauten Wacholderbiers zu finden. Es war eine von Caspars Ideen, es zumindest zu versuchen.

Als die Stundenglocke zweimal geschlagen hatte, brachen Sieglinde und Thomas auf und schlossen sich den nach Süden ziehenden Kaufleuten an. Allein zu reisen, hielt Thomas für zu gefährlich, denn es trieb sich allerlei Gelichter in den Wäldern herum.

Das Wetter meinte es gut mit ihnen. Meist schien die Sonne. Nur hin und wieder fielen ein paar Schneeflocken vom Himmel. Die rumpelige Wegstrecke bereitete Sieglinde große Anstrengung. Das kleine Wesen in ihrem Bauch machte sich bei jeder Unebenheit bemerkbar, es schien mit der Reise wenig einverstanden zu sein.

Am siebten Tag hatten sie ihr Ziel erreicht.

Berlin zeigte sich ungastlich. Es nieselte. Sie durchfuhren das Stralauer Tor und entrichteten den Zoll für die mitgeführten Waren. Über das Bier breiteten sie sicherheitshalber den Mantel des Schweigens und zudem etliche Tuche und Pelze. Dann überquerten sie den Molkenmarkt. Es war Mittagszeit. Die Händler bauten ihre Stände bereits wieder ab. Das hielt aber den einen oder anderen nicht davon ab, die Ankömmlinge neugierig zu begrüßen.

»Woher kommt Ihr?« Die Antwort warteten sie erst gar nicht ab, sondern fragten danach, was sie eigentlich interessierte: »Was habt Ihr geladen, guter Mann?«

»Bier«, raunte Thomas ihnen zu.

Die Männer vergewisserten sich, ob sie unter sich waren und nicht etwa belauscht wurden.

»Aus Berlin oder …?«

Thomas grinste breit. »Aus Hamburg.«

Das wohlwollende Nicken der Neugierigen hatte seinen Grund. Das heimische »Mühlenecker« sowie das »Bullerbuch-Bier« waren kaum genießbar. Deshalb hatten die Ratsherren im Jahre 1374 eine Anordnung erlassen, in der geschrieben stand: »Es soll keiner unserer Bürger, welches Ansehen er auch besitzt, fremdes Bier kaufen, verkaufen oder einführen.« Der Rat selbst allerdings hatte sich ausdrücklich ausgenommen, um sich fortan gute Geschäfte zu sichern.

Die Kaufleute verhielten sich so, als wären sie dabei, einen Schatz zu heben. »Welche Sorte?«

»Wacholderbier, nach völlig neuem Rezept. Ich habe aber nur zwei Fässer«, sagte Thomas, um sich des unerwarteten Kaufdrangs der vier Männer zu erwehren und kein Aufsehen zu erregen.

Einer schaute auf den Wagen. »Drei! Er hat drei Fässer.«

Thomas hatte fast vergessen, was es für ein Gefühl war, Handel zu treiben. Das Gedränge an dem Fuhrwerk lockte noch weitere Kaufleute heran. »Was habt Ihr geladen?«, wollten auch sie wissen.

Thomas warf die Felle vom Wagen: Wildschwein, Kaninchen und ein Bärenfell. Es war kein besonderes Pelzwerk, aber solide Ware, und sie war im Nu verkauft. Unter den vier Kaufleuten, die sich für das Bier interessierten, entwickelte sich Streit. Wie Marktweiber bekeiften sie sich und konnten sich nicht einig werden, ob der das Vorrecht des Kaufs erwarb, der die Fässer auf dem Wagen entdeckt hatte, oder derjenige, der den Kontakt knüpfte.

Thomas war der Tumult unangenehm. Immerhin taten sie etwas Verbotenes. »Ich mache Euch ein Angebot«, sagte er. »Ihr stellt Euch Rücken an Rücken, und jeder von Euch schreibt die Summe in den Sand, die er bereit ist, für ein Fass Bier zu zahlen.

Die Männer schauten sich misstrauisch an, bis einer schließlich meinte: »Das ist listig, aber so können wir es machen.«

Thomas nahm einen Ahornzweig, zerbrach ihn und gab jedem der Männer einen Stock. Sie wandten sich den Rücken zu und kratzten ihre Vorstellungen in den Boden. Thomas war begeistert. Die Summen hätte er im Traum nicht gefordert. Die Angebote lagen bei drei, sechs, sieben und neun Gulden.

»So soll es sein!«, rief Thomas. »Ein Fass geht für neun, eines für sieben Gulden weg.«

Die zwei Gewinner waren zufrieden. Sie holten ihre Karren, luden die Fässer auf und bedeckten sie mit großen Tüchern.

Stolz zeigte Thomas Sieglinde das Geld. Endlich war ihm ein gutes Geschäft gelungen, denn er hatte in Hamburg nur die

Hälfte für das Bier bezahlt. Mit einem glücklichen Lächeln ließ Sieglinde die Gulden, Groschen und Pfennige, die sie für den Verkauf der Felle und Stoffe eingenommen hatte, in seine Geldkatze klimpern.

»Nun stell dir vor, Sieglinde, wie hoch der Gewinn gewesen wäre, wenn wir das Bier hätten selbst brauen dürfen.«

Sieglinde machte nicht so sehr das Geld glücklich, sondern vielmehr dass Thomas endlich wieder einen Erfolg errungen hatte.

Die beiden Käufer des Bieres waren noch immer auf dem Platz und redeten heftig gestikulierend aufeinander ein. Dann reichten sie sich die Hände und luden ein Fass von dem einen Wagen auf den anderen.

Thomas verstand nicht, was da vorging. »Seid Ihr mit Eurem Kauf doch nicht zufrieden?«, fragte er.

»Doch, doch!«, bekam er von dem einen zur Antwort. »Nur ich habe ihm grad mein Bier verkauft.«

»Und für wie viel?«

»Ich habe es für sieben, er für neun gekauft, also konnte ich mich für elf von meinem Fass trennen.«

Thomas schaute verdutzt, sodass der Kaufmann rasch das Gespräch beendete. »Guten Weg noch!«, wünschte er und machte sich davon.

Nur mit Mühe konnte Sieglinde ein Lachen unterdrücken. Thomas murrte, nahm Zügel und Peitsche. »Hüh.« Sie beobachtete sein düsteres Gesicht aus den Augenwinkeln. Aber auch ihm war nicht entgangen, wie sie angestrengt ihre Mundwinkel nach unten zog, bis er ihr lachend die Zunge rausstreckte. Sieglinde umfasste seinen Arm und schmiegte sich fest an ihn.

Der Giebel ihres Vaterhauses war bereits am Ende der Straße zu sehen. Prächtig ragte er über die anderen Dächer. Als sie näher kamen, fiel Sieglinde sofort auf, dass sich ihr Vater seinen Herzenswunsch tatsächlich erfüllt hatte. Alle Fenster waren aus Glas, die der unteren Etage sogar aus buntem. Er selbst saß auf der kleinen Bank davor, eingewickelt in mehrere Decken, und war offenbar eingenickt. Als er das Fuhrwerk kommen hörte, sprang er auf. Die Decken ließ er auf den Boden fallen und lief seiner Tochter mit ausgebreiteten Armen entgegen. »Da seid ihr ja endlich. Ich hab euch schon erwartet. Wie war die Reise? Ist es euch gut ergangen?«

Er streckte Sieglinde seine Hand hin. »Vorsichtig, meine Kleine. Herunterheben kann ich dich nicht mehr.«

Sieglinde drückte ihren Vater an sich. »Es ist schön, wieder hier zu sein.«

»Wie war die Reise?«, wiederholte Sauertaig seine Frage.

»Danke. Gut. Sehr gut«, versicherte sie.

»Gut?«, frotzelte Thomas. »Gut ist was anderes. Wir sind eben unter die Räuber gefallen.«

16

Sieglinde genoss die ruhigen Tage in Berlin. Thomas, aber auch der Vater sorgten dafür, dass es ihr an nichts fehlte. Fast war ihr die Fürsorge schon ein wenig zu viel. Wenn sie sich im Haushalt nützlich machen wollte, kam bestimmt einer von ihnen und ermahnte sie, sich etwas mehr zu schonen. So vertrieb sich Sieglinde die Zeit damit, ausgedehnte Spaziergänge zu unternehmen. Jeden Tag musste sie sich etwas wärmer anziehen, denn im Januar 1378 hielt der Winter dann doch spät Einzug. Weil nichts mehr von ihr gefordert wurde, als das eigene Wohl nicht aus den Augen zu verlieren, war sie an einigen Tagen ausschließlich damit beschäftigt, davon zu träumen, wie schön das Leben sein würde, wenn erst das Kind ihre Familie adelte.

Auch Thomas gewann Abstand von seinen Sorgen. Noch hatte er den Vätern nicht erzählt, wie es um seine Geschäfte in Hamburg tatsächlich bestellt war. Der alte Hovemann mochte auch nicht drängen, sondern wollte erst die Niederkunft von Sieglinde abwarten, bevor er das Thema ansprach.

Als der Januar bereits zur Hälfte vorüber war, packte dann aber Sauertaig das Problem an. Er stellte das Fass Wacholderbier auf den Tisch und fragte: »Thomas, was hältst du davon, wenn wir drei Männer uns mal unterhalten?«

Thomas hatte den Moment nahen sehen und sich bereits damit abgefunden, von den beiden erfahrenen Kaufleuten entweder mit Vorwürfen oder Mitleid bedacht zu werden. »Von mir aus gerne«, log er deshalb.

Sieglinde nahm das zum Anlass, einen ihrer Spaziergänge zu machen, da es Thomas sicher leichter fallen würde, über seine geschäftlichen Probleme zu sprechen, wenn sie nicht dabei war. Was er mitzuteilen hatte, wusste sie ohnehin.

Sie lief durch die Straßen und erfreute sich daran, dass einige Häuser nach dem Brand vor zwei Jahren viel prächtiger wieder aufgebaut worden waren. Das hölzerne Vordach des Rathauses war inzwischen auch repariert, an dem Turm der Nicolaikirche wurde noch gearbeitet. Überall roch es nach frischem Holz. Dort, wo einst kleine, mit Stroh bedeckte Behausungen standen, hatten sich nun prächtige Steinhäuser breit gemacht, meist auch zwei Etagen höher als die Bauten vorher. Aber an vielen Stellen der Stadt waren noch immer nur notdürftig reparierte Fachwerkkaten zu sehen, wiederum mit Stroh bedeckt, als hätte sich nicht gerade dieses Baumaterials wegen der Brand so schnell ausbreiten können.

Es mochte ungefähr eine Stunde vergangen sein, als Sieglinde sich entschloss, ihren Rundgang zu beenden, und zurückkehrte. Das Fenster der Stube war nur angelehnt, und sie konnte hören, dass Thomas und die Väter sich angeregt miteinander unterhielten. Da sie die Gespräche nicht stören wollte, setzte sie sich auf die Bank vor dem Haus und schloss die Augen. Das Marktgeschrei war bis hierher zu hören. Noch lauter aber war die Stimme des alten Hovemanns, der sich erregte: »Also ist doch alles völlig klar! Nicht dieser Marquis, sondern van Törsel steckt dahinter, dass du in Hamburg keinen Fuß auf den Boden bekommst. Und dann taucht er scheinheilig hier auf und verlangt Geld, angeblich als Ausgleich für entgangene Geschäfte.«

»Vater, aber Ihr habt ihm doch gesagt, er soll sich melden, wenn er Hilfe braucht«, wandte Thomas ein.

Die Stimmen wurden wieder gedämpft. Sieglinde rückte näher an das Fenster.

»Nachdem ich ihn vom Hof gejagt hatte, hat er mir am darauf folgenden Tag einen Brief zukommen lassen, in dem er mir mitteilte, was von Erp angeblich aufgeschrieben hat«, hörte sie ihren Vater poltern.

Darauf der alte Hovemann: »Der Mann wird gefährlich. Es würde mich nicht wundern, wenn er etwas mit dem Verschwinden von Friedelinde zu tun hätte. Dem traue ich alles zu. Wir werden etwas unternehmen müssen.«

Sieglinde konnte sehen, wie Thomas aufgeregt durch die Stube lief. »Zumindest kann nur er es gewesen sein, der das Buch gestohlen hat«, sagte er. »Deshalb hat er sich in Hamburg nicht mehr blicken lassen. Er wollte nach Berlin, um Geld von Euch zu erpressen.

»Was für ein Buch?«, fragte Sauertaig.

Thomas tat, als habe er die Frage nicht gehört. Mit dem Fuß schob er einen Hocker an den Tisch und setzte sich. »Ich denke, es ist an der Zeit, dass jeder von uns auf den Tisch packt, was er von der Sache weiß.« Nachdem er die Worte hatte wirken lassen, fuhr er fort: »Erzählt mir endlich, was damals vorgefallen ist!«

»Ich habe es dir mehrfach gesagt …«, wehrte Hovemann ab. »Du redest dir etwas ein und …«

»Nein, Vater. Sagt endlich die Wahrheit, denn ich kenne sie ohnehin. Ihr habt Marta diesem Scheusal in die Arme getrieben. Ob Ihr es getan habt, weil ich Sieglinde heiraten sollte oder einfach nur wegen Eurer Spielschulden …«

Hovemann sprang auf. »Es ging um Friedelinde. Er wollte Friedelinde zur Frau haben, aber sie war doch noch ein Kind. Was blieb mir denn übrig. Da musste ich doch handeln.«

»Und da habt Ihr, als würdet Ihr mit einem Fuder Holz handeln, Marta zum Tausch angeboten.«

Aus Thomas brach heraus, was er um des Friedens willen so lange verdrängt hatte. Er spürte Hass. Hass gegen seinen Vater, aber auch gegen sich selbst. Er sprang auf seinen Vater zu und packte ihn am Kragen.

Sauertaig zog ihn zurück. »Nimm Vernunft an!«, befahl er seinem Schwiegersohn – ohne Erfolg.

Der Streit wurde so heftig, dass Sieglinde überlegte, ob sie ihn beenden sollte, indem sie die Männer merken ließ, dass sie zurück war von ihrem Spaziergang. Sie fühlte sich elend. Das Buch ... Das fürchterliche Buch, in dem alles stand. Nun zeigte sich seine böse Kraft. Sieglinde zitterte. Ihr war kalt, obgleich ihr der Schweiß auf der Stirn stand. Was war passiert? Immer wieder Marta! Was bedeutete das? Was war neu an dem, was sie gerade gehört hatte? Nichts! Sie wusste ja, dass Thomas sie nicht aus Liebe geheiratet hatte. Sie spürte einen heftigen Stich im Leib. Dann einen zweiten, so stark, als würde es ihr die Därme auseinander reißen.

Mit letzter Kraft schlug sie gegen das Fenster und hörte noch ihren Vater rufen: »Die Amme, schnell, holt die Amme!«

Dann war sie von den Schmerzen erlöst.

17

Der Streit und die Anschuldigungen waren plötzlich nebensächlich geworden. Wie ein eingesperrtes Tier lief Thomas durch die Stube. Bei jedem Schrei zuckte er zusammen.

Sein Vater hob den Zeigefinger. »Das könnt Ihr mir glauben. Bei solchen Schmerzen kann es nur ein strammer Junge werden.«

Sauertaig wiegte den Kopf. Er wusste aus Erfahrung, Mädchen konnten auch sehr stämmig sein.

Thomas presste sein Ohr an die Tür, aber er hörte nichts.

Sauertaig lächelte milde. »Beruhige dich. Du machst nur durch, was jeder junge Vater erlebt. Setz dich und hadere nicht mit deinem Schicksal. Der Herrgott hat es in der Hand. Du musst ihm nur vertrauen. Er wird es richten, so wie es sein soll.« Und zu Hovemann gewandt, spottete er: »Dein Sohn scheint aufgeregter zu sein als meine Tochter, obgleich doch sie die Arbeit vor sich hat.«

Hovemann stimmte in den Spott ein. »Könnt Ihr Euch noch erinnern, wie Sieglinde auf die Welt kam?«

»Und ob ich das kann. Was für ein kräftiges Bürschchen, hatte ich zuerst gedacht. Aber dann fehlte das, was den Menschen zum Manne macht. Es war alles dran. Nur von einem Säbelchen keine Spur. Weiß Gott! Mir wäre ein Sohn lieber gewesen.« Er nahm einen kräftigen Schluck Wein. »Aber, Hovemann, sei's drum. Kräftig ist das Mädel auch geworden, genauso nützlich wie ein Bursche, und, verdammt noch mal, einen guten Mann hat sie auch bekommen.«

Hovemann fühlte sich geschmeichelt, hob den Becher, stieß mit Sauertaig an und bestätigte: »Das will ich meinen!«

Thomas horchte derweil noch immer an der Tür zum Schlafzimmer. »Nichts.« Er lugte durch einen kleinen Spalt.

Sieglinde saß auf einem Schemel. Ihr Kleid war nass und über die Knie geschoben. Die Amme griff ihr zwischen die Beine. »Eile dich, wir brauchen frisches Wasser!«, rief sie einer Gehilfin zu. Das Mädchen war so schnell an der Tür, dass Thomas rücklings auf den Boden fiel, als sie aufgestoßen wurde.

»Was sucht Ihr hier?«, wurde er gescholten.

Thomas rieb sich den Kopf. »Kannst du schon was sagen? Wie lange werden wir noch warten müssen?«

Das Mädchen nahm den Kessel vom Feuer, füllte einen zweiten und stellte ihn auf den Herd. »Ihr werdet es früh genug erfahren«, gab es patzig zur Antwort.

»Darf ich zu ihr?«

Die Gehilfin drehte sich keck um. »Alles können wir bei einer Niederkunft gebrauchen, aber bestimmt keinen Mann.« Ihr Ton wurde belehrend, wie bei Menschen, die ihre Verantwortung genießen. »Wir tun alles, was wir tun können. Und Ihr helft uns am besten, wenn Ihr uns nicht helft.« Selbst als Sauertaig sich nach dem Befinden seiner Tochter erkundigte, bekam er als Antwort nur ein schnippisches »Gut!«.

Die drei Männer versuchten, aus diesem »Gut« herauszudeuten, wie es um den Fortgang der Geburt stand. Sauertaig trommelte mit den Fingern auf die Tischplatte und überlegte laut, wie das Auftreten der Geburtshelferin zu werten war.

Thomas setzte sich an den Tisch, zwang sich zur Ruhe und rieb sich über das schweißnasse Gesicht. »Es wird schon alles in Ordnung sein.«

Kaum war die Hoffnung ausgesprochen, da sprang die Tür abermals auf. Die Gehilfin kam herausgerannt, lief erneut an die Feuerstelle, nahm frische Tücher aus dem Kessel und machte kehrt. Thomas lief hinterher, doch ehe er die Stube betreten konnte, fiel die Tür wieder ins Schloss. Er blickte abwechselnd Sauertaig und seinen Vater an und hob hilflos die Arme.

»Es ist beunruhigend ruhig«, stellte Sauertaig mit philosophischem Anspruch fest.

»Gleich ist es so weit!«, kündigte Hovemann an. Sauertaig nickte erfahren.

Dann kam er, der sehnsüchtig erwartete Schrei. Sauertaig wippte erneut mit dem Kopf. Und noch ein Schrei – viel höher als der erste, nicht vor Schmerz ausgestoßen, sondern eher wie vor Empörung. Sauertaig und der alte Hovemann lachten befreit, packten ihre Becher und stießen sie so heftig aneinander, dass fast die Hälfte des Weins auf den Boden schwappte. Nur Thomas stand unsicher mitten im Raum. Christian Hovemann füllte einen dritten Becher und reichte ihm den. »Du hast es geschafft, mein Sohn. Bete zu Gott, dass alles dran ist.«

»Einschließlich Säbelchen«, präzisierte Sauertaig.

»Einschließlich Säbelchen«, stimmte Hovemann zu.

Thomas war nicht in der Lage zu trinken. Gerade wollte er sich über alle Verbote hinwegsetzen und die Tür öffnen, da sprang sie auf, und die Amme präsentierte stolz ein schreiendes Bündel aus Leinen mit zwei Armen und einer kleinen Öffnung, aus der ein roter Kopf lugte.

Voller Ehrfurcht näherten sich die Männer. Sauertaig hielt dem Schreihals den Zeigefinger hin, bis die winzige Hand nach ihm griff. Sauertaig lachte ein bisschen albern und sagte: »Ich will verdammt sein, wenn das nicht der Handschlag eines hansischen Kaufmanns ist.« Er schaute die Amme an, um eine Bestätigung zu erfahren.

Der gefiel es, die drei auf die Folter zu spannen. Sie wusste, wie wichtig ihnen der Stammhalter war. Sie sah in die erwartungsvoll blickenden Augen der Männer, dann nickte sie, worauf Thomas wie irre lachte. Der alte Hovemann sprang vor Freude in die Luft, und Sauertaig schlug mit der flachen Hand so heftig gegen die Wand, dass sie ihm noch drei Tage später schmerzen sollte. »Danke! Verdammt noch mal! Danke!«, rief er.

Die drei Männer setzten sich und falteten die Hände: »Heilige Mutter Gottes …«

Die Amme reichte Thomas das Bündel. Der wich ängstlich zurück. »Nicht so zaghaft!«, ermunterte sie ihn.

Behutsam und andächtig nahm er das Kind entgegen. Als er es sicher im Griff hatte, schaute er stolz in die Runde, glücklich über das Wunder, das er auf den Armen trug. Fast versagte ihm die Stimme, als er verkündete: »Sebastian soll er heißen, geboren am zwanzigsten Januar dreizehnhundertachtundsiebzig.«

Thomas legte seinen Sohn in die vorbereitete Wiege im Schlafzimmer und setzte sich neben das Bett von Sieglinde. Ihr Körper und das Gesicht waren nass von der Anstrengung. Thomas strich ihr die Haare aus der Stirn. »Danke. Ich danke dir, bei Gott.«

Sie fasste nach seiner Hand. »Vielleicht gelingt es mir so, dein Herz zu gewinnen.«

Er kam nicht dazu, ihr zu versichern, dass sie das längst getan hatte, denn Sauertaig riss die Tür auf und schob einen Priester vor sich her. »Schnell! Geht schnell und tauft das Kind, dass es uns nicht noch genommen werden kann …«

18

Die Bretter zum Zwischenboden waren nur mit großer Mühe beiseite zu schieben. Spinnweben verfingen sich in Thomas' Gesicht. Auf allen vieren robbte er seinem Ziel entgegen: eine kleine Truhe, gefüllt mit Dingen, die nicht mehr gebraucht wurden und doch zu wertvoll waren, um weggeworfen zu werden. Obenauf lagen Säcke, die einst dem Transport von Roggen gedient hatten. Sie waren staubig. Als Thomas hineingriff, flüchteten ein paar Mäuse, denen er die Behausung zerstört hatte. Er stellte das Licht auf den Boden und hob den Deckel. In der Truhe lagen Kleidungsstücke, einige von der Mutter, aber auch ein paar Schuhe von Friedelinde. Sie waren mit ihren besonders langen Schnäbeln damals sehr modisch und deshalb der Stolz seiner Schwester gewesen. Darunter kamen Hosen zum Vorschein, die schon damals so eng waren, dass der Vater sich häufig beschwerte, wie man so unzüchtig herumlaufen könne. Aber all die Sachen interessierten Thomas nicht, jedenfalls im Moment nicht. Er kramte weiter, und endlich fand er, was er suchte: ein kleines Pferd aus Holz, das er selbst geschnitzt und damals seiner Schwester geschenkt hatte. Ganz geglückt war ihm das Tier nicht, und so hatte der Vater stets seine Freude daran gehabt, Friedelinde zu necken, indem er es absichtlich falsch für eine Kuh hielt, und wenn sie protestierte, gar für ein Schwein.

Halb Berlin-Cölln war abgebrannt, aber das Spielzeug war von Friedelinde gehütet worden. Thomas hielt es neben das Licht. Es sah tatsächlich aus wie eine Kuh, dachte er und warf alles andere, was er herausgekramt hatte, zurück in die Truhe.

Neun Monate waren inzwischen vergangen, seit Friedelinde verschwunden war. Er vermisste sie, und er wollte sich nicht mit dem Gedanken abfinden, sie nie wieder in die Arme nehmen zu können.

Vorsichtig kletterte er eine Stufe nach der anderen wieder hinunter und verließ eilig sein Elternhaus, um so schnell wie möglich wieder bei Sieglinde und seinem Sohn zu sein. Er fühlte sich mächtig stolz, als einige Leute ihm Glückwünsche zuriefen. Seine Vaterschaft hatte sich anscheinend bereits herumgesprochen.

Die beiden Großväter saßen noch immer beieinander. »Leiste uns Gesellschaft«, nuschelte Sauertaig bier- und weinselig, als er seinen Schwiegersohn sah, den er schon vermisst hatte, wie er sagte.

Thomas wehrte ab. Er war zu aufgewühlt, um sich dazuzusetzen. Leise öffnete er die Tür zu Sieglindes Schlafkammer. Sie lag mit Sebastian im Arm in ihrem Bett und wirkte sehr glücklich. Thomas reichte ihr das Holzspielzeug.

»Was ist das?«, fragte sie.

»Das sieht man doch wohl«, behauptete Thomas mit Überzeugung. »Ein Pferd.«

Sieglinde besah sich das Tier von allen Seiten und nickte zustimmend. »Klar, sieht man doch! Ein Pferd. Ein Pferd, dem jemand auf den Schwanz getreten hat.«

»Es hat doch gar keinen Schwanz.«

»Eben. Aber dafür hat es ein Euter oder sonst irgendeine Beule.«

»Ich muss noch mal weg«, sagte Thomas schmunzelnd, gab ihr einen Kuss und eilte erneut davon.

»Wo willst du denn hin?«, rief sie ihm hinterher, aber da war er schon aus der Tür.

Sein Ziel war der Friedhof hinter dem Teltower Tor, auf dem die Pest- und Brandopfer ihre Ruhe gefunden hatten. Neben Marta war hier auch seine Mutter begraben. Niemand konnte genau sagen, wo. Es waren bei dem Brand vor zwei Jahren zu viele zu Tode gekommen, als dass man hätte Einzelgräber anlegen können. Aber es war darauf geachtet worden, jedem Erlösten eine kleine Tafel als Ehrbezeugung zu widmen.

Thomas kniete sich trotz der Kälte auf den Boden und schaute wehmütig auf den Flussausläufer der Spree, der Cölln umschloss.

»Ich beglückwünsche Euch zu Eurem Sohn«, hörte er plötzlich jemand sagen.

Überrascht blickte er auf. Vor ihm stand wieder einmal van Törsel. Doch diesmal sah er ganz anders aus als bei ihrer letzten Begegnung. Er wirkte gepflegt und gut gekleidet, so als wäre er inzwischen zu Geld gekommen.

»Was treibt Euch, mich so zu erschrecken!«

»Verzeiht, es war nicht meine Absicht. Mein Wunsch ist es zu gratulieren.«

»Danke«, erwiderte Thomas knapp und erhob sich. »Was macht Ihr in Berlin?«

Van Törsel kreuzte seine Arme auf dem Rücken. »Ihr hattet Recht. Zu lange habe ich mit meinem Schicksal gehadert. Und so freut es mich, Euch antworten zu können, dass mich Geschäfte nach Berlin geführt haben.« Und als lege er besonderen Wert auf Genauigkeit, fügte er hinzu: »Unter anderem Geschäfte.«

Thomas spürte, dass sein Gegenüber erwartete, gefragt zu werden, was mit »unter anderem« gemeint sei, aber er wollte ihm den Gefallen nicht tun, weil er ahnte, dass es etwas mit ihm und seiner Familie zu schaffen haben würde.

»Nun wisst Ihr, wie es ist, ein Kind geschenkt zu bekommen«, sagte van Törsel leise und mit gesenktem Haupt, als suchte er was auf dem Boden. Dann hob er Kopf und Stimme: »Was Ihr noch nicht wisst, ist, wie man sich fühlt, wenn es einem wieder genommen wird.«

Thomas fuhr auf. »Was soll das bedeuten?«

Van Törsel bückte sich und hob einen kleinen Stein auf. »Ich möchte, dass Ihr mir helft«, sagte er fast beiläufig.

»Mein Vater und ich haben Euch bereits Hilfe angeboten, solltet Ihr Geld brauchen, um als Kaufmann neu beginnen zu können.«

Van Törsel schüttelte den Kopf. »Das ist es nicht, wonach ich strebe.«

Thomas holte tief Luft. »Ich habe es Euch mehrfach gesagt. Ihr zermürbt Euch nur selbst und werdet nichts erreichen, als Unglück anzuzetteln.« Er merkte, dass er zu laut geworden war, um überzeugen zu können. Deshalb dämpfte er seine Stimme, als er fortfuhr: »Der Mörder Eurer Tochter ist gerichtet. Es war von Erp. Findet Euch endlich damit ab.«

Mit einem langen Schritt stellte sich van Törsel dicht vor Thomas auf. »Was macht Euch so sicher, dass es allein Heinrich von Erp war?«

Thomas drehte sich weg, weil er befürchtete, in seiner Miene könnte mehr zu lesen sein, als gut war.

Wie ein Fuchs schlich van Törsel um ihn herum. »Ich habe Gewissheit, dass Ihr mich anlügt und die Schuld wider besseres Wissen nur dem toten von Erp anlasten wollt.« Er trat erneut direkt vor Thomas, so dicht, dass der steil nach oben schauen musste, wenn er dem Blick ausweichen wollte. »Ich habe das Buch.«

Thomas fühlte, wie ihm schwindlig wurde. Rote und schwarze Kringel tanzten vor seinen Augen. Er war erschrocken, obwohl er geahnt hatte, dass van Törsel der Buchdieb war.

Es schien den alten Kaufmann zu freuen, ihn so um Fassung ringen zu sehen.

»Macht dem Schmied keinen Vorwurf«, sagte er. »Es war nur eine kleine Unaufmerksamkeit von seinem Gesellen, die mir half, das Buch an mich zu bringen. Ich gehe davon aus, dass Ihr es gelesen habt?«

Was sollte Thomas darauf antworten? Dass er nicht die Zeit gefunden hatte, alles zu entziffern, was von Erp stellenweise mit flinker Hand hingekritzelt hatte? Oder sollte er versuchen, den Buchdieb zu täuschen, indem er vorgab, alles zu wissen, damit er anfing, offen über den Inhalt zu sprechen?

»Es ist recht dick …«

»Das ist eine Ausrede. Ihr hattet nur Furcht, erkennen zu

müssen, dass Sauertaig und Euer Vater an den Taten von Erps gut verdient haben. Deshalb habt Ihr versucht, das, was Euch missfiel, zu verdrängen. Wie erbärmlich!«

Am Ufer des Flusses lief eine Ratte entlang. Törsel warf den Stein in seiner Hand nach dem Tier, das flink flüchtete.

»Weder mein Vater noch Sauertaig hat Eure Tochter getötet«, hielt Thomas dagegen.

»Aber sie haben ihren Tod in Kauf genommen, weil sie daran zu verdienen hofften. Sauertaig war seit langem neidisch auf meinen Erfolg. Er wusste, dass meine Tochter mir alles bedeutete und ich nach ihrem Tode nicht die Kraft haben würde, mich um meine Geschäfte zu kümmern. Und Euer Vater?« Van Törsel schüttelte den Kopf. »Er ist kleiner als ein Wicht. Er hätte mich auf die Gefahr hinweisen können, aber er hat, in der Hoffnung, dass auch für ihn etwas abfallen würde, geschwiegen und zugeschaut, wie mir dieses Unglück angetan wurde.« Der Ton, den van Törsel angeschlagen hatte, klang wie eine Kampfansage.

»Wo habt Ihr doch gleich die Haarspangen gefunden?«, fragte Thomas und gab sich keine Mühe, sein Misstrauen zu verbergen.

Van Törsel hob die Augenbrauen und lächelte hämisch, wie es Thomas schien. »Im Wasser.«

Thomas richtete sich auf. Die Vermutung seines Vaters, dass van Törsel etwas mit dem Verschwinden Friedelindes zu tun haben könnte, war womöglich gar nicht so falsch … »Lebt sie noch?«, fragte er betont gelassen.

Van Törsel antwortete in fast dem gleichen Tonfall: »Wer?«

»Ihr wisst, von wem ich spreche.«

Der Kaufmann schüttelte den Kopf und setzte eine übertrieben ratlose Miene auf, bis Thomas »Friedelinde« sagte.

»Ihr denkt doch nicht …«, gab van Törsel entrüstet zur Antwort. »Nein, ich würde …«

»Sagt mir, an wie viel Schadensausgleich Ihr denkt«, forderte Thomas entschieden. »Dann will ich alles tun, um Euch zufrieden zu stellen.«

Van Törsel verschränkte die Arme: »Gut! So soll es sein. Ich verlange, dass Euer Vater und Sauertaig schriftlich eingestehen, den Tod meiner Tochter guter Geschäfte wegen begünstigt zu haben.«

»Was werdet Ihr mit dem Geständnis anfangen?«

Thomas fürchtete, dass ihm das Spiel, das sie beide hier trieben, gerade entglitt, denn der Kaufmann hatte Erfahrung im Verhandeln, während er sich mehr von Gefühlen leiten ließ als vom Verstand.

»Ihr wollt Rache nehmen, indem Ihr die beiden Kaufleute der Gerichtsbarkeit übergebt?«, fragte er.

»Sie könnten mich ja vorher um Vergebung bitten.«

Was wollte van Törsel erreichen? Um Vergebung bitten? Welchen Gewinn würde ihm das bringen? Es kostete Thomas Mühe, seine Gedanken zu ordnen.

»Ihr könnt nicht verlangen, dass ich zusehe, wie Ihr meinem Vater droht«, empörte er sich.

Mit einem Mal vergaß van Törsel die geschäftsmäßige Kühle. Er bekam einen roten Kopf und wurde laut: »Eure Familie hat etwas, das mir gehört! Mein Geschäft. Wenn Ihr nicht wollt, dass ich, jetzt, wo ich Beweise für ihre Schuld habe, Hovemann und Sauertaig der Gerichtsbarkeit ausliefere, dann sorgt endlich dafür, dass ich das, was mir gehörte, zurückbekomme.«

Wie er es schaffen wollte, wusste Thomas zwar nicht, aber er versprach van Törsel, was er verlangte, und auch, dass sich die beiden Väter einem Gespräch stellen würden.

Der Kaufmann machte den Eindruck, als sei eine Last von ihm genommen. »Seht, der Fluss folgt seinem Weg«, sagte er sanft. »Manchmal nimmt er etwas mit …«, er fischte ein Blatt aus dem Wasser, »… wie dieses Blatt. Wer weiß, wie lange es schon mit dem Fluss schwimmt und woher es kommt. Aber irgendwann, früher oder später, gibt er es wieder frei.« Er warf das Blatt zurück in den Fluss. Es schaukelte davon. »Vielleicht schon in der nächsten Biegung oder später, aber irgendwann gewiss.«

Thomas zuckte mit den Schultern. »Was wollt Ihr damit sagen?«

Randulf van Törsel starrte auf das Wasser. »Fragt Ihr Euch nicht, warum Friedelinde nicht gefunden wurde – weder tot noch lebendig?«

19

Sebastian lag satt und zufrieden in seiner Wiege. Seit einer Stunde schaukelte Thomas ihn in Gedanken versunken hin und her. Zumindest eine Sorge war dem jungen Vater inzwischen abgenommen worden. Nach der Geburt seines Sohnes herrschte so viel Zuversicht in der Familie, dass Hovemann und Sauertaig übereingekommen waren, das Unternehmen in Hamburg auch weiterhin finanziell zu unterstützen. Thomas hätte also zufrieden sein können, wären da nicht die Probleme mit Randulf van Törsel.

Sauertaig saß am Tisch, das Rechentuch vor sich ausgebreitet, und schob einen Stein zum anderen. Aus den Augenwinkeln beobachtete er den Schwiegersohn. »Du siehst missmutig aus«, stellte er fest. »Etwa weil es morgen wieder zurück nach Hamburg geht? Von mir aus könnt ihr noch eine Weile in Berlin bleiben.« Er machte eine einladende Geste. »Platz ist hier genug.«

Thomas schüttelte den Kopf. Er überlegte, ob es jetzt ein guter Zeitpunkt war, Sauertaig mit den Forderungen van Törsels zu konfrontieren. Er würde es ohnehin heute noch tun müssen. Er schätzte seinen Schwiegervater gerade auch wegen seines scharfen Verstandes. Sein Vater, fürchtete er, würde nur aufbrausend und wenig überlegt reagieren. »Darf ich Euch in einer heiklen Angelegenheit sprechen ...?«

Sauertaig war erwartungsgemäß sehr freundlich. »Immer.«

Thomas brachte die Wiege zum Stillstand. »Es ist sehr schwierig. Wie soll ich es ...«

»Wir sind allein«, machte der alte Mann ihm Mut, »nur frei

heraus!« Als Thomas noch immer herumdruckste, stand Sauertaig auf, legte ihm einen Arm um die Schulter und sagte: »Wir sollten ein paar Schritte gehen. So lassen sich Gedanken besser sortieren.«

Sie liefen auf dem Hof schweigend nebeneinander her, bis Sauertaig ihn erneut ermunterte: »Was ist es denn, das dich zum Geheimniskrämer werden lässt?«

»Es handelt sich um van Törsel«, sagte Thomas schließlich.

Augenblicklich wich die Freundlichkeit aus Sauertaigs Gesicht. »Es geht ihm wieder besser, hörte ich. Er macht Geschäfte in Berlin. Recht erfolgreich, wie mir berichtet wurde.«

»Seine Geschäfte in Berlin sind, befürchte ich, nur ein Vorwand.«

Sauertaig fiel es schwer, seine Erregung zu verbergen. Sein rechtes Augenlid zuckte heftig. Er lief ein Stück voraus und drehte sich dann mit einem Ruck zu Thomas um. »Was treibt er dann in dieser Stadt?«

»Er ist besessen von dem Gedanken, dass die Personen, die Schuld am Tod seiner Tochter tragen, dafür noch nicht gebüßt haben.«

Sauertaig verschränkte die Arme und wirkte mit einem Mal fast doppelt so breit. »Also will er sich zum Richter aufschwingen?«

»Er meint, weil er ja immerhin der Vater des getöteten Mädchens sei, hätte er allemal ein Recht dazu.«

Sauertaig lachte verkrampft. »Dann soll er mal kommen.«

Sauertaig konnte im Gesicht seines Schwiegersohns lesen, dass er mehr verraten hatte, als gut für ihn war, und so bemühte er sich, den Schaden zu begrenzen. »Also ... Was ich meinte damit ... Ich meinte, dass es sehr schwer sein wird, auf eigene Faust und mit spärlichen Mitteln die Schuldigen zu finden.« Er war puterrot im Gesicht. »Ich denke, man sollte nach so langer Zeit endlich einen Strich unter alte Rechnungen ziehen.«

»Striche unter Rechnungen werden meist nur dann gezogen, wenn es ans Bezahlen geht.« Thomas merkte, dass er sich mit dieser Binsenweisheit stark im Ton vergriffen hatte, denn Sauertaig wurde augenblicklich ruhig.

Der alte Kaufmann hatte den Ernst der Lage sofort begriffen. Betont gleichmütig sah er an sich hinunter und wischte mit dem Handrücken ein paar Staubflusen von seinem Umhang.

»Was will er?«

»Er will ein Geständnis von Euch.«

»Pah!«, machte Sauertaig. »Ich weiß von nichts, und von Erp ist tot.«

»Aber bevor er gestorben ist, hat er, was geschehen ist, fein säuberlich in einem Handelsbuch aufgeschrieben, das van Törsel an sich gebracht hat.«

Sauertaig fluchte vor sich hin: »Dieser dem Wahnsinn Verfallene! In der Hölle soll er schmoren.« Er ging stampfend hinüber zum Hühnerstall, öffnete das Gatter, nahm eine Hand voll Körner aus einer Kiste, warf sie den Tieren zu und kam wieder zurück. »Aber wenn in diesem Buch aufgeschrieben steht, dass ich mit dem Tod des Mädchens etwas zu tun habe, dann ist das gelogen.«

»Es steht drin, dass Ihr von Erp nahe gelegt habt, Euren Geschäftsrivalen van Törsel auszuschalten.«

»Das ist Unsinn. Niemals hätte sich von Erp etwas befehlen lassen, schon gar nicht von einem Kaufmann, der ihm an Einfluss wahrscheinlich eher unterlegen war.« Sauertaig durchpflügte mit der Hand seinen Bart. »Hat er gedroht? Was will er tun? Will er uns Schaden zufügen, indem er uns anklagt?«

Die Haustür zum Hof knarrte. Sieglinde steckte ihren Kopf heraus. Sie war von ihrem Spaziergang zurück.

»Jetzt nicht!«, rief Sauertaig unwirsch, als sie Anstalten machte, sich zu ihnen zu gesellen.

Sie zuckte zusammen. »Christian Hovemann ist mit mir gekommen.«

»Ich bin gleich da.«

Sieglinde verschwand schnell im Haus, um nicht weiteren Groll auf sich zu ziehen.

Sauertaig atmete schwer. »Hat er etwas angekündigt?«

»Nichts. Er gibt vor, dass es ihm nur darum ginge, seinen Frieden zu finden.«

«Und deshalb sollen wir zugeben, von den seltsamen Leidenschaften dieses verrückten von Erp gewusst zu haben?«

Sauertaig war im Begriff, ins Haus zu gehen. »Ich nehme an, dass du zuerst deinem Vater berichtet hast, was van Törsel umtreibt.«

»Nein.«

Sauertaig blieb stehen und fragte ungläubig: »Wie?«

»Ich kann ihn nicht fragen.« Thomas druckste. »Ich habe eine Vermutung ... nichts Konkretes ... Es ist nur ein Gefühl.«

»Ja, und ...«

»Ich habe den Eindruck, van Törsel weiß etwas über das Verschwinden von Friedelinde. Wenn ich das dem Vater sage, handelt er vielleicht so, als wäre die Vermutung bereits der Beweis. Ich will ihm nicht den Respekt versagen, aber ich befürchte, er könnte etwas Unüberlegtes tun.«

Sauertaig nickte.

Die Tür wurde ein zweites Mal geöffnet. Diesmal von Christian Hovemann. Sauertaig setzte eine unauffällige Miene auf. »Ich bin gleich bei Euch, lieber Hovemann. Lasst Euch von Sieglinde einen Becher Wein geben.« Augenblicklich schloss sich die Tür. Sauertaig legte seine Hand auf Thomas' Schulter. »Ich werde mit deinem Vater sprechen. Immerhin betrifft diese Angelegenheit inzwischen die gesamte Familie. Wir werden klug handeln müssen.«

Der Ton, in dem Sauertaig darauf hinwies, dass die Probleme beide Familien gleichermaßen bedrohten, ließ Thomas vermuten, dass der Kaufmann wohl gerne versucht hätte, alle Schuld von sich zu weisen und auf den Schwiegervater seiner Tochter zu lenken. Ihm war aber wohl klar geworden, dass auch Sieglinde unter den Folgen zu leiden hätte, wenn van Törsel mit der Beweislast des Buches doch noch die Gerichtsbarkeit anriefe.

Sauertaig brauchte nicht lange, um seine Haltung wiederzufinden. Als er mit festen Schritten ins Haus stapfte, wirkte er so, als wüsste er bereits eine Lösung des Problems. Thomas wartete einen Moment, ehe er ihm folgte, um dann zu Sieglinde ins Schlafzimmer zu gehen, wo sie damit beschäftigt war, Sebastian zu wickeln.

Nebenan unterhielten sich die beiden Väter. Thomas stellte sich dicht an die Tür und versuchte, etwas von dem Gespräch aufzuschnappen.

Sieglinde spottete: »Bist du nicht etwas zu alt für solche Spielchen?«, und lachte, bis Thomas sie schreckensblass ansah.

Er hatte eben nichts weniger mitbekommen als den Vorschlag Sauertaigs, den Ruf der beiden Familien dadurch zu retten, van Törsel endgültig zu beseitigen. Und das Schlimmste war, sein Vater hatte dazu geschwiegen.

20

Es regnete. Thomas lief so schnell, dass er beinahe über drei Hunde gestolpert wäre, die sich gierig um einen Schweinefuß balgten. Sein Ziel war die Brüderstraße, denn er erinnerte sich, dass van Törsel angedeutet hatte, in dem kleinen Gasthof dort untergekommen zu sein. Er musste ihn irgendwie dazu bewegen, die Stadt so schnell wie möglich zu verlassen. Nur so, dachte er, könne neues Unheil verhindert werden.

Der Boden war aufgeweicht. Mit großen Schritten sprang Thomas von Trittstein zu Trittstein, bis er zu einem zweistöckigen Haus gelangte. Der Erker ragte so ausladend über die Straße, dass man glauben konnte, nur leicht gegen das untere Fachwerk treten zu müssen, und das gesamte Bauwerk würde auf die Straße kippen. Über der Tür ragte ein Haken, an dem ein Schild befestigt war: »Gasthof zur Linde«. Darunter hing eine kleine Glocke. Thomas zog an der Schnur. Von innen ermutigte ihn eine Stimme einzutreten: »Die Tür ist auf!«

Die Wirtin, eine Frau, deren Fülligkeit verriet, dass sie sinnliche Genüsse zu schätzen wusste, empfing ihn mit den Worten: »Ihr kommt grad recht. Es steht alles auf dem Tisch, was ein junger Kaufmann wie Ihr zur Stärkung braucht.«

Thomas blickte an sich hinunter. »Wie wollt Ihr wissen, dass ich ein Kaufmann bin?«

»Um diese Zeit kommen meist Kaufleute, um für den Handel auf dem Markt bei Kräften zu sein.«

»Ich suche Randulf van Törsel und hoffe, ihn hier zu finden.«

Die Wirtin deutete in eine schummrige Ecke. Tatsächlich saß er dort. Vor sich auf dem Tisch hatte er Leckereien wie Feigen, Nüsse, aber auch einen duftenden Braten, Brot, Fisch und Wein.

Der Besuch schien ihn nicht zu überraschen. Mit vollem Mund wies er einladend auf einen freien Stuhl und dann auf die Weinkaraffe. Thomas überlegte, wie er beginnen sollte. Er würde van Törsel kaum sagen können, in welcher Gefahr er sich befand.

»Ich bin gekommen, Euch anzubieten, mit mir nach Hamburg zurückzureisen.«

Schon in dem Moment, da er das Angebot ausgesprochen hatte, wurde ihm klar, dass er sein Ziel zu direkt angesteuert hatte. »Vorausgesetzt natürlich, dass Ihr es wollt«, bemühte er sich im Nachhinein, den Vorschlag nicht so bedrängend erscheinen zu lassen.

Van Törsel schien nur Interesse für Speis und Trank zu haben. Er wischte sich den Mund ab und sagte: »Ich habe keine Gründe für Eile.« »Er schob Thomas ein Schälchen mit Feigen zu.

Der lehnte ab und stellte fest: »Es scheint Euch wieder gut zu gehen.«

Van Törsel angelte eine Feige aus der Schale und steckte sie sich genüsslich in den Mund, ehe er sagte: »Eine Hand wäscht die andere. Einem guten Kaufmann wird überall etwas vorgestreckt.« Er lächelte verschmitzt. »Aber wie kommt Ihr dazu, mir dieses Angebot zu machen?«

»Nun, ich habe mir überlegt, dass es sicherer wäre, zusammen zurück nach Hamburg zu reisen.«

»Was haben sie denn gesagt?«

»Wer?«

»Habt Ihr schon wieder vergessen, was ich Euch aufgetragen habe?«

»Nein, nein«, versicherte Thomas. »Es ist nur so ...«

»Ihr habt Euch gedrückt?«

Thomas schüttelte den Kopf. »Van Törsel, ich weiß nicht, was Ihr vorhabt. Nur, wenn es allein Rache ist, die Euch treibt, dann wird sie nicht nur Leid über die Hovemanns und Sauertaigs bringen, sondern ein weiteres Mal auch über Euch.«

Van Törsel stürzte den Wein hinunter. »Ich will offen mit Euch reden. Anfänglich dachte ich tatsächlich nur an Rache. Inzwischen möchte ich vor allem zurückbekommen, was mir genommen wurde, einschließlich der Gewinne aus den Geschäften, die mir entgangen sind. Es geht mir aber weniger um das Geld, ich kann und will nicht ertragen, dass Sauertaig und Euer Vater mit ihrer Niedertracht so erfolgreich waren.«

»Sie haben Eure Tochter nicht getötet«, versicherte Thomas erneut.

»Aber sie haben viel zu lange ihren Nutzen aus der Schandtat gezogen. Je länger ich jedoch in dem Buch lese – vieles ist schwer zu entziffern und in die richtigen Zusammenhänge zu bringen –, merke ich, dass das Verbrechen an meiner Tochter nur eines von vielen war. Dagegen nimmt sich das Verhalten Eures Vaters und Schwiegervaters geradezu armselig aus«, sagte van Törsel spöttisch. Er gab der Wirtin ein Zeichen, die daraufhin einen zweiten Becher brachte, ihn mit Wein füllte und vor Thomas stellte. »Ihr habt behauptet«, fuhr van Törsel fort, »nur in den ersten Seiten des Buches gelesen zu haben. Es scheint zu stimmen. Sonst wäre Eure Ruhe nicht erklärbar.«

Er lehnte sich zurück und ließ Thomas unvermittelt wissen: »Das ist der beste Wein, der jemals in Berlin ausgeschenkt worden ist. Macht nur nicht den Fehler und bestellt welchen im

›Ratskeller‹. Nie habe ich solch eine gepanschte Plörre getrunken. Der Wirt wäre besser ein Räuber geworden. Das wäre ehrlicher von ihm gewesen …«

Van Törsel bemerkte, dass sein Gegenüber nur höflich lächelte.

»Ich will Euch sagen, was ich erwarte. Erst im Jenseits wird meine Seele Ruhe finden, wenn ich mit meiner Tochter wieder vereint bin. Ich kann ihr jedoch erst gegenübertreten, wenn ich weiß, dass ihr Mörder gerichtet ist.«

»Also erwartet Ihr keine Selbstanklage mehr von meinem Vater und Sauertaig?«

Van Törsel schüttelte den Kopf. »Nein.«

Thomas verstand nicht. »Nein?«

»Nein. So einfach kann ich es mir und werde ich es ihnen nicht machen. Was ich erwarte, ist, dass sie mich für das, was sie angerichtet haben, um Vergebung bitten. Und die Entscheidung, ob ich sie ihnen gewähre oder nicht, treffe ich, wenn sie vor mir stehen. Erst dann weiß ich, dass das Leben meiner Tochter mehr wert war als der Stolz dieser beiden Männer.«

»Ihr wollt sie demütigen?«

»Besser wäre es, wenn ich es nicht tun müsste und sie mir bereits in Demut begegneten.«

Van Törsel legte die flache Hand sanft, aber bestimmt auf den Tisch. »Versteht mich richtig. Mit dem Buch als Beweis wäre es leicht, beide in den Kerker zu bringen. Aber Ihr, Thomas, und ich – wir sind Schicksalsbrüder, denn Ihr habt ähnlichen Schmerz erleben müssen wie ich.«

Thomas war unbehaglich zumute. Er hatte das Gefühl, sich für eine Seite entscheiden zu müssen. Die Familienbande sprachen für den Vater, Mitgefühl und Verstand aber für van Törsel. Er wartete ja bisher vergeblich darauf, dass der Vater ihm sagen würde, was damals mit Marta geschehen war. Dennoch: Jetzt, wo auch Friedelinde nicht mehr da war, musste doch wenigstens der Rest der Familie zusammenhalten. Friedelinde … Warum nur traute er sich nicht, van Törsel direkt zu fragen, ob er etwas über den Verbleib seiner Schwester wusste? Jetzt, wo sie sich allein gegenübersaßen? Wahrscheinlich, gestand Thomas sich ein, war es Furcht vor der möglichen Wahrheit – dass Friedelinde tot war. Und wie sollte er sich verhalten, wenn der Kaufmann zugab, Friedelinde etwas angetan zu haben? Müsste er dann nicht dulden, was die Väter vorhatten?

Es kostete Thomas Mühe, van Törsel seine Erregung nicht merken zu lassen. Er würde sich entscheiden müssen …

»Es ist gefährlich, allein mit Frau und Kind zu reisen. Wenn ich Euch herzlich bitte, begleitet Ihr uns dann nach Hamburg?«, fragte er eindringlich.

Van Törsel schaute teilnahmslos aus dem Fenster. »Ich überlege es mir.«

21

Für Sieglinde war es ein schwerer Abschied von Berlin. Sie wäre gerne bei ihrem Vater geblieben. Zu ungewiss war alles, was sie in Hamburg erwartete. Sie zweifelte, ob es eine vernünftige Entscheidung war, weiterhin dem Glück in Hamburg nachzujagen, aber sie verstand auch, dass Thomas ein Scheitern nicht so einfach hinnehmen konnte. Sie tröstete sich damit, dass ohnehin Sebastian den größten Teil ihrer Aufmerksamkeit beanspruchen würde.

Sie hatte es sich, das Kind im Arm, in der hinteren Ecke des Wagens gemütlich gemacht, um die Stadt noch lange sehen zu können. Thomas war im Moment nicht ansprechbar. Er hielt angestrengt Ausschau nach van Törsel. Sie verstand nicht, warum er so erleichtert war, als der tatsächlich hinter dem Stadttor, nur mit einem Bündel als Gepäck, auf sie wartete. »Das freut mich aber, lieber van Törsel, dass Ihr uns doch begleiten wollt«, begrüßte Thomas ihn überschwänglich, während dessen Erwiderung des Grußes sehr zurückhaltend ausfiel.

Die Reise war beschwerlich. Da, wo der Schnee das Fortkommen nicht behinderte, war der Boden aufgeweicht, und das Fuhrwerk versank im Matsch. Weite Teile des Weges mussten beide Männer neben dem Wagen herlaufen, um dann und wann mit aller Kraft die Pferde zu unterstützen, indem sie in die Räder griffen. So kämpften sie sich Stück für Stück voran.

Nach und nach kamen sich die beiden während der Reise näher. Nicht nur durch die gemeinsam zu bewältigenden Anstrengungen des Weges, sondern auch weil van Törsel bereitwillig von seinen reichhaltigen kaufmännischen Erfahrungen berichtete. Amüsiert beobachtete Sieglinde, wie interessiert Thomas sich einige Grundregeln der Geschäftsanbahnung erklären ließ. Einen ähnlichen Vortrag von seinem Vater hätte er wahrscheinlich als unnötige Belehrung abgetan. Aber noch viel wichtiger war, dass van Törsel von sich aus auf Friedelinde zu sprechen kam. Er versicherte glaubhaft, nichts Genaues über ihr Schicksal zu wissen, dass er aber so seine Vermutungen habe, die er allerdings *noch* für sich behalten wolle.

Auch wenn es ihm schwer fiel, gab Thomas sich erst einmal damit zufrieden und sagte lächelnd: »Ein schlechter Kaufmann, der sein Blatt zeigt, bevor er den Trumpf ausgespielt hat.«

Nach acht Tagen hatten sie ihr Ziel, Hamburg, endlich erreicht. Der Torwächter, ein kleiner, finster dreinblickender Mann, öffnete das Brokthor bereits, als er den Wagen in der Ferne kommen sah. Thomas angelte in seiner Tasche nach dem Portatos, aber van Törsel war schneller. Bevor der Wächter ihnen den Preis für die Einfahrt zurufen konnte, warf er ihm einen halben rheinischen Gulden zu. Das war mehr, als gefordert worden wäre. Deshalb verbeugte sich der Torwächter, unterließ die sonst übliche Frage nach dem Grund des Kommens und lächelte sogar etwas. Das hatte Thomas von einem Hamburger Torwächter vorher noch nicht erlebt.

Kaum waren sie in die Stadt eingefahren, nahm van Törsel sein Bündel und sprang vom Wagen. Thomas wollte sich nach dem guten Verlauf ihrer gemeinsamen Reise herzlich verabschieden, doch als er sich anschickte, den Kaufmann zum Abschied zu umarmen, trat der einen Schritt zurück und sagte in förmlichem Ton: »Vielen Dank, dass Ihr mich mitgenommen habt.« Dann verneigte er sich leicht vor Sieglinde und ging davon. Thomas hob noch die Hand zum Gruß und sah ihm verblüfft nach.

Die Fensterläden ihres Hauses waren verschlossen. Sieglinde sprang vom Wagen hinunter. Behutsam reichte Thomas ihr das Kind nach. Sebastian schlief. Es schien ihn wenig zu kümmern, wie sein zukünftiges Heim aussah. Sieglinde stöhnte erleichtert: »Endlich haben wir es geschafft.« Sie blickte sich um. »Aber wo ist Caspar?«

Im Haus roch es muffig. Thomas öffnete Fensterläden und Türen. Seit Tagen schien niemand hier gewesen zu sein. Er lief wieder hinaus und hob die Wiege vom Wagen. Sieglinde war mit Sebastian im Arm durch das Haus gegangen und sagte ein wenig zaghaft: »Es wird hoffentlich nichts passiert sein.«

Thomas zündete ein Feuer im Herd an und stellte das Bett daneben. Sebastian sollte es warm haben.

Sieglinde legte ihn in die Wiege und schaute enttäuscht auf den ungefegten Fußboden. Dass Caspar seine Aufgaben so vernachlässigen würde, hätte sie nicht für möglich gehalten.

Sie setzte sich auf die Bank neben dem Herd.

Thomas kuschelte sich an sie und legte seinen Arm um ihre Schulter. »Willkommen in Hamburg.«

Sieglinde schaute erschöpft in die Wiege. Nur Sebastian schien zufrieden zu sein, denn er schlief noch immer. Sie strich liebevoll über die Decke, in die er eingemummt war, da sprang die Tür auf.

»Ihr seid schon da?!«

Caspar stand in der Tür und begann sogleich fröhlich zu plappern: »Wie geht es euch? Ihr seht beide etwas sauertöpfisch aus. Zu zweit seid ihr losgereist und, wie ich hoffe, zu dritt wieder angekommen ...?«

Thomas war nicht bereit, sich auf die freundliche Stimmung

einzulassen. Die frostige Stille brachte Caspar für einen Moment zum Schweigen, ehe er fragte: »Ist er …?«

»Nein«, fiel Sieglinde ihm ins Wort und deutete auf die Wiege. Caspar schaute hinein und freute sich sichtlich über den Familienzuwachs. Sein Blick wechselte zwischen Sieglinde und Thomas hin und her. »Und?«

Thomas verstand nicht. »Und?«

»Ja, was ist es?«

Nun vermochte auch Thomas nicht mehr böse zu gucken.

»Ein Junge natürlich.«

»Ein Junge! Verdammt noch mal!«, rief Caspar begeistert. »Darauf sollten wir aber unbedingt anstoßen.«

»Ja, womit?«, fragte Thomas vorwurfsvoll. »Es ist nichts da im Hause. Nicht einmal Holz ist geschlagen.«

»Holz brauchen wir heute nicht. Essen werden wir später. Jetzt wird getrunken.«

Er ging hinaus und schob nur einen Augenblick später eine kleine Karre, beladen mit einem Bierfässchen und einem Weidenkorb, herein. Sieglinde guckte zum Küchenbord, aber die Krüge, die dort immer standen, waren verschwunden. Ehe sie sich darüber wundern konnte, griff Caspar in den Korb und stellte sie auf den Tisch. Thomas und Sieglinde schauten erst sich an und dann Caspar, der ihre Ratlosigkeit zu genießen schien. Er füllte die drei Krüge mit Bier und forderte die beiden mit einer Handbewegung auf, sich zu bedienen. »Es ist das beste Bier, das in Hamburg jemals gebraut wurde«, ließ er sie wissen. Er hob seinen Krug in die Höhe und schlug einen feierlichen Ton an: »Lasst uns trinken auf …« Er blickte zur Wiege. »Sebastian«, hauchte Sieglinde, völlig überrascht von dem, was sich da gerade vor ihren Augen abspielte.

»… Sebastian und die Zukunft, in der uns Gott und alle Heiligen, besonders Nikolaus von Myra, der Patron der Bierbrauer, gewogen sein mögen.«

Die Krüge stießen aneinander. Caspar hatte wirklich nicht übertrieben. Es war das beste Bier, das Thomas seit langer Zeit die Kehle hinuntergeflossen war. Es schmeckte bitterer als üblich und enthielt offensichtlich auch mehr Alkohol.

»Da haben die Heiligen aber noch viel zu tun«, sagte er nach einer Weile, »denn bisher haben sie uns nicht gerade verwöhnt. Und hier sieht es aus …«

»*Bisher*«, unterbrach ihn Caspar mit bedeutsamer Miene. »Aber was will ich erzählen, lasst euch von mir etwas zeigen.«

Er räumte die Krüge zusammen, verstaute sie in dem Korb, nahm den Gluthaken und begann das Feuer im Herd zu löschen, indem er die Scheite auseinander zog.

Thomas hielt seinen geschäftigen Knecht am Arm fest. »Warum tust du das? Es ist kalt hier.«

»Kommt mit, dann werdet ihr sehen.«

Thomas wurde ungeduldig. »Was treibst du für ein Spiel mit uns?«

Caspar drehte sich zu ihm um. »Folgt mir einfach und lasst euch überraschen. Nur so viel will ich verraten: Wir müssen quer durch die Stadt, bis in die Nähe der Nicolaikirche.«

»Und das Gepäck auf dem Fuhrwerk?«, sorgte sich Sieglinde.

»Das nehmen wir mit.«

Sieglinde blickte Thomas fragend an, und als er nickte, hob sie Sebastian aus der Wiege und folgte Caspar auf die Straße. Mit einem Satz sprang er auf den Wagen und streckte die Hände nach dem Kind aus. Nachdem auch Sieglinde und Thomas hinaufgeklettert waren, setzte sich das Gespann in Bewegung.

Lange hatte sich der Schnee in der Stadt nicht halten können. Das Tauwasser lief in kleinen Bächen über die Mitte der Straße durch die Abflussrinnen. Die Bürger, die zu Fuß unterwegs waren, mussten Acht geben, um nicht auszurutschen und in den Dreck zu stolpern.

Während sie durch die Stadt fuhren, fiel Sieglinde eine Veränderung auf: Sie wurden gegrüßt. Manchmal war es ein Nicken. Mitunter aber lächelten ihnen die Leute sogar zu. Vorher hatte man sie fast immer nur Ablehnung spüren lassen.

Der Wagen hielt vor einem großen Haus. »Wir sind am Ziel!«, verriet Caspar und sprang hinunter.

Ein Knecht eilte herbei. Mit gesenktem Haupt, fast ein wenig zu demütig, machte er sich an den Pferden zu schaffen und versuchte, die schnaubenden Tiere zu beruhigen. »Darf ich Euch, edle Herrschaften, zu Diensten sein?«, fragte er.

Thomas zog überrascht die Augenbrauen hoch. Was sollte das? Und woher kannte er diese Stimme? Er musterte den Burschen vom Hut bis zu den Schuhen. An seiner Kleidung war nichts auszusetzen, für einen Knecht war sie allerdings ein bisschen zu fein. Langsam schob der Mann den Hut aus dem Gesicht und sah ihn herausfordernd an. Da endlich erkannte ihn Thomas

»Michael!« Er sprang vom Wagen. »Michael Wittelbach!«

Wie lange war es her, dass sie gemeinsam auf einem Prahm Roggen von Berlin nach Hamburg verschifft hatten, weil der Vater von ihm verlangte, das Geschäft von der Pike auf zu erlernen? Einige Jahre jedenfalls. Es war seine erste und zudem eine unglaublich aufregende Reise gewesen, denn auf der Rückfahrt wurden sie von Räubern überfallen, und nur ihm, Thomas, und seinem Vater war es gelungen zu flüchten. Seinen Freund Michael hatten sie damals zurücklassen müssen. Seitdem hatten sie sich nicht wieder gesehen, und Thomas hatte das Schlimmste befürchtet.

Er umarmte ihn voller Freude. Michael stand stocksteif und sagte nur: »Du hast dich nicht verändert.«

Thomas trat einen Schritt zurück. »Wie meinst du das?«

Plötzlich umklammerte Michael ihn mit den Armen wie einen Getreidesack und presste ihn so stark an sich, dass Thomas kaum noch atmen konnte. »Warum, verdammt noch mal, seid ihr einfach abgehauen?«

Thomas hustete. Ihm wurde schwindlig. Alles tauchte wieder vor ihm auf, was damals geschehen war. Er sah, wie Michael hinter ihrem Wagen herrannte, es aber nicht mehr schaffte aufzuspringen. Er hörte seine eigene Stimme, wie er den Vater anschrie anzuhalten, der aber aus Angst vor den Wegelagerern die Pferde immer heftiger antrieb. Er erinnerte sich sogar daran, wie es klang, als die Äste der den Wegrand säumenden Bäume an den Wagen peitschten, und wie Michaels Rufe immer leiser wurden.

Tränen stiegen ihm in die Augen. Alles würde er dafür geben, das, was damals passiert war, ungeschehen machen zu können. Jetzt vor Michael wie ein Waschweib zu schluchzen war ihm äußerst peinlich. Der hatte ihn schon immer für einen verwöhnten Kaufmannssohn gehalten, während er selbst in seinem Leben niemals etwas geschenkt bekommen hatte.

»Ich hatte den Vater angefleht, auf dich zu warten, aber er hörte nicht auf mich. Und er hielt die Zügel in der Hand«, versicherte er mit vor Atemnot heiserer Stimme.

Michael lockerte seinen Griff. »Das war es, was ich meinte, als ich sagte, du hast dich nicht verändert.«

Thomas verstand nicht. Er wischte sich über das Gesicht.

Michael schlug ihm freundschaftlich auf den Rücken: »Du kannst nicht lügen.«

Caspar zog Grimassen. Er vermochte seine Ungeduld nicht länger zu zügeln und schob sich zwischen die beiden. »Seid ihr endlich fertig mit euren alten Geschichten?« Mit großer Geste wies er auf das Haus hinter sich und trat einen Schritt zurück, damit Thomas es bewundern konnte. »Seht es euch an. Euer neues Zuhause.«

Thomas und Sieglinde mit Sebastian auf dem Arm drehten sich um und blickten auf einen stattlichen Backsteinbau mit prächtigen Stufengiebeln, die zur Straße zeigten. Zwei kleine Erker zierten ihn jeweils auf den Seiten. In der Mitte führte ein zweiflügliges Tor ins Innere. Die Fenster waren grün und gelb umrandet. Über dem Eingang war ein Zunftzeichen angebracht, mit einem Fass darauf und zwei Getreideähren.

Sieglinde war die Erste, die ihre Fassung wieder fand. »Du treibst Spott mit uns, Caspar?«

Das war die Frage, auf die er nur gewartet hatte. Er zog ein

Schriftstück aus dem Umhang, rollte es auseinander und reichte es Thomas.

Es dauerte eine kleine Ewigkeit, bis Thomas den Inhalt des Schreibens begriff. Darin wurde bestätigt, dass dies das Haus des Thomas Hovemann sei, belegt mit Brau- und Grutrecht nebst den Pflichten, denen Hamburger Bierbrauer nachzukommen hatten, wozu gehörte, die Ergebnisse ihrer Braukunst regelmäßiger Prüfung unterziehen zu lassen. Zum Tausch bekomme ein gewisser Marquis de Samy das alte Haus der Hovemanns, und er beanspruche die Hälfte des künftigen Gewinns, zahlbar jeweils am 24. Tag eines jeden Monats.

»Die Hälfte ist sehr viel«, moserte Thomas.

»Aber wenig, wenn der Gewinn vorerst auf sich warten lassen sollte, und somit anständig«, gab Michael zu bedenken.

Thomas nickte und las weiter. »Sollte einer der beiden Vertragspartner nicht in der Lage sein, Rechte und Pflichten wahrzunehmen und zu erfüllen, verfällt sein gesamtes Hab und Gut an den jeweils anderen.«

Der Vertrag war eindeutig. Sollte ihm, Thomas, etwas zustoßen, fiel sein Besitz an den Marquis, und Sieglinde und Sebastian stünden mittellos da. Andererseits wäre ihre Situation dann kaum schlechter als jetzt.

Als Thomas den Text ein zweites Mal gelesen hatte, fiel ihm auf, dass der Marquis zwar unterschrieben hatte, aber das Beglaubigungssiegel fehlte.

Er rollte das Schriftstück wieder zusammen und schlug es Caspar vor den Bauch. »Hätte ich es mir doch denken können. Das Siegel fehlt, und somit sind die Wörter nicht das Pergament wert, auf dem sie geschrieben stehen.«

Michael nahm ihm das Dokument aus der Hand. »Das Siegel wird morgen im Rathaus nachgereicht, denn sieh …«, er rollte das Schriftstück wieder auseinander, »… auch deine Unterschrift fehlt ja noch.«

»Aber warum hat der Marquis seine Haltung geändert? Kaum verlasse ich die Stadt, wird mir bei meinen Geschäften geholfen. Und warum begnügt er sich mit unserem alten Haus? Gewiss, es ist in gutem Zustand, aber doch kein Vergleich zu diesem Palast.«

Michael lachte. »Caspar, vergiss nicht zu sagen, dass ihm der alte Kasten wirklich nicht gereicht hat.«

»Ach ja«, sagte Caspar. »Fast hätte ich es vergessen. Du schuldest mir zwei Kastanien. Dieser seltsame Begleiter ...«

»Vocatus«, half Michael ihm auf die Sprünge.

»Ja, Vocatus, der wollte wissen, welcher irdische Besitz mir so am Herzen liege, dass ich mich nur schwer von ihm trennen könne.« Caspar genoss sichtlich die Aufmerksamkeit, die ihm zuteil wurde. »Nun stehe ich ja lange genug bei Kaufleuten im Dienst, um zu wissen, was da zu tun war.«

»Ja, und?«, fragte Thomas ungeduldig.

»Ich hatte zwei Kastanien in meiner Tasche, die ich mit bedeutsamer Miene herausholte, und sagte, dass sie mein wertvollstes Gut seien und zudem das einzige, das ich habe.«

Thomas kratzte sich am Nacken. »Kastanien?«

»Kastanien. Dieser Vocatus nahm sie mir aus der Hand, reichte sie dem Marquis, und sie flüsterten miteinander. Dann wurde ich gefragt, warum mir die Früchte so viel bedeuteten, dass ich sie mit mir herumtrage.« Caspar begann mit Händen und Füßen zu erklären. »Die Kastanien waren mir ja gar nicht wichtig. Aber ich ...«, er schaute in die Runde, »... bin ja nicht auf den Kopf gefallen und gab vor, es handele sich um ein Geschenk meines Vaters und es sei das Einzige, was er mir vor seinem Tod hat mit auf den Weg geben können. Sie würden mir Glück bringen, habe ich behauptet.«

Thomas lachte. »Das ist ja unglaublich. Er war tatsächlich bereit, dafür dieses Haus herzugeben?«

»Ja!«, freute sich Caspar. »Nachdem der Marquis sich für die Früchte interessiert hatte, behandelte auch Vocatus sie, als wären sie ein unermesslicher Schatz. Er erzählte, der gesamte Besitz des Marquis gründe sich darauf, dass es diesem gelungen sei, den Menschen einzureden, Kastanien wären eine Delikatesse.«

Thomas verstand die Welt nicht mehr. »Es klingt alles so unwahrscheinlich, eher wie eine Falle …«

»Was soll denn das bedeuten?«, fiel Caspar ihm beleidigt ins Wort. »Ich erreiche etwas, das du seit einem Jahr erfolglos versuchst, und muss mir anhören …«

»Na, aber …«, unterbrach ihn Sieglinde. »Du musst doch zugeben, dass die Geschichte mit den Kastanien eher dazu geeignet ist, mit jemandem einen Scherz zu treiben, als mit ihm ein so weit reichendes Geschäft abzuschließen.«

Thomas beunruhigte inzwischen noch etwas anderes: das plötzliche Auftauchen von Michael hier in Hamburg. Selbstverständlich konnte es ein Zufall sein, dass er und Caspar sich hier begegnet waren. Immerhin kannten die beiden sich schon ziemlich lange, denn sie waren ja damals häufig gemeinsam auf dem Prahm zwischen Berlin und Hamburg gefahren. Aber Thomas hatte in der vergangenen Zeit zu oft erlebt, dass sich vermeintliche Zufälle zu unüberschaubaren Problemen entwickelten.

»Warum hat der Marquis erst dafür gesorgt, dass ich kein Braurecht bekomme – und ich bin sicher, dass er das getan hat –, und plötzlich gewährt er es mir und noch dazu auf einem goldenen Tablett? Und warum spricht er darüber mit meinem Knecht und nicht mit mir selbst? Da kann doch etwas nicht stimmen.«

»Deine ewige Zauderei …«, mischte sich nun Michael ein. »Wenn ich der Marquis wäre, hätte ich dich auch nicht angesprochen. Warum? Wieso? Weshalb?«

Inzwischen war Caspar die Laune gründlich verdorben. Er drückte Thomas die Schlüssel zum Haus in die Hand und ging wortlos davon.

Michael baute sich vor Thomas auf. »Weißt du, damals auf dem Prahm war ich noch dein Knecht, weil du in eine Familie hineingeboren wurdest, die immer im Warmen sitzt. Aber jetzt muss ich aus meinem Herzen keine Mördergrube mehr machen und kann dir sagen, was ich schon immer sagen wollte. Du bist der langweiligste Hasenfuß, der mir je begegnet ist. Dir fehlt einfach die Größe anzuerkennen, dass Caspar etwas geschafft hat, was dir nicht gelungen ist.« Um seinen Worten Nachdruck zu verleihen, tat er besonders höflich. Er verneigte sich und sagte: »Wenn der Herr mich bitte entschuldigen möchte. Den Weg ins Haus findet er sicher allein ...«

22

Am nächsten Tag begann Sebastian sehr früh am Morgen zu quengeln. Für gewöhnlich war Sieglinde sofort wach, wenn sich das Kind bemerkbar machte, aber heute schlief sie fest. Die vergangenen Tage und die Aufregung um ihr neues Zuhause hatten sie erschöpft. Alles war hier unglaublich prächtig und so ganz ungewohnt. Sie waren durch die Räume gelaufen, hatten Möbel und Teppiche und Porzellan bewundert, es schien hier an nichts zu fehlen, und sie wagten nicht zu glauben, dass all das nun ihnen gehören sollte. Behutsam, damit er sie nicht weckte, kletterte Thomas aus dem Bett und beugte sich über die Wiege. Als das Kind den Vater bemerkte, lächelte es. Was für eine Frohnatur, dachte Thomas, nahm das mit Mohn gefüllte Nutschbeutelchen und steckte es ihm zurück in den Mund. Er setzte sich neben die Wiege und dachte über den Streit nach.

Sollte er Caspar und Michael hinterherlaufen? Sich darauf berufen, dass Caspar sein Knecht war, konnte er schon vor der Reise nach Berlin nicht mehr, weil er nicht in der Lage gewesen war, ihn zu bezahlen. Caspar hatte ihm die ganze Zeit über freiwillig gedient, nicht wie ein Knecht, sondern als Freund. Und es stimmte ja auch, dass er etwas geschafft hatte, wovon er, Thomas, nicht mal zu träumen gewagt hätte.

Immer wieder hatte er am Abend zuvor den Vertrag durchgearbeitet, auf der Suche nach einer Falle, aber die Abmachung schien großzügig und korrekt, auch wenn der Anspruch des

Marquis auf die Hälfte des Gewinns eine üppige Forderung war. Allerdings brauchte er, Thomas, nicht das Risiko eines geschäftlichen Misserfolgs zu tragen. Aber was war das für ein Geschäftsmann, der solche Angebote machte? Was für eine Absicht steckte hinter so viel Edelmut? Van Törsel hatte ihm zwar erzählt, dass die Leute nur Gutes über den Marquis zu berichten wussten, aber wenn einer nur gut war, wurde er dann auch so reich? Andererseits war das Risiko des Marquis überschaubar. Sollte er, Thomas, den Geschäften nicht mehr nachgehen können, also auch im Falle er als Brauer scheitern sollte, fiele das Haus ja an den Marquis zurück. War er hingegen erfolgreich, verdiente der Marquis üppig.

Die Sonne schob sich über den Horizont, durch das gelbrote Glasfenster und durch das gefärbte Licht erschien es ihm so, als wäre der Tag schon mindestens neun Stunden alt. Sieglinde bewegte sich und begann zu schniefen, weil die Schlafhaube über die Nase gerutscht war. Thomas beugte sich über sie und klappte behutsam den vorderen Teil nach oben. Ihr Atmen wurde ruhiger.

Thomas kleidete sich an, streichelte seinem inzwischen wieder schlafenden Sohn die Wange und stieg die Treppe hinunter. Er wollte in die Stadt, um nach Caspar und Michael Ausschau zu halten. Entschuldigen mochte er sich nicht, aber ein paar versöhnende Worte wollte er ihnen schon sagen.

Er musste nicht lange suchen, um die beiden zu finden. Michael und Caspar schleppten auf dem Hof bereits Wasser vom Brunnen in das Brauhaus. Die zwei taten so, als bemerkten sie ihn nicht, was Thomas wieder etwas ärgerte. Erwarteten die beiden etwa doch eine Entschuldigung von ihm? Nein, dachte er, wenn ich mich zu sehr mit ihnen gemein mache, werde ich es später bereuen. Er wollte gerade, seine Würde wahrend, zurück ins Haus gehen, da sah er, wie Caspar und Michael sich vergeblich mühten, einen schweren Bottich anzuheben. Eindeutig war dafür ein dritter Mann vonnöten. Also vergaß Thomas die Sorge um den Verlust seiner Würde und packte zu.

»Danke, dass ihr geblieben seid«, sagte er danach ein wenig atemlos und dann: »Wann treffe ich denn den Marquis, um die Urkunde zu unterzeichnen?«

Michael wischte sich den Schweiß von der Stirn. »Das wird nicht nötig sein, dass der Marquis selbst anwesend ist, aber bevor die Glocke Mittag schlägt, solltest du dich im Rathaus einfinden. So jedenfalls gab dieser Vocatus Bescheid. Wir würden gerne dabei sein, wenn es dir recht ist.«

»Natürlich«, sagte Thomas. Am liebsten wäre er sofort losgelaufen, doch es war ja noch früher Morgen. Also setzten sie nach dem Frühstück, das Sieglinde ihnen bereitet hatte, die Grut aus Wacholder, Eichenrinde, Kümmel und Anis an, um den nächsten Brauvorgang vorzubereiten. Als sie damit fertig waren, wurde es Zeit, sich auf den Weg zu machen.

Auch im Rathaus wurden sie unerwartet zuvorkommend empfangen. Der Ratsdiener, der Thomas bei ihrer ersten Begegnung behandelt hatte, als sei er Geschmeiß, dienerte ihm schon entgegen, als er noch etliche Schritte von ihm entfernt war. »Ach, der junge Herr kommt, um seine Unterschrift unter den Vertrag zu setzen.«

Thomas förderte das Pergament, das er zusammengerollt in einem Köcher verwahrt hatte, zutage und breitete es auf dem Tisch aus. Der Ratsdiener reichte ihm devot die Feder. Als sie über das Pergament kratzte, kam es Thomas so vor, als sei es nicht seine Hand, die sie führte. »Thomas Hovemann«, las er deshalb laut, als könne er sich so versichern, nicht doch noch dem Trugbild eines Traums erlegen zu sein. Er gab den Federkiel an den Ratsdiener zurück. »Das war es nun?«

Der Ratsdiener nickte, nahm einen Stab roten Wachses vom Tisch und hielt ihn über eine Kerze, bis sich ein dicker roter Klecks auf dem Schriftstück gesammelt hatte. Mit aller Kraft drückte er das Petschaft hinein. Als das Siegel der Hansestadt Hamburg gut zu erkennen war, wedelte er die Urkunde zum Trocknen hin und her, rollte sie anschließend wieder zusammen und schob sie in ein hohes Regal.

Die Umstehenden verharrten aus Respekt vor dem Rechtsakt steif und schweigend am Tisch.

»Dann wünsche ich noch einen schönen Tag«, sagte der Ratsdiener, um anzudeuten, dass alles erledigt war.

Michael klatschte die Hände ineinander. »Eigentlich ein Anlass zu feiern. Im Augenblick gibt es auch wenig zu tun, weil die Grut im Bottich ja erst einweichen muss.«

Thomas ließ sich nicht lange bitten. »Setzen wir uns ins Wirtshaus«, sagte er. »Ihr seid meine Gäste.«

Sieglinde zog es vor, mit Sebastian zurück in ihr neues Zuhause zu gehen, um sich mit der fremden Umgebung und den neuen Dingen des viel größeren Haushalts vertraut zu machen. Caspar, Michael und Thomas zogen los, ein Wirtshaus in der Nähe zu suchen. Sie fanden es schnell. Direkt neben der Gerichtslaube war eine kleine Schänke.

Der Wirt stand in der Tür und lockte die drei Trinkwilligen herein, indem er mit dem angeblich besten rheinischen Wein aus dem Umland von Köln warb. Bevor sie die Krüge aneinander stießen, schlug Thomas Michael vor, ihm und Caspar bei der Bierbrauerei zur Hand zu gehen. Das Angebot war eigentlich überflüssig, weil Michael ohnehin die ganze Zeit davon sprach, wie sie die Welt mit dem gemeinsam gebrauten Bier erobern würden. Thomas war es jedoch wichtig, dass er es war, der die Entscheidung fällte. Als Michael sogleich mit seinen Vorstellungen antwortete, welches Bier wohin geliefert werden sollte, wurde ihm klar, dass der Jugendfreund nicht als Knecht zu ihm kommen würde. Deshalb auf ihn verzichten mochte er aber nicht. Michael war immer voller Ideen, und oft waren sie gut. Und auch jetzt hatte er einen guten Vorschlag. Um lange Pausen zwischen dem Brauen zu vermeiden, würden sie künftig zu unterschiedlichen Zeiten in mehreren Bottichen verschiedene Biere ansetzen. Platz genug war dafür da.

Thomas blickte aus dem Fenster und träumte vor sich hin. Michael war so überschwänglich, dass es ihm nach fünf Gläsern

Wein schwer fiel, dem Freund beim Pläneschmieden zu folgen. Draußen schneite es heftig, es war kaum zu unterscheiden, ob Mann oder Frau, Mädchen oder Junge vorbeilief. Aber eine Person erkannte Thomas sofort. Er sprang auf und eilte hinaus. »Van Törsel!«, rief er.

Eingehüllt in einen dicken Umhang, der bis auf den Boden fiel, blieb der Handelsmann stehen. Als er Thomas erkannte, hob er grüßend die Hand und fragte: »Ihr habt Grund, den Tag zu verfeiern?«

»Ja, kommt herein und trinkt einen guten rheinischen Wein mit uns.«

Ohne sich lange bitten zu lassen, nahm van Törsel die Einladung an. Mit einem freundlichen Nicken setzte er sich zu der fröhlichen Runde. »Darf man den Grund der Feierlaune erfahren?«, erkundigte er sich.

»Ja, natürlich«, sagte Thomas freimütig. »Stellt Euch vor, wir haben endlich das Braurecht!« Und er berichtete dem Kaufmann, wie es dazu gekommen war. »Was sagt Ihr nun?«

Van Törsel schaute regungslos vor sich hin. Den Wein rührte er nicht an. Als Thomas ihn schließlich verwundert fragte, warum er so schweigsam war, bekam er zur Antwort: »Junger Freund, ich befürchte, in Eurer ausgelassenen Stimmung wollt Ihr nicht wirklich wissen, was ich dazu denke.«

»Doch!«, drängte Thomas. »Es ist doch seltsam, dass sich viele Probleme plötzlich fast wie von selbst lösen.«

Van Törsel hob die Augenbrauen. »Ich hoffe, Ihr habt Recht. Ich meine, dass Eure Probleme wirklich gelöst sind.«

Jetzt wurde es Thomas zu viel. Und weil auch der Alkohol ihm die Zunge gelockert hatte, bekam van Törsel von ihm Ähnliches zu hören wie er tags zuvor von Michael. »Was seid Ihr doch für ein Nörgler? Zugegeben, es ist etwas seltsam, wie der Marquis sich verhält. Aber er ist reich und pflegt eben seine Marotten. Der Handel, den wir miteinander eingegangen sind, ist anständig. Am Anfang ist sein Risiko sogar größer als meines. Nun kann er erwarten, dass ich mich mit meinem Fleiß für seinen Einsatz bedanke. Ich denke inzwischen, es ist nicht zu viel, wenn er die Hälfte des Gewinns beansprucht.«

Van Törsel begriff wohl, dass er der Hochstimmung des jungen Mannes mit seinem Zweifel nicht beikommen konnte. Dennoch sagte er: »Ich fürchte, der Marquis erwartet mehr als nur Fleiß und Gehorsam. Er fordert Unterwerfung, und den entscheidenden Moment dafür hattet Ihr bei Eurer ersten Begegnung mit ihm verpasst. Und dass Caspar gelungen ist, was Ihr trotz großer Anstrengungen nicht zu erreichen vermochtet, dafür kann es zwei Antworten geben. Entweder hat er, vielleicht ohne es zu merken, durch entsprechende Demut Eindruck auf den Marquis gemacht, oder der Marquis hat mit Euch etwas vor, und Euer Knecht ist für ihn bloß Mittel zum Zweck.«

Caspar protestierte: »Wie kommt Ihr darauf, dass ich mich ihm unterworfen habe?«

Van Törsel beruhigte ihn. »Das passiert jungen Menschen häufig, weil sie meinen, dabei nichts zu verlieren.« Er blickte in drei ratlose Gesichter und wiegelte ab: »Vielleicht irre ich mich ja auch, und es ist ein gutes Geschäft.«

Mit einem Zug trank Thomas den Rest aus seinem Becher aus und sagte dann: »Ich denke, der Gram hat Euch so zugesetzt, dass nur noch Misstrauen und Neid Euch lenken.«

Diesen Vorwurf wollte van Törsel nicht hinnehmen, und so entgegnete er süffisant: »Der Marquis strebt ausschließlich nach Dingen, von denen sich andere Leute schwer trennen, weil sie ihnen lieb und teuer sind. Geld interessiert ihn schon lange nicht mehr.«

Thomas war zu angetrunken, um zu verstehen, was van Törsel ihm sagen wollte. Er hoffte darauf, den Marquis bald persönlich zu treffen, damit er sich endlich ein eigenes Urteil bilden konnte. Der Traum, den er erlebte, war einfach zu schön, um ihn sich von dem alten Kaufmann zerstören zu lassen.

23

Caspar reckte die Nase in die Höhe und atmete tief ein. Es roch säuerlich, da die Biere, nachdem sie geläutert und gefiltert worden waren, bereits seit mehreren Tagen in den Bottichen nachgärten.

»Ich glaube, heute ist es so weit.«

Thomas legte eine Leiter an den Bottich und kletterte hinauf. Er hob den Holzdeckel und rührte mit einem großen Schöpflöffel den gelblichen Schaum beiseite. Michael brachte drei Krüge und gab sie Thomas hinauf. Vorsichtig, damit er nichts verschüttete, füllte er sie mit dem frischen Gebräu und reichte sie seinen Gehilfen. Dann kletterte er wieder hinunter, nahm einen Krug und nickte den beiden Burschen ermunternd zu, ehe er seinen Krug an die Lippen setzte.

Der rauchige, bittere Geschmack nach Buche eroberte den Rachen. Die drei rissen begeistert die Augen auf, stöhnten und schmatzten, als sei es ihnen gelungen, einen Zaubertrank zu brauen. Thomas stellte die Leiter an den zweiten Bottich. In diesem gärte ein Bier, das sie mit verschiedenen Kräutern versetzt hatten. Leider war Caspar beim Ansetzen der gesamte Vorrat an Rosmarin hineingefallen. Daraufhin hatten sie den Bottich eigentlich aufgeben wollen, aus Neugier auf das ungewisse Ergebnis dann aber doch alle Arbeitsschritte ausgeführt.

Caspar kletterte hinauf. »Wenn es ungenießbar ist, will ich es wenigstens als Erster wissen.«

»Vielleicht eignet es sich ja als Duftwässerchen für reifere Damen«, spottete Michael.

Caspar war nicht zu beirren. Er spitzte die Lippen, schlürfte das Gesöff, ließ es die Kehle hinunterrinnen und brach in Begeisterungsrufe aus. Bis in die Küche waren sie zu hören, wo Sieglinde gerade dabei war, einen großen Topf zu putzen. Sie stellte ihn auf den Tisch und lief hinaus auf den Hof.

»Das ist mit Sicherheit das beste Bier, das ich jemals getrunken habe«, schwärmte Caspar.

Michael blieb misstrauisch. »Das kann gar nicht schmecken. Ein ganzer Sack Rosmarin ...«

»Gut schmeckt es«, versicherte Caspar. »Dann bleibt der Bottich eben für mich allein. Höchstens Sieglinde bekommt etwas ab.«

Aber auch sie guckte misstrauisch. Vorsichtig wedelte sie sich den Geruch zu, hob dann erstaunt die Augenbrauen und nippte an dem Krug, den Caspar ihr gereicht hatte. »Doch. Nicht schlecht. Eigentlich sogar ... gut«, tat sie schließlich kund und reichte den Krug an Thomas weiter, der schon ungeduldig die Hände danach ausgestreckt hatte.

Mutig nahm er einen großen Schluck. Er spülte das Gebräu im Mund hin und her, schluckte es endlich hinunter und verzog unschlüssig das Gesicht. »Irgendwie süßlich. Michael, probier du doch mal.«

»Ob Ihr vielleicht so freigebig wäret, uns auch kosten zu lassen?«

Thomas fuhr zusammen, verharrte einen Moment bewegungslos, ehe er sich langsam umdrehte. Auf dem Hof stand der Adlatus des Marquis, etliche Schritte hinter ihm der Marquis selbst, prächtig herausgeputzt mit einem rot-blauen Rock, der bis zu den braunen, unglaublich langen Schnabelschuhen reichte. Er trug weiße Handschuhe, wobei jeder einzelne Finger mit mehreren Ringen geschmückt war. Auch diesmal hatte er sein Gesicht mit einer Maske bedeckt, aber er wirkte freundlicher als bei der letzten Begegnung, wahrscheinlich weil er diesmal eine lachende Schimpansenmaske trug.

Vocatus, von Kopf bis Fuß in schwarzem Samt gekleidet, schmeichelte: »Verzeiht, das Tor stand offen, und es roch so betörend, dass mein Herr nicht widerstehen konnte.«

Auf diesen Moment hatte Thomas seit Wochen gewartet. Endlich stand er seinem Gönner, dem mächtigen Marquis, gegenüber. Er verneigte sich so tief, wie er es sonst nur in der Kirche tat. »Ich freue mich sehr ... Nehmt doch bitte Platz und seid mein Gast. – Caspar, Michael, bringt rasch Stühle herbei!«

Thomas musterte den Marquis wohl eine Spur zu lange, denn Vocatus achtete auch diesmal wieder darauf, dass er ihm nicht zu nahe kam, indem er sich zwischen sie schob.

»Wie ich sehe, kommen wir gerade rechtzeitig zur Verkostung«, stellte er fest.«

»Aber ja«, stammelte Thomas. »Sieglinde, bring ein paar saubere Krüge für unsere Gäste!«

Caspar hatte inzwischen zwei Hocker bereitgestellt. Vocatus setzte sich erst, nachdem der Marquis, ein gutes Stück hinter ihm, Platz genommen hatte.

»Ah, unser junger Freund Caspar. Vielen Dank«, sagte Vocatus, und zu Thomas: »Zu Eurem Knecht, lieber Hovemann, kann man Euch nur gratulieren. Er ist sehr tüchtig.«

Sieglinde kehrte mit zwei Krügen in den Händen zurück. Michael wollte gerade die Leiter an den ersten Bottich stellen, als Vocatus lächelnd rief: »Ja, wollt Ihr uns denn das Bier, das Euch so in Verzückung versetzt hat, vorenthalten?«

Thomas druckste. »Es ist ...«

»... eine völlig neue Rezeptur«, kam ihm Caspar zu Hilfe.

»So ist es«, bestätigte Thomas »Wir haben etwas versucht, das ... Ach, was soll ich lange reden. Probiert selbst. Ihr werdet hoffentlich ebenso begeistert sein wie wir.«

Thomas füllte den Humpen bis zum Rand. Beim Trinken würde der Marquis die Maske abnehmen müssen, überlegte er und wollte ihm den Krug reichen. Aber flink griff Vocatus nach dem Henkel, schüttelte leicht, aber sehr bestimmt den Kopf und setzte den Krug an. Nachdem er mehrere Schlucke genommen hatte, wandte er sich zum Marquis um und machte »Hm«.

Caspar stemmte die Arme in die Hüften: »Hm? Ist das alles? Nur ›hm‹?«

Thomas knuffte seinen Knecht in die Seite. Er fand dessen Verhalten wieder einmal ungebührlich, aber Vocatus äußerte nun anerkennend: »Wirklich etwas Neues.«

Caspar gab noch immer keine Ruhe: »Etwas gutes Neues, will ich doch hoffen.«

Vocatus runzelte die Stirn, aber der Marquis schlug dreimal betont langsam die Hände ineinander und deutete somit den von Caspar geforderten Applaus an. Thomas atmete befreit durch.

Vocatus erhob sich und maß die Brauerei mit wohlwollenden Blicken. »Ich hoffe«, sagte er zu Thomas, »Ihr habt Euch inzwischen bei uns in Hamburg eingelebt und seid zufrieden, wie man Euch empfangen hat?«

»Ja, ich habe keinen Grund zur Klage«, versicherte Thomas eilig. »Ich bin dem Marquis zu großem Dank verpflichtet.«

»Und die Familie? Ich hoffe, die Gemahlin und der Sohn sind ebenfalls wohlauf? Ach ja, gibt es denn etwas Neues über Eure Schwester Friedelinde? Ich hörte …«

»Nein«, entfuhr es Thomas, überrascht von Vocatus' Anteil nehmender Nachfrage. »Sie ist noch immer spurlos verschwunden.«

»Tja!«, sagte Vocatus, den Aufbruch signalisierend. »Wir sind sehr zufrieden mit Eurer Braukunst. Ich denke, Ihr braucht die Bierprobe in zwei Wochen nicht zu fürchten.« Er nickte freundlich in die Runde, während der Marquis sich erhob, mit ausschweifender Bewegung seinen Umhang über die Schultern warf und sich rasch entfernte. Vocatus folgte ihm ebenso eilig.

Zwei seltsame Gestalten, dachte Thomas. Erst sitzen sie hier in aller Ruhe, und dann laufen sie plötzlich so schnell davon, als wollten sie die vertrödelte Zeit wieder aufholen.

Caspar bemerkte, dass Thomas schon wieder grübelte. »Nicht drüber nachdenken«, sagte er. »Man soll nicht ständig darüber sinnieren, warum die Sonne auf uns scheint. Genieße doch einfach, dass es der Marquis gut mit dir meint.« Und da Caspar mit seiner Meinung über den Marquis bisher richtig gelegen hatte, vermochte er Thomas tatsächlich zu beruhigen.

Nur Sieglinde blieb nachdenklich. »Ich würde keinem Menschen trauen, der sein Gesicht nicht zeigt«, sagte sie kopfschüttelnd.

Thomas stellte die Leiter an den dritten Bottich. »Ach was«, erwiderte er. »Er ist einfach nur ein seltsamer Kauz.«

24

Die Bierprobe war unter den Brauern gefürchtet und beliebt zugleich, weil sie bei mangelhaftem Bier zum Entzug der Braugenehmigung führen konnte, bei Anerkennung guter Qualität aber oft weitere Aufträge einbrachte. Tage zuvor konnten Listen im Rathaus eingesehen werden, auf denen die Rangordnung der einzelnen Sorten in zehn Güteklassen festgelegt war. Thomas hatte bereits einen Tag vorher die Liste genau studiert. Der Name Hovemann stand an letzter Stelle.

Die Prüfungszeremonie fand am Reichenufer statt. Zwei verschiedene Hopfenbiere, die eher üblichen Ansprüchen genügten, standen auf ihrem Fuhrwerk, neben dem missglückten Rosmarinbier, für das Caspar sich besonders ins Zeug gelegt hatte. Er gab nicht eher Ruhe, bis Thomas bereit war, auch dieses Gebräu der Kontrolle unterziehen zu lassen, obwohl sie befürchten mussten, die Geschmäcker der Prüfer damit zu verwirren. Michael schlug vor, mit dem Rosmarinbier zu beginnen und sich dann allmählich zu steigern.

Um sie herum schlichen die anderen Brauer der Stadt, die sich gegenseitig misstrauisch beäugten. Die Prüfer kamen aus den verschiedensten Ständen und Berufsgruppen. Nicht nur Ratsherren, sondern auch neutrale Personen wie ein Schmied, ein Bäcker und ein Knochenhauer gehörten dazu und nahmen ihre Aufgabe sehr ernst, denn in der »Wendtschen Städte und Lande Chronik« von 1374 stand geschrieben, dass das Hamburger Bier nun das Bremer Bier übertroffen habe, weil es zur Probe als wert und gut befunden wurde. Dass dieser Ruf auch in Zukunft zu bester Qualität verpflichtete, darüber waren sich alle Brauer der Stadt einig.

Der eine oder andere bekam diesen Anspruch zu spüren, indem sein Gesöff kurzerhand auf die Straße geschüttet wurde, wenn es den Erwartungen nicht genügte. Die Ratsherren hatten gerade einen armen Tropf am Wickel, der es gewagt hatte, Hafer in das Bier zu geben.

»Igittigitt!«, rief ein beleibter Mann, dessen rot glühende Nase ihn als Bierkenner auswies. »Das schmeckt ja fast so schlimm wie Bier aus Bremen.«

Der Gescholtene rieb nervös die Hände aneinander und mühte sich mit einer List, den kritischsten der Ratsherren, Alexander Wadenau, umzustimmen, indem er erklärte, dass er dieses Bier extra für ihn gebraut habe und es fortan auch den Namen Wadenau tragen solle.

Die Taktik ging nicht auf. Der so Geehrte riss einem Knochenhauer die Axt aus der Hand und schlug persönlich die Böden aus dem Fass. »Wenn Ihr mit solchen Beleidigungen in Zukunft nicht an Euch haltet, werde ich Euch aus der Stadt jagen«, sagte er wutschnaubend.

Das Bier schäumte über den Platz und verströmte einen säuerlichen Geruch.

Nun war Thomas an der Reihe. Er grüßte überschwänglich, um die Prüfer wieder freundlich zu stimmen, aber ohne spürbaren Erfolg.

»Wir haben wenig Zeit! Was habt Ihr uns mitgebracht?«, wurde er ungnädig gedrängt.

Michael rollte das erste Fass vom Wagen. Caspar mühte sich, mit drei kräftigen Schlägen den Hahn in das Fass zu treiben, aber den Inhalt hatte es während der Fahrt so durchgeschüttelt, dass er an den Seiten herausspritzte und die Gewänder der Ratsherren, die sich zu dicht herangewagt hatten, beschmutzte. Michael sprang zu Hilfe, und ein weiterer Schlag von ihm beendete die Bierdusche. Alexander Wadenau, der die Szene vorsorglich aus sicherer Entfernung beobachtet hatte, trat näher, nippte an dem gefüllten Krug, den Thomas ihm reichte, wiegte genießerisch den Kopf, nahm noch einen Schluck und sagte dann: »Ungewöhnlich. Ist es das einzige Bier, das Ihr mitgebracht habt?«

»O nein!«, rief Thomas eilfertig und gab Caspar einen Wink, das zweite Fass vom Wagen zu rollen.

In dem Moment rasselte eine Kutsche auf den Platz. Am hinteren Ende war ein Brett angebracht, auf dem zwei Büttel standen, die sofort, als das Gefährt zum Stehen kam, heruntersprangen, um die Tür zu öffnen. Heraus trat Vocatus. Ob der Marquis mitgekommen war, vermochte Thomas nicht zu erkennen, weil es im Innern der Kutsche zu dunkel war. Vocatus nickte Thomas aufmunternd zu, grüßte aber auch die Ratsherren mit einem freundlichen Blick und bedeutete mit einer Geste, sich nicht aufhalten zu lassen.

Alexander Wadenau schien sich als der strengste Prüfer von allen beweisen zu wollen. Er spülte einen Schluck nach dem anderen in seinem Mund hin und her, um anschließend einige Kürzel in die Liste zu notieren. Thomas erschrak, als sein Name von der Liste gestrichen wurde. Dann aber tauchte der Ratsherr den Federkiel erneut in das Tintenfass und schrieb, während er Sieglinde zuzwinkerte, den Namen Hovemann auf eine zweite Liste.

»Wie ist Euer Urteil ausgefallen?«, wagte Thomas zu fragen und bekam die enttäuschende Antwort: »Das erfahrt Ihr noch früh genug!«

Nach dieser ernüchternden Abfuhr rollten sie die restlichen Fässer vom Wagen und verteilten den Inhalt an die Umstehenden, wobei Caspar auszumachen meinte, dass das Rosmarinbier den meisten Zuspruch erntete.

Auch Vocatus griff nach einem Krug. »Was habt Ihr vor, wenn die Bewertung in Eurem Sinne sein sollte?«

»Wir werden den Handel mit Berlin aufbauen«, antwortete Thomas.

Vocatus rümpfte die Nase. »Berlin, ja, Berlin könnte man auch beliefern. Aber ich denke eher an weiter gelegene Orte, wie Indien zum Beispiel.«

Als er merkte, dass Thomas mit dieser Entfernung wohl etwas überfordert war, fügt er hinzu. »Nun ja, vielleicht ist es nicht verkehrt, bescheiden zu beginnen, und Berlin ist sicherlich kein schlechter Anfang.« Er ging zur Kutsche, drehte sich noch einmal um und rief: »Wichtig ist nur, dass Ihr jetzt fleißig bleibt. Ihr seid auf dem richtigen Weg.«

Thomas bedankte sich für die Höflichkeit und bot an, ihm ein Fass mitzugeben.

Als ob Vocatus in seinem Leben noch nie etwas ohne Gegenleistung bekommen hätte, begannen seine Augen zu leuchten, und fast klang er gerührt, als er sagte: »Wenn Ihr so freigebig sein wollt?«

»Aber ich bitte Euch …«, erwiderte Thomas. »Es ist doch wohl das Mindeste, womit ich meinen Dank zeigen kann.«

Vocatus schnipste mit den Fingern, worauf die Büttel das Fass auf die Kutsche luden. Nachdem Vocatus sich fast überschwänglich bedankt hatte, fuhr er davon. Auch jetzt konnte Thomas nicht ausmachen, ob der Marquis in der Kutsche saß. Womöglich stand er sogar unter ihnen und wurde nicht erkannt. Es wusste ja niemand, wie er aussah …

Inzwischen waren die Umstehenden gehörig angetrunken. Thomas, Michael und Caspar stapelten die leeren Fässer übereinander. Es gab nichts mehr zu tun. Das Urteil über die geprüften Biere würde erst am nächsten Tag öffentlich gemacht. Thomas hievte das letzte Fass, in dem sich nur noch ein kleiner Rest befand, auf den Wagen, als er angesprochen wurde.

»Habt Ihr mich vergessen?«, fragte van Törsel. Mir scheint, Ihr habt Euer Versprechen aus den Augen verloren.«

Und so war es auch. Es gab so viel zu tun in den letzten Wochen. An van Törsel hatte Thomas kaum mehr gedacht. Er winkte Caspar herbei und bat ihn, zwei Bier zu bringen.

»Ich mache Euch einen Vorschlag«, sagte er zu dem Kaufmann.

Der guckte misstrauisch.

Sie setzten sich auf eine Bank an einem Tisch, der etwas abseits stand. Caspar stellte die beiden Krüge vor sie hin. Thomas wartete darauf, dass van Törsel mit ihm anstoßen würde, und als der nur schweigend dasaß, sagte er: »Trinken werdet Ihr wohl noch mit mir, oder …?«

Missmutig nippte van Törsel an dem Bier.

Nachdem Thomas einen gehörigen Schluck genommen hatte,

wischte er sich den Schaum vom Mund und sagte: »Also, ich habe Euch einen Vorschlag zu unterbreiten, von dem ich hoffe, dass er Eure Zustimmung findet. »Wie wäre es, wenn Ihr für mich arbeiten würdet …?«

Thomas hielt inne, denn er merkte sogleich, dass er missverstanden wurde. Er sah Wut in den Augen seines Gegenübers aufglimmen.

Van Törsel sprang auf und kippte dabei den Tisch um, sodass die Krüge in den Sand fielen und das Bier herausplätscherte.

»Ich war immer ein angesehener Kaufmann, den stets sein Wissen und handwerkliches Können auf dem Gebiet flandrischen Tuches zum Erfolg führte. Wie könnt Ihr es wagen …«

»Ich meinte es anders, lieber van Törsel!«, rief Thomas dem tobenden Mann zu.

Ohne ein weiteres Wort eilte der davon. Nach einigen Metern blieb er stehen und wandte sich noch einmal um. »Ich bin kein Bierkutscher! Reizt mich nicht. Wenn ich will, zerstöre ich Euch und Eure Familie.«

Die Umstehenden schauten zu und waren betroffen von der offen ausgestoßenen Drohung. Sie rätselten, worum der Streit entbrannt sein könnte, und weil der Ratsherr Alexander Wadenau vermutete, dass es um das Bier ging, gab er Thomas den Rat: »Ihr solltet auf Eure Rezepte sehr Acht geben. Ihr versteht es, Bier zu brauen, das Euch bekannt und wohlhabend machen wird. Ich fürchte, Ihr werdet noch viel Missgunst auszuhalten haben.«

»So ist es häufig«, sagte ein Mann, vielleicht aus Erfahrung. »Erst werden gute Geschäfte miteinander gemacht, und dann gibt es Zank, wenn es den ersten noch so spärlichen Gewinn zu verteilen gilt.«

25

Thomas warf ein Holzscheit in den Kamin und schaute zu, wie das Feuer nach dem trockenen Holz gierte.

Der Streit mit van Törsel hatte ihn verletzt. Selbst wenn das Angebot missverständlich ausgedrückt worden war, hätte der nicht so harsch reagieren müssen. Thomas war von seinem Vorschlag noch immer überzeugt. Wenn die Geschäfte erst richtig anliefen, könnte van Törsel mit einer eigenen Route nach Amsterdam oder vielleicht sogar nach Indien sehr viel Geld verdienen und wäre auf sein Tuchgeschäft kaum mehr angewiesen. Je länger Thomas nachdachte, desto vernünftiger erschien ihm der Gedanke, denn er wäre dadurch auch von seinem Versprechen entlastet, mit den Vätern über die Rückgabe des Tuchgeschäfts zu verhandeln. Thomas nahm sich vor, den Sturkopf gleich heute aufzusuchen, um mit den hoffentlich richtigen Worten nochmals für seinen Vorschlag zu werben.

Zuvor aber wollte er zum Rathaus gehen und nachschauen, wie die hohen Herren und Bürger der Stadt sein Bier bewertet hatten und wie weit er in der Liste gestiegen war. Er warf sich den Umhang über, öffnete die Tür und trat vor das Haus. Beinahe wäre er auf ein kleines Päckchen getreten, das auf der Treppe lag. Thomas bückte sich danach. Es war mit einer Schnur zugebunden. Ein Dienstsiegel war nicht zu finden.

»An Thomas Hovemann«, las er. Die Schrift war ihm unbekannt. Seltsam, dachte er und ging zurück ins Haus.

Er ließ sich in der Küche auf einen Stuhl fallen, zog an dem Bändchen, das die Papiere zusammenhielt, und faltete die Blätter auseinander. Die Seiten waren eng beschrieben und von disziplinierter Hand verfasst. Jeder Buchstabe war akkurat an den anderen gereiht. Er begann zu lesen:

»7. Februar 1376

363 Sack und 45 Fässer Berliner Roggen von Hovemann, Christian. Noch offen eine Schuld von 650 Sack.

Hovemann ist ein Tropf, ein Hasenfuß, wie ich ihn gern benenne. Ich lud ihn ein zum Spiel. Erst schien es so, als wären ihm die Würfel gnädig. Dann aber überkam ihn Gier, wie sie jemanden zu packen pflegt, der sonst nur Pech im Leben kennt. Es scheint Verlass darauf zu sein: Der kleine Geist war überzeugt, im Leben böte sich nur eine Chance und jetzt sei sie gekommen. So setzte Hovemann, was er gewann und alles, was ihm sonst noch blieb, auf diesen einen Wurf, den er verlor. Gemeinsam zählten wir, was in der Scheune sich befand, und Hovemann riskierte es, mich zu betrügen.

Er übergab mir schließlich einen Teil meines Gewinnes gleich und blieb mir Restliches noch schuldig …«

Thomas breitete die Blätter auf dem Tisch aus. Es waren zweifellos Auszüge aus von Erps Handelsbuch. Mit Sorgfalt hatte van Törsel es durchgearbeitet und auch Stellen abgeschrieben, die Thomas noch nicht kannte. Er schob die Blätter von sich und stand auf. Aber diesmal gelang es ihm nicht, sich den Zeilen zu entziehen. Offen lagen sie da, auf dem Tisch, beunruhigend, in akkurater Schrift, die er sogar aus der Entfernung zu entziffern vermochte. Thomas nahm einen Kessel, füllte Wasser hinein und hängte ihn über das Feuer. Dann griff er nach dem nächsten Blatt.

»*20. Februar 1376*

Sehnsüchtig warte ich auf die Spargelernte. Das feine Bodengewächs brachte mir stets Linderung. Ansonsten fürchte ich, zerreißt mein Darm in Fetzen. Es ist keine Freud', sich so weit von der Jugend zu entfernen. Mir bleibt nur, untätig zuzusehen, wie mein Körper verfällt. Bald kommt die Zeit, wo ich den Stock mitführen muss, um das Gespött der Kinder abzuwehren.

Und doch will das Herz keine Ruhe geben. Ein neues Pflänzchen habe ich entdeckt. Hovemanns Tochter, Friedelinde. Noch will der Vater nicht begreifen, dass er in meiner Schuld steht, in der Art, dass ich verfügen kann über ihn und seine Familie mit

Haut und Haar. Er sträubt sich, denkt wohl, ich sei nicht fein genug für Friedelinde. Ich gab zur Antwort: Reich bin ich. Grad Euch sollt' das genügen.

Die Zeit wird alles richten. Er wird die Frist, die ich ihm stellte, nicht einzuhalten in der Lage sein. Dann wird er beten, betteln, winseln, dass ich mich seiner Brut verschenke.«

Inzwischen kochte das Wasser im Kessel. Thomas warf ein paar getrocknete Brennnesselblätter hinein und rührte um. Nach einer Weile goss er den Tee in eine kleine Tonschale und las weiter.

»29. Februar 1376

Noch ist mir nicht ganz klar, was Hovemann mit mir zu treiben sucht. Er hält mich hin, was seine Verpflichtung anbelangt, von Tag zu Tag. Woher soll er das Geld bekommen, was er mir schuldig blieb? Ich lief zu Sauertaig, um ihn an sein Versprechen zu erinnern, dass eine Hand die andere wäscht. Wenn Hovemann darum bäte, ihm Geld zu leihen, dann sollt' ich mich auf Sauertaig verlassen können, dass er ihn aus dem Hause weist.«

»3. März 1376

Heut war der Tag, dass Hovemann den Rest der Schuld begleichen sollt'. Pünktlich kam er, zu angegebener Zeit, doch unter seinem Wams trug er ein Messer. Als ich's bemerkt, warf er sich winselnd auf den Boden und sprach, es wär' ein Irrtum nur gewesen. Was soll das für ein Irrtum sein, entgegnete ich, wo er doch Geld keines dabeihat.

Ich bot ihm nochmals an, sein Töchterchen zu frei'n. Er zierte sich und wehrte ab. Im Gegenzug trug er mir einen teuflisch Plan an, den ich hier beschreib:

Den Schuldschein sollt' ich ihm geben für eine Liebesnacht mit Marta, diesem hübschen Kinde, das sein Sohn Thomas begehrt. Mir aber schien der Preis sehr hoch für das namenlose Ding.«

»Dieses widerwärtige Tier!«, rief Thomas, seine Hände so fest ineinander gefaltet, dass sie kalkweiß waren.

»19. März 1376

Kaum kann ich es erwarten. Der Plan ist gut vorbereitet. Ich werde mich in Hovemanns Lagerhaus verbergen. Er gibt vor, mit ihr verabredet zu sein. Sie solle pünktlich bei Schlag zwölf zur Scheune kommen, wo er sie dann erwarte. So wird Hovemann mir das Mädchen zum Genuss in die Falle führen.«

»20. März 1376, früher Morgen

Mich plagt die Unruhe. Nur noch das feurige Spiel habe ich in meinem Kopf. Der Handel kümmert mich schon lang nicht mehr. Des Nachts ängstigen mich die Zweifel vor Gott, ob ich für das zu büßen haben werde, was mich zu meiner Wollust treibt. So kann ich doch mit Fug und Recht behaupten, dass Seelen zweier meine Brust bevölkern. Die eine wirbt um Milde. Die andere verhöhnt das, was uns Menschen auf den Weg gegeben ist. Ich bin getrieben, willenlos von dem, was meinen Kopf beherrscht, und schließlich doch auch nur ein Opfer. So sehe ich's und werde meinem Gott die Schuld dafür nicht nehmen können, mich so gemacht zu haben, wie ich bin.

Morgen wird meine Sehnsucht Ruhe finden.«

»21. März 1376

Das Hundevieh, das dem Mädchen folgte, hat mich gebissen. Das Blut rinnt mir noch immer vom Bein. Kaum bring ich es zur Ruhe. Hovemann war so schnell verschwunden, wie er kam. Als ich alleine mit der Jungfer war, begann sie sich zu zieren. Ich forderte das Täubchen auf, mir willig zu gefallen. Erst waren ihre Blicke voller Vorwurf. Dann wurden sie leer. Sie sträubte sich und schrie sehr laut. Ich legte meine Hand um ihren Hals. Da war sie mein. Doch Ruhe vermochte sie mir nicht zu geben. Es bleibt wohl doch nur, Hovemann an seine Pflicht zu mahnen, denn Friedelinde wäre das Mädchen, das mir Frieden geben könnt'.«

»25. März 1376

Hovemann, der Tropf, beherbergt dieses Mädchen. Ich riet ihm, schnell zu handeln. Es könne sein Begehr nicht sein, dass es gestärkt ihn schließlich nennen kann als den, der es zu meinem Abenteuer führte. Ich hoffe nur, dass er's begreift und diesem Leben, armselig, wie es ist, das Ende weist.«

»29. März 1376

»Nun, da die Lust befriedet ist, die mich so stark im Banne hielt, ist es so leer in mir geworden. Ich sehne mich nach einem Weibe, das mehr als nur den Trieb mir stillt, das lieb an meiner Seite steht, wenn es bergab und auch bergauf die Wege zu beschreiten gilt.

Hovemann, von ihm selbst schriftlich eingestanden, ist in meiner Schuld, mit allem, was er sein Eigen nennt. Ein Mann, der dem, was er sein Glück benennt, stets nur als Tölpel folgt.

Es war ein feiner Zug von ihm, mir die Gespielin seiner Brut zu überlassen. Sie brachte mir ähnlichen Frieden wie die Tochter des Kaufmanns van Törsel. Doch noch immer verweigert er mir sein Juwel, das, was mein Herz in Wallung bringt und den Gefährten tief unten friedlich lässt. Friedelinde heißt das Mädchen, für das ich sterben würde, wollt' sie's nur. Ich hoffe auf die Hilfe Sauertaigs, dem ich, wie er gewünscht, den Nebenbuhler van Törsel abgenommen habe, indem ich ihn mit aller Freude in sein Unglück stürzte. Seitdem lacht Sauertaig das Handelsglück bei Holz und auch bei Tüchern, die Farbe uns ins Leben bringen. Gewiss wird er es mir länger lohnen als den Tag und Hovemann von meinem Gedanken einnehmen.«

Eine persönliche Anrede oder erklärende Zeilen suchte Thomas vergebens bei dem Schreiben. Das letzte Blatt endete mit den Worten: »*Wir müssen dringend miteinander sprechen. Ihr seid in Gefahr!«* Darunter mit ausladender Schrift: »*Randulf van Törsel, Kaufmann für Tuchwaren.«*

Thomas lief nervös durch die Küche. Was bedeutete diese Nachricht? Was hatte van Törsel vor? Wenn er Erps Buch der Gerichtsbarkeit übergeben wollte, dann wäre es allemal Beweis genug gegen den Vater und Sauertaig. Aber warum sollte er, Thomas, in Gefahr schweben?

Mit einem Mal wurde die Tür aufgerissen. Thomas blieb fast das Herz stehen. Es war nur Michael, der die Nacht über bei den Mädchen vom Badehaus seinen Spaß gefunden hatte. Aber das allein war nicht der Grund, warum er so vor Kraft strotzte. »Hast du es schon gelesen? Zwei unserer Biere stehen in der Liste an oberster Stelle«, verkündete er und wartete vergeblich auf einen Freudenschrei.

26

Das Päckchen, auf der Treppe hinterlegt, war das letzte Lebenszeichen van Törsels. Seitdem war er spurlos verschwunden. Wie vom Erdboden verschluckt. Niemand hatte ihn gesehen. Auch im Gasthaus, in dem er das letzte halbe Jahr ein Zimmer gemietet hatte, war nichts zu erfahren. Zwei Wochen lang ließ Thomas keinen Tag vergehen, ohne nachzufragen, ob van Törsel wieder aufgetaucht war. Vergebens. Inzwischen fürchtete er, der Kaufmann könne zurück nach Berlin gereist sein, um den Vätern das Buch vorzulegen und sein Geschäft zurückzufordern. Und das konnte nur in Mord und Totschlag enden.

Je länger er sich ausmalte, was vielleicht schon passiert war, desto mehr drängte es ihn, van Törsel nach Berlin zu folgen. Sieglinde gelang es nur mit Mühe, ihn zurückzuhalten. Van Törsel wäre wohl kaum nach Berlin gefahren, argumentierte sie, ohne ihn, Thomas, letztmalig aufzufordern, sein Versprechen einzulösen. Vermutlich hätte er sogar von ihm verlangt, ihn zu begleiten.

Thomas ließ sich schließlich überzeugen, die weite Reise nicht auf eine vage Vermutung hin anzutreten, und machte sich stattdessen ein weiteres Mal auf den Weg zum Gasthof. Vielleicht war van Törsel ja inzwischen zurückgekehrt, von wo auch immer.

Unterwegs hatte er kein Ohr für das Grunzen des Viehs, die Rufe der Verkäufer und das Hämmern, Klopfen und Hobeln der Handwerker. Nachdenklich, mit gesenktem Haupt und von Ungewissheit getrieben, hastete er über den Markt, bis er aufgehalten wurde: »Lieber Freund, das trifft sich gut!«

Das war unverkennbar die Stimme von Vocatus.

»Ah, Ihr hier? Das ist aber ein schöner Zufall. Habt Ihr etwas auf dem Markt zu erledigen?«, fragte Thomas, gespielt erfreut. Er hatte keine Lust auf irgendein Gespräch.

»Geschäfte, mein Lieber, Geschäfte.« Vocatus war in so aufgeräumter Stimmung, wie Thomas ihn noch nicht erlebt hatte. Er winkte Thomas etwas näher zu sich heran und tuschelte: »Wisst Ihr, manchmal habe ich den Eindruck, als würde der Marquis sein Geld zum Fenster hinauswerfen. Jetzt will er sogar noch in den Fischhandel einsteigen.« Vocatus schüttelte sich. »Brrrr. Den ganzen Vormittag haben wir im Archiv des Rathauses verbracht, Handelsregister durchgesehen und notiert, was er in Zukunft noch alles kaufen könnte. Er kann es nicht ertragen, wenn ihm etwas nicht gehört. Ich glaube, eines Tages will er die ganze Welt besitzen«, erzählte Vocatus kichernd.

Thomas wunderte sich über die unvermittelte Offenheit und darüber, wie Diener sich verändern, wenn ihre Herrschaft sie vom Zügel lässt.

»Ich darf Euch doch ein paar Schritte begleiten?«, erkundigte sich Vocatus, und zwar so fordernd, dass es unhöflich gewesen wäre, die Frage, egal mit welcher Entschuldigung, zu verneinen.

»Der Marquis bedarf heute wohl nicht Eurer Dienste?«, fragte Thomas.

»Er ist in der Kirche, wie immer. Der Marquis ist immer in der Kirche.«

»Aber Ihr lasst ihn doch sonst nicht aus den Augen?«

Vocatus senkte seinen Blick. »Wenn der Marquis sich mit Gott unterhält, braucht er keinen Übersetzer.«

Thomas überlegte, wie es ihm doch gelingen könnte, sich höflich zu entfernen, aber Vocatus gab ihm keine Gelegenheit dazu. »Lasst uns doch etwas plaudern«, schlug er vor, während er Thomas am Arm fasste und sich in Bewegung setzte, ohne sich jedoch allzu weit vom Kircheneingang zu entfernen, sodass Thomas Hoffnung schöpfte, seinen Weg schon bald allein fortsetzen zu können. »Wie gehen denn die Geschäfte?«

»Die ersten Aufträge sind bereits eingetroffen«, gab Thomas wahrheitsgemäß Auskunft. »Wie Ihr sicherlich gesehen habt, ist unser Bier sehr gut bewertet worden. Wir haben also die ersten Bottiche angesetzt.«

Vocatus nickte scheinbar erfreut. Sein Gesicht schien nicht nur offener als sonst, auch die Augenringe waren verschwunden. Er machte insgesamt einen so umgänglichen Eindruck, dass Thomas zu fragen wagte: »Warum verbirgt der Marquis sein Gesicht immer unter diesen seltsamen Masken? Dazu kann ihn doch nicht nur die Lust an der Verkleidung treiben.«

Vocatus zögerte einen Moment, als fiele es ihm schwer, darauf zu antworten.

»Nun ja«, sagte er endlich. »Ihr müsst bedenken, dass der Marquis sehr einflussreich ist. Das heißt, wo immer er auftaucht, wird er von Bittstellern, Danksagern oder um Gnade Bittenden umringt.« Er blieb stehen, um Thomas in die Augen schauen zu können. »Ich weiß nicht, ob Ihr Euch eine Vorstellung davon machen könnt, wie lästig das sein kann.« Er setzte den Weg fort. »Und so verkleidet sich der Marquis, weil er damit seine Freiheit schützt. Weil niemand bisher sein wahres Antlitz kennt, kann er, sollte ihm der Sinn danach stehen, ganz ungezwungen in der Stadt spazieren gehen und würde wahrscheinlich nicht einmal von mir erkannt, denn selbst ich weiß nicht, wie er aussieht. So erfährt er alles, was ihm ansonsten verborgen bliebe. Auch wie man über ihn denkt. Ihr habt ihm womöglich schon gegenübergestanden, ohne es zu bemerken.«

Thomas nickte zustimmend, denn daran hatte er ja auch schon gedacht. Eine Vorstellung, die er unbehaglich fand.

Während Vocatus redete, ließ er dennoch das Portal der Kirche nicht aus den Augen. »Er hat sich so an die Verkleidung gewöhnt, dass sie ihm nur noch Vergnügen bereitet.«

»Und Ihr dient ihm und seid zugleich Bestandteil dieses Spiels?«

»Ja, es ist ein Spiel, in dem die Verabredung stimmt. Wir ergänzen uns. Ich bin als Diener geboren und zufrieden, einem Herrn zur Seite zu stehen, der an Verlässlichkeit kaum zu übertreffen ist. Was der Marquis beginnt, das bringt er auch zu Ende. Er bleibt stets sich, seinen Entscheidungen und damit auch mir treu. Das ist heutzutage nur noch selten zu finden.« Er drehte sich, beschwingt wie ein junger Bursche, auf dem Hacken um und blinzelte in die Sonne. »Wisst Ihr, lieber Freund, lasst die Geschäfte ein Weilchen ruhen. Wir sollten bei dem schönen Wetter einen Spaziergang machen.«

Thomas zauderte wohl einen Moment zu lange, denn Vocatus schaute ihn befremdet an, als verstünde er nicht, wie man auch nur daran denken könne, dieses Angebot auszuschlagen. »Es böte auch Gelegenheit, ein paar Dinge zu besprechen, die mir persönlich am Herzen liegen«, setzte er nach.

»Aber müsst Ihr nicht auf Euren Herrn warten?«, gab Thomas zu bedenken.

Vocatus blickte zum Kirchenportal und winkte ab. »Ach was. Wenn der Marquis Zwiesprache mit Gott hält, dauert es gewöhnlich länger.«

»Gut«, willigte Thomas ein.

Vocatus gab der Leibwache des Marquis Anweisungen, worauf sich sechs starke Männer neben das Portal stellten und die anderen dem Diener des Marquis in gebührendem Abstand folgten.

Vocatus schlug vor, eine Runde an der kleinen Alster entlangzulaufen, an der Mühle vorbei bis zur Johanniskirche, um dann, den Dom und das Rathaus passierend, wieder bei der Kirche anzukommen.

Kaum hatten sie sich in Bewegung gesetzt, begann Vocatus dann doch von geschäftlichen Dingen zu sprechen, dass der Marquis bereits Verträge mit Brügge und Norwich abgeschlossen habe, aber eigentlich mehr an Amsterdam interessiert sei. »Der Graf von Holland erließ zwar ein Importverbot ...«, flüsterte Vocatus und tat so, als würde er ein großes Geheimnis verraten. »Er selber aber kaufte weiterhin für seinen Hofhalt und für die Verpflegung des Heeres über Amsterdam.« Vocatus legte den linken Zeigefinger vor den Mund: »Aber pst! Je weniger wir darüber reden, desto besser ist es fürs Geschäft.«

Er atmete tief durch. Es schien so, als habe er noch etwas auf dem Herzen, müsse aber noch überlegen, wie es am besten vorzutragen sei. »Mein lieber Freund«, sagte er dann tatsächlich, »ich hoffe, dass Ihr zu schätzen wisst, wie viel Vertrauen der Marquis und ich Euch entgegenbringen ...«

»Selbstverständlich!«, versicherte Thomas.

»Lasst es mich offen aussprechen ... Ich habe nicht den Eindruck.«

Thomas konnte sich den Vorwurf nicht erklären. »Aber Ihr habt doch immer bekommen, was Euch zusteht, und der Gewinn wächst ständig ...«

»Ja, ja«, unterbrach ihn Vocatus. »Es geht doch nicht ums Geld.« Er blieb stehen und schaute in die Weite. »Es ist eine so unsichere Zeit, da muss man sich aufeinander verlassen können. Wie schnell kann es passieren, dass man in Bedrängnis gerät. Dann beweisen sich wahre Freunde.«

»Habe ich Euch nicht stets gezeigt, wie bedingungslos ich an Eurer Seite stehe?«

Vocatus schaute Thomas tief in die Augen. »Doch, doch, aber es macht den Eindruck, als würde Eure Frau Sieglinde Euer Vertrauen in den Marquis nicht teilen.«

Der Schlag hatte gesessen. Tatsächlich hatte Sieglinde ihr Misstrauen gegenüber dem Marquis niemals ablegen können. Aber woher wusste Vocatus davon? Sie hatte sich nur einmal öffentlich geäußert, wie befremdlich sie es fand, dass der Marquis niemals sein wahres Gesicht zeigte.

Inzwischen waren sie an der kleinen Alster angekommen. Thomas hörte Getrappel. Ein Reiter preschte heran, sprang vom Pferd und teilte den Bütteln, die ihnen in respektvollem Abstand gefolgt waren, etwas mit.

Vocatus schien das nicht zu kümmern. Er legte seine Hand auf Thomas' Arm. »Ich wollte Euch nicht beunruhigen, nur …«

»Herr!«, rief da einer der Männer und kam, ein Pferd mit sich führend, näher. Er flüsterte Vocatus etwas zu, worauf der nickte.

»Tja, so ist es, wenn man großen Männern dient«, sagte Vocatus dann zu Thomas. »Selbst einfachste Dinge muss ich ihm vom Halse halten. Wir sehen uns …«

Er schwang sich auf das Pferd und ritt davon, gefolgt von seinen Begleitern. Thomas wunderte sich, dass er denselben Weg zurückgaloppierte, den sie bisher gegangen waren. Es wäre bis zur Kirche inzwischen kürzer gewesen, wenn er die Richtung beibehalten hätte, so wie Thomas es tat. Aber viel mehr beschäftigte ihn die Frage, woher oder durch wen Vocatus wissen konnte, wie Sieglinde sich über den Marquis geäußert hatte.

Seine Überlegungen wurden durch laute Stimmen unterbrochen. Hinter einer Baumgruppe hatten sich mehrere Menschen zusammengefunden, die so durcheinander schrien, dass kaum ein Wort zu verstehen war. Irgendetwas musste passiert sein dort drüben an der Mühle. Thomas zuckte zusammen, denn er meinte, seinen Namen gehört zu haben, und beschleunigte seinen Schritt. An der Mühle angekommen, sah er, warum die Leute so aufgebracht waren. In den Mühlenblättern hing ein Mensch. Das Windrad drehte sich noch immer. Die Arme hingen herab und schlenkerten dem Boden entgegen. Einer rief nach dem Müller, der mit seiner Kuh im Schlepptau angelaufen kam. Er befestigte sie an einem Pflock, rannte in das Mühlenhaus und warf einen Hebel um. Krachend schlug der Anker in das Holzrad und stoppte das Mahlwerk. Thomas trat vorsichtig näher. Er schaute in das Gesicht eines Mannes, der aussah, als würde er einen Handstand machen. Ihm wurde schwarz vor Augen. Der Mann, der in den Flügeln hing, war Randulf van Törsel.

Thomas stand wie versteinert, da schnappte sich ein Hüne mit gelben Zähnen und wulstigen Lippen einen Holzscheit, hob ihn in die Höhe, rannte damit auf Thomas zu und rief: »Er war es! Ich habe gesehen, wie sie sich gestritten haben. Bei der Bierprobe war's!«

Im letzten Moment konnte Thomas ausweichen. »Bist du närrisch? Was willst du von mir?«

Der Kerl warf sich auf ihn. Mehrere Leute eilten ihm zu Hilfe. Sie glaubten offenbar dem erregten Mann und prügelten auf Thomas ein. Unzählige Schläge prasselten auf ihn nieder.

»Wir sollten ihn gleich hier an den Baum hängen!«, rief einer.

»Das wäre doch viel zu schade!«, meinte ein anderer. Ein Dritter zerrte Thomas auf die Beine, spuckte ihm ins Gesicht mit den Worten: »Da hast du!«, und stieß ihn wieder zu Boden.

Es war anscheinend nicht nur der Verdacht, van Törsel getötet zu haben, weshalb die Leute auf ihn einschlugen. Hier entlud sich wohl auch der Neid auf seinen schnellen Erfolg als Bierbrauer. Die Menge hielt erst inne, als eine Stimme »Halt!« rief. Thomas war erleichtert, als er Vocatus erkannte.

Allein durch ein »Halt!« ließen sich die aufgebrachten Leute allerdings nur kurz bändigen. Die Büttel des Marquis brachten Ordnung in das Gewühl, indem sie, wen immer sie zu fassen bekamen, verprügelten, dass man Knochen knacken hörte. Thomas war beiseite gekrochen, hatte sich mittlerweile unter heftigen Schmerzen aufgerichtet und klopfte sich den Schmutz von den Kleidern. Vocatus stellte sich schützend vor ihn und blickte die Leute drohend an. »Was hat Euch so aufgebracht?«

Eine Frau behauptete: »Wir haben alle mitbekommen, wie dieser Kerl da sich mit dem Mann gestritten hat und ihn mit dem Tode bedrohte.« Sie zeigte erst auf Thomas und dann auf den Toten, der noch immer in den Mühlenblättern hing. »Es ging um Geld.«

»Wie immer bei diesen Pfeffersäcken, die von auswärts kommen«, krakeelte ein besonders Ungestümer und wollte sich mit erhobener Faust wieder um die Gerechtigkeit verdient machen. Vocatus breitete erneut seine Arme aus. Sein Mantel fiel dadurch so weit auseinander, dass Thomas den Angreifer kaum noch sehen konnte. »Er steht unter dem Schutz des Marquis. Wer ihn angreift ...«

»Aber auch der Marquis darf einen Mörder nicht schützen!«, protestierte ein Mann.

Vocatus war mit einem Satz bei ihm, zerrte ihn aus der Menge und warf ihn in den Schmutz. »Wenn du nicht der üblen Nachrede beschuldigt werden willst, rate ich dir, dein Maul nicht länger an Dingen zu wetzen, die dein Spatzenhirn niemals begreifen wird. Thomas Hovemann war die gesamte Zeit entweder mit dem Marquis oder mit mir zusammen.«

Die Augen des Gescholtenen blitzten vor Wut. Vocatus beugte sich so nah zu ihm hinunter, dass kaum noch eine Hand zwischen die beiden passte, und zischte leise, aber trotzdem unmissverständlich: »Riskiere besser auch nicht ein einziges weiteres Wort.«

Er richtete sich wieder auf und deutete auf die Leiche. »Seht, das Blut ist noch frisch. Thomas Hovemann und ich sind den Weg vom Rathaus bis hierher gemeinsam gegangen. Ihn zu beschuldigen hieße, auch mich oder gar den Marquis zu verdächtigen. Wer will hervortreten und es wagen?«

Zwei Männer legten wortlos eine Leiter an die Mühle und trennten die Seile durch, mit denen van Törsel befestigt war. Der Körper schlug dumpf auf den Boden. Thomas blickte in das Gesicht. Augen und Mund des Toten standen offen, die Stirn war kraus gezogen, fast fragend, als verlange er eine Erklärung.

Aber Thomas vermochte sich nicht einmal vorzustellen, wer das getan hatte und warum.

»Seht Ihr nun, wie wichtig es ist, Menschen um sich zu wissen, auf die man sich verlassen kann?«, sagte Vocatus zu ihm, legte ihm einen Arm um die Schultern und begann, als wäre nichts von Belang passiert, das Thema zu wechseln.

»Habe ich Euch schon erzählt, dass seit dreizehnhundertachtundsiebzig Hamburger Bier sogar zum Handel in Gent zugelassen ist?« Und um dem Pöbel zu bedeuten, dass er nicht länger mit dem Tode van Törsels belästigt zu werden wünsche, richtete er die nächsten Worte besonders laut an Thomas: »Wir haben viel Zeit vertrödelt, mein lieber Freund. Lasst uns zurückgehen. Der Marquis wird sicherlich schon ungeduldig auf uns warten.«

Thomas war klar, dass wahrscheinlich auch er sein Leben an der Mühle verloren hätte, wäre Vocatus nicht zur rechten Zeit gekommen. Er wurde unruhig und getrieben von dem Bedürfnis, zu Hause nach dem Rechten zu sehen.

Auf Vocatus schien der Mord an van Törsel wenig Eindruck gemacht zu haben. Er erfreute sich an Bäumen und Sträuchern, die in den letzten Tagen grün geworden waren, und atmete hörbar die warme Frühlingsluft ein. Schließlich fragte er aber doch: »Und Ihr hattet Differenzen mit van Törsel?«

»Keine, für die es sich gelohnt hätte, ihn zu töten«, erwiderte Thomas.

»Ich weiß, ich weiß«, beeilte sich Vocatus zu versichern, in einem Ton, der vermuten ließ, dass er davon nicht überzeugt war.

27

Nachdem sich Thomas von Vocatus verabschiedet hatte, eilte er, so schnell er konnte, nach Hause. Ihn hatte plötzlich die Furcht ergriffen, Sieglinde und Sebastian könne in der Zwischenzeit etwas zugestoßen sein.

Die Fenster der unteren Etage standen offen. Thomas hielt inne und atmete erleichtert durch, denn schon von weitem war die Stimme von Sebastian zu hören. Er quietschte und gurgelte vor Vergnügen. Offenbar spielte jemand mit ihm. Thomas trat ins Haus und wandte sich zur Küche, wo er Sebastian vermutete. Seine Augen mussten sich erst an den Dämmer drinnen gewöhnen.

»Vater?!«

Der alte Hovemann stützte seinen Enkel bei dessen Versuchen, auf seinen Knien zu stehen.

Thomas überfiel plötzlich eine schlimme Ahnung. »Was macht Ihr hier?«, fragte er mit steinerner Miene. Er konnte nicht an einen Zufall glauben, dass van Törsel ausgerechnet an dem Tag zu Tode gekommen war, an dem sein Vater sich hier in Hamburg völlig überraschend einfand.

Hovemann ließ sich nicht stören. Fürsorglich, fast zärtlich war er darum bemüht, Sebastian bei seinen Stehübungen zu unterstützen.

»Warum seid Ihr nicht in Berlin?«

Der alte Hovemann schaute auf. »Was sind das für Manieren? Aber so sind die jungen Kaufleute. Kaum haben sie mal ein wenig Erfolg, schon schnappen sie über und leugnen ihre Wurzeln.«

»Sagt, Vater, seid Ihr van Törsel heute begegnet?«

Hovemann tat so, als habe er die Frage nicht gehört.

»Schau, Sebastian ist ein wahres Naturtalent.« Er stützte ihn nur leicht, und tatsächlich, wenn er seine Knie ganz still hielt, gelang es dem Kleinen, einen Moment zu stehen. Sebastian juchzte vor Vergnügen.

»Habt Ihr van Törsel heute gesehen?«, wiederholte Thomas seine Frage.

»Warum willst du das wissen?«

»Van Törsel ist tot. Er wurde ermordet – heute. Und wie es der Zufall will, macht Ihr uns ausgerechnet heute Eure Aufwartung.«

»Wie redest du mit deinem Vater?«, meldete sich aus einer im Dunkel liegenden Ecke der Bass von Sauertaig.

Der Streit beunruhigte das Kind. Sebastian begann zu nörgeln. Hilflos hielt ihn sein Großvater im Arm. Hastig nahm Sieglinde den Jungen an sich und legte ihn in die Wiege. Der alte Hovemann schaute verstört.

Thomas schlug mit der Hand auf den Tisch. »Ich habe Eure Ränkespiele satt. Ihr wollt mir doch nicht erzählen, dass Ihr aus lauter Sehnsucht nach uns die weite Reise auf Euch genommen habt.«

Jetzt mischte sich Sieglinde ein. »Thomas, wie kannst du nur ...«

»Vater, ich weiß schon lange, was damals wirklich passiert ist, nachdem Ihr Haus und Hof verspielt habt.«

Hovemann stand auf, streckte seine Arme nach Thomas aus. »Aber, mein Sohn, das sind alles Hirngespinste. Woher ...«

Thomas wich zurück und gab leise zur Antwort: »Ich habe mich für Euch geschämt und versucht zu vergessen. Deshalb unterließ ich es, Euch jemals darauf anzusprechen.«

Hovemann presste seine Hand auf die Brust, als wolle er sein Herz zur Ruhe bringen. »Es ging doch auch um euer Erbe, ihr solltet weiterführen, was Hubertus Sauertaig und ich aufgebaut haben«, stieß er hervor.

Thomas schüttelte den Kopf. »Was für ein Erbe wollt Ihr uns hinterlassen? An jedem einzelnen Stoffballen klebt Blut.«

Hovemann und Sauertaig schwiegen.

Alles war nun gesagt. Thomas war zwar erleichtert, aber nicht im Mindesten froh. Er ertrug es nicht länger, den Vater da zusammengekauert auf dem Stuhl hocken zu sehen. Er machte kehrt, lief über den Hof in das Brauhaus und schloss die Tür von innen. Dann stellte er die Leiter an einen Bottich, kletterte hinauf und begann eine Biersorte nach der anderen zu kosten. Der Anblick des Toten, wie dessen Körper sich mit den Flügeln der Mühle drehte, ging ihm nicht mehr aus dem Kopf.

Als es schummrig wurde, entschloss er sich, ins Haus zurückzukehren. Nichts wollte er entschuldigen, aber sich doch um Versöhnung bemühen, dem Vater die Hand reichen, ihm Mut zur Wahrheit machen. Als er sich von dem Stuhl erhob, auf dem er stundenlang gesessen und gegrübelt hatte, klopfte es.

»Thomas?« Sieglinde schob ihren Kopf durch die Tür. »Ist alles in Ordnung?«

»Ja.«

»Sie sind beide abgereist«, sagte sie.

»Dann lass uns für sie beten, dass sie das Stadttor hinter sich haben, ehe man ihrer habhaft werden kann.«

»Und du glaubst wirklich, dass sie van Törsel getötet haben?«

»Nie in meinem Leben war ich mir einer Sache so sicher!«

28

Die beiden Väter waren unbehelligt nach Berlin gekommen. Niemand verdächtigte sie, van Törsel auf dem Gewissen zu haben, denn dass sie gute Gründe für den Mord hätten, wusste ja niemand außer Thomas. Sie meldeten sich fortan nicht mehr bei ihm. Hatte er üblicherweise wenigstens einen Brief pro Monat von seinem Vater erhalten, blieb der nun aus.

Manchmal überlegte Thomas, ob er nicht den ersten Schritt machen sollte, aber da wenigstens Sieglinde noch regelmäßig Briefe von ihrem Vater empfing, war auch er über das Wohlergehen seines Vaters unterrichtet. Und so siegte der Trotz über die Neugier.

Die Geschäfte liefen in den nächsten Monaten außerordentlich gut. Es war sogar gelungen, das Bier bis nach London zu verkaufen. Thomas zahlte pünktlich über Vocatus seinen Zins an den Marquis, und es entwickelte sich ein fast freundschaftliches Einvernehmen zwischen ihnen. Auch an die Stadt hatte Thomas sich gewöhnt und die Hamburger sich an ihn, nicht zuletzt weil er unter dem sichtbaren Schutz des Marquis stand. Nur den immer wieder einmal aufglimmenden Verdacht, er habe etwas mit dem Tod van Törsels zu tun, vermochte er – auch mangels Gelegenheit – nicht zu entkräften. Niemand wagte es, ihn offen auszusprechen. Dieses Misstrauen wurde ihm stets nur von Menschen zugetragen, die es angeblich gut mit ihm meinten und natürlich von seiner Unschuld überzeugt waren. Er versuchte, nichts darauf zu geben, denn wie es so war mit Gerüchten, dachte er, stellte man sich gegen sie, gewannen sie nur an Gewicht.

So kehrte denn trotz alledem allmählich Ruhe in das Leben von Thomas Hovemann und seiner kleinen Familie ein, bis zu jenem Tag im August 1380, an dem ein gewisser Stefan Wolk an die Haustür klopfte, ein breitschultriger Treidler Anfang dreißig, der vor Jahren gemeinsam mit Thomas, Michael und Caspar die Elbe befahren hatte und der schon im Dienste der Familie Hovemann gestanden hatte, als noch der Handel mit Berliner Roggen den größten Gewinn versprach.

Aufgeregt trat er von einem Bein aufs andere, rang nach Luft und brachte kein Wort hervor. Wolk war eigentlich kein Mann, der sich schnell aus der Ruhe bringen ließ. Etwas Schlimmes musste passiert sein, ahnte Thomas. Er zog ihn am Arm ins Haus.

»Um Gottes willen, Wolk, was ist geschehen, dass du so verstört bist?«

Wolk setzte sich. »Dein Vater schickt mich«, stieß er, noch immer etwas atemlos, hervor. Dann schüttelte er den Kopf, als könnte er selbst nicht begreifen, was er nun berichtete: »In Berlin steht kaum noch ein Haus.«

»Was heißt das?«

»Berlin brennt schon wieder!«

»Der Vater lebt doch?«

Wolk nickte. »Aber der alte Sauertaig … Er hat sich geweigert, sein Haus zu verlassen. Bis auf die Grundmauern ist es niedergebrannt.«

Sieglinde hatte vom Hof aus alles gehört. Sie trat langsam zur Tür herein. Thomas schloss sie tröstend in die Arme.

Als Wolk sie schluchzen hörte, riss er sich die Mütze vom Kopf und raufte sich verlegen die Haare. »Erst haben die beiden, ohne sich zu schonen, beim Löschen geholfen. Aber als Sauertaig einsehen musste, dass das Feuer nicht zu bändigen war, verließen ihn wohl die Kraft und der Mut. Er kam zu mir, gab mir einen kleinen Beutel und trug mir auf, ihn Euch zu bringen.« Wolk holte aus seinem Beutel, den er um den Hals trug, ein Säckchen aus Schafsleder hervor und reichte es Sieglinde.

Zaghaft streckte sie die Hand danach aus. Sie kannte es. Stets hatte der Vater es eng an seinem Körper getragen, Tag und Nacht. Sieglinde knotete das Lederbändchen auf. Zum Vorschein kamen eine Hand voll Smaragde, Saphire, Topase sowie ein Ring. Nur einmal hatte ihr Vater ihn getragen – am Tag vor ihrer Hochzeit, als er ihr von der Mutter erzählte. Vergeblich hatte Sieglinde vorher versucht, etwas über sie zu erfahren. Nur dass sie die Strapazen der Geburt nicht überstanden hatte, war ihr berichtet worden.

Sieglinde ließ die Steine und den Ring zurück in den Beutel fallen und fragte leise: »Was ist dann geschehen, nachdem er dir das Säckchen gegeben hat?«

Wolk knautschte die Mütze zwischen den Händen. »Er legte mir die Hand auf die Schulter und dankte mir für meine Treue. Dann ging er ohne ein weiteres Wort zurück in sein brennendes Haus und war nicht mehr zu bewegen herauszukommen.«

Sieglinde strich zärtlich über das Schafsleder. Dass sie so schweigsam war, schien Wolk als Vorwurf aufzufassen.

»Wir haben wirklich alles versucht«, beteuerte er. »Der alte Hovemann ist ihm sogar in das Haus gefolgt, obwohl es schon in Flammen stand, um ihn umzustimmen, aber nichts hat geholfen, kein Bitten, kein Betteln, kein Befehl. Irgendwann mussten wir uns um unser eigenes Leben sorgen.«

»Wie geht es meinem Vater?«, fragte Thomas.

»Er hat mir eine Nachricht für dich aufgetragen, die ich nicht verstanden habe, aber die du gewiss zu deuten weißt. Er meinte, du solltest dich in den Entscheidungen, die du zu treffen hast, nicht von neuem Unglück leiten lassen, wenn du das alte noch nicht verschmerzt hast. Und dann fügte er noch an, dass seine Hand stets bereit sei, sie dir zu reichen.«

Thomas wusste sofort, was gemeint war. Er hatte dem Vater längst verziehen, aber auch gehofft, dass der den ersten Schritt machen würde. Das war wohl der erste Schritt.

»Wann wirst du zurückfahren, lieber Wolk?«

»Nach Berlin? Ich weiß es nicht. Meine Aufgabe ist erfüllt. Ich denke nicht, dass deinem Vater viel geblieben ist, womit er Handel treiben kann. Und ich bin nie ein Kaufmann gewesen. Meine Aufträge habe ich meist von ihm erhalten. Ich kann nur mit Prahmen umgehen, sie aufwärts treideln und abwärts durch enge Kanäle lenken. Doch wenn ich nicht mehr gebraucht werde, nutzt mir das Geschick wenig. Aber irgendwie werde ich mich schon durchschlagen.«

Sieglinde hatte sich wieder gefasst und wischte sich die Tränen aus dem Gesicht. »Verzeih, ich hab sogar versäumt, dich zu fragen, ob du etwas essen oder trinken willst. Nach der Reise musst du doch hungrig sein.«

Noch ehe Wolk sich dazu äußern konnte, fragte Thomas: »Wärst du bereit, in unsere Dienste zu treten und uns morgen nach Berlin zu begleiten?«

Wolks Gesicht hellte sich auf. »Ja natürlich, sehr gerne sogar.«

29

Der Geruch von verkohltem Holz empfing sie schon weit vor den Toren Berlins. Thomas war entsetzt. Als sie das Oderberger Tor durchfuhren, ließ sich bereits das ganze Ausmaß des Brandes ahnen. Während 1376 das Feuer mehr im Cöllner Teil gewütet hatte, traf es diesmal vor allem die Berliner. Männer liefen durch die Straßen, durchsuchten die Häuser und legten die Leichen, die sie dort fanden, auf Karren. Thomas bat Wolk anzuhalten. Er kletterte vom Wagen und schaute in die Gesichter der Toten. Einige waren bis zur Unkenntlichkeit verbrannt. Den dicken Fischhändler erkannte er nur an der ledernen Schürze. Das Feuer hatte keinen Unterschied zwischen den Ständen gemacht. Auch zwei Ratsherren lagen auf einer Karre. Eigentlich hätte es ihnen zugestanden, wenn schon nicht in der Kirche, so doch wenigstens dicht dabei begraben zu werden. Aber es waren zu viele Tote, um solche Ansprüche berücksichtigen zu können, zumal das Feuer auch vor der St.-Petri-Kirche nicht Halt gemacht hatte. So begrub man die Opfer wie damals, als das Feuer und die Pest gewütet hatten, auf einem großen Feld vor der Stadt.

Den alten Sauertaig fand Thomas nicht unter den Toten auf den Karren. Auch Sieglinde stieg nun vom Fuhrwerk ab. Hinter der nächsten Biegung lag ihr Vaterhaus. Den Weg bis dahin wollte sie laufen.

Es war nichts geblieben von der Pracht, auf die der Vater so stolz gewesen war. Die Glasfenster, die er hatte einbauen lassen, waren alle zerbrochen. Die einst imposanten Hauswände waren zumeist zusammengefallen. Sogar das Dach fehlte. Alles war von Ruß überzogen. Die Tür hing verkohlt und schief in ihrem Rahmen. Nichts von Wert war geblieben, weil das Feuer erst erloschen war, als es keine Nahrung mehr fand. Fuß- und Schleifspuren auf dem verrußten Boden ließen erkennen, dass man den Vater bereits geborgen hatte. Sie würde wohl nie erfahren, wo er begraben war.

Thomas war draußen geblieben, um Sieglinde Ruhe für ihre Trauer zu lassen. »Ich denke, es ist besser, wenn ich allein nach meinem Vater suche. Ich bin in der Spandauer Straße. Bleib du hier und gib auf Sieglinde Acht. Du weißt, wo ich zu finden bin, wenn sie wieder herauskommt«, gab er Wolk Bescheid.

Über die Spandauer Straße war das Feuer nicht gar so stark

hergefallen. Aber auch das Geburtshaus von Thomas war vom Brand gezeichnet. Die Tür des Hauses war nur angelehnt. Drinnen war es dunkel. Vorsichtig tastete Thomas sich von Raum zu Raum. Er fand seinen Vater auf dem Hof, wo er an einem Tisch Tücher sortierte. Die meisten waren durch den Ruß verdorben. Der alte Kaufmann war so in seine Arbeit vertieft, dass er nicht bemerkte, dass sein Sohn ihn schon geraume Zeit beobachtete. Mit gekrümmtem Rücken legte er die Ware Stück für Stück so bedächtig aufeinander, als müsse er mit jeder seiner Bewegungen haushalten.

»Vater?«

Der alte Mann hob lauschend den Kopf und drehte sich langsam um. Er vermochte Thomas in dem dunklen Türrahmen nur zu erahnen, weil die Sonne ihn blendete. Dennoch erkannte er ihn sofort. Er legte den Stoff aus der Hand zurück auf den Stapel, ging einen Schritt auf seinen Sohn zu und hielt inne. Er wirkte unsicher und steif. Als Thomas sich nicht rührte, machte er auch den nächsten Schritt.

»Ich habe van Törsel nicht getötet. Das musst du mir glauben«, sagte er mit rauer Stimme.

Thomas winkte ab und streckte ihm die Hand entgegen. Und dann lagen sie sich in den Armen, und Thomas fühlte sich wie der kleine Junge von damals, der so glücklich war, wenn auf die Rüge des Vaters Versöhnung folgte.

»Es ist schön, dass du gekommen bist«, sagte der alte Hovemann und seufzte befreit. Sie setzten sich auf die Bank am Brunnen, und der Vater begann zu erzählen: dass die Stadt an mehreren Stellen gleichzeitig zu brennen angefangen hatte; dass die Leute völlig verwirrt waren und keiner wusste, wo er zuerst löschen sollte; dass es Brandstiftung war, darüber sei man sich in der Stadt einig, auch wenn der Schuldige erst mal entkommen war; und dass ein paar unerschrockene Bürger ihm gefolgt seien und ihn büßen lassen würden, was er der Stadt und ihren Bewohnern angetan habe.

Thomas schüttelte den Kopf. »Wie sollte es einem Menschen

allein gelingen, die Stadt an allen Ecken gleichzeitig anzuzünden?«

»Einer allein kann es sicherlich nicht schaffen, aber wenn einer Ritter Erich von Falke heißt und von vielen Helfern umgeben ist, dann schon.«

»Ritter Erich von Falke?«

Der Vater nickte.

Mit Ritter Erich von Falke hatte es schon oft heftigen Streit gegeben. Er forderte Steuern von Berlin, obwohl sie ihm nicht zustanden, und entführte Händler, um Geld von ihren Familien zu erpressen. Dass der Ritter, der mit der Stadt nun schon so lange in Fehde lag, es aber gewagt haben sollte, sie anzuzünden, konnte Thomas fast nicht glauben.

Der Vater zuckte mit den Achseln. »Ob es wirklich der Ritter war, kann nur der Herrgott wissen. Die Leute reden viel. Auf seinem Schloss in Saarmund soll er sogar einen Harem gehalten haben, mit Mädchen, die er rauben ließ.«

Letzteres hielt Thomas für Geschwätz, das wucherte, wenn Fantasie zu viel Raum bekam.

»Sieglinde und ich sind hier, Euch zu fragen, ob Ihr nicht zu uns nach Hamburg ziehen wollt.«

Der alte Hovemann wies auf den kümmerlichen Rest seiner Stoffe. »Nein, das geht nicht. Schau her. Ich habe Ware und bin Verpflichtungen eingegangen.«

Vorsichtig hob Thomas ein Tuch vom Stapel und breitete es aus. »Sieh!«

Im Stoff klaffte ein Loch, umrandet von schwarz verkohltem Gewebe.

Der Vater nahm ihm das Tuch aus der Hand, faltete es wieder zusammen und legte es sorgsam zurück. Was dem alten Mann an Selbstachtung geblieben war, lag nun sorgfältig gestapelt auf dem Tisch, versengt, verdreckt, zerrissen.

Geräusche eines haltenden Fuhrwerks drangen zu ihnen. Gleich darauf trat Sieglinde auf den Hof, gefolgt von Wolk, und fiel ihrem Schwiegervater weinend um den Hals.

»Es ist alles sehr schnell gegangen …«, stammelte Hovemann hilflos.

Sieglinde schluchzte und wischte sich mit dem Handrücken über die Augen. »Warum ist er nur in das Haus gelaufen, wenn doch schon alles brannte?«

Hovemann hob bekümmert die Schultern. »Wenn man ihn noch fragen könnte, würde er wohl bestreiten, dass er keine Kraft mehr hatte, noch einmal neu anzufangen.«

»Aber es ist eine Sünde, dem Tode freiwillig entgegenzugehen.«

»Freiwillig? Er hat gekämpft, solange er konnte. Dein Vater war ein sehr stolzer Mann.«

Sieglinde wischte sich erneut die Tränen aus dem Gesicht. »Es ist nicht richtig, nur an sich zu denken, aber ich fühle mich so allein gelassen. Ich weiß ja nicht einmal, wo er beerdigt ist.«

Hovemann schnäuzte sich vor Verlegenheit. »Meistens weiß man erst zu schätzen, was man hatte, nachdem es einem genommen wurde.«

Sie schluckte. »Kommt Ihr mit uns nach Hamburg? Wir brauchen Euch dort. Und Sebastian kann es gar nicht erwarten, seinen Großvater wiederzusehen.«

»Wer achtet denn jetzt auf ihn?«, fragte Hovemann besorgt. Habt ihr eine Amme?«

»Ja, zwei sogar«, sagte Thomas lächelnd, »nämlich Caspar und Michael. Und deshalb müssen wir rasch wieder nach Hause. Also, Vater, kommt Ihr mit uns?«

Christian Hovemann überlegte. Aus dem Angebot eines Almosens war eine Bitte geworden. Er sah sich um. Was sollte ihn noch halten? Und so sagte er: »Ja, gerne.«

Thomas legte seine Hand auf den Arm des Vaters. »Was Ihr an Verpflichtungen habt, bin ich in der Lage auszulösen. Wir besitzen mehr Geld, als wir vernünftig ausgeben können.«

Hovemann starrte still vor sich hin. Ohne aufzublicken, sagte er leise: »Ich bin sehr müde und sehr froh, Euch zu haben.«

30

Christian Hovemann hatte es nicht bereut, mit nach Hamburg gekommen zu sein. Zweieinhalb Jahre war er nun schon hier und inzwischen ein Kenner des Biergeschäfts geworden. Schon nach einem halben Jahr kümmerte er sich um den Handel nach Indien, meist begleitet von Wolk und Michael. Zurück kamen sie mit neuen Ideen. Sie experimentierten mit Ochsengalle, Wacholder oder Schafgarbe, wodurch so manches Gebräu eine halluzinierende Wirkung bekam. Auch deshalb waren die Biere aus dem Brauhaus Hovemann bald weithin bekannt und begehrt. Nur der unvergleichliche Geschmack des Rosmarinbiers wollte ihnen trotz zahlloser Versuche nie mehr gelingen.

Weil die Geschäfte offensichtlich keiner Kontrolle bedurften, zog sich der Marquis mit seinem Gefolge vorübergehend aus Hamburg zurück. Wie Vocatus vorgab, hielten sie sich meist in der Nähe von Berlin auf. Allerdings versäumte er es nie, regelmäßig den verabredeten Zins einzufordern. Wenn Thomas die Bücher vorlegen wollte, wehrte Vocatus aber meist großmütig ab. Es war eine Geschäftsbeziehung zwischen ihnen entstanden, die sich auf Treu und Glauben stützte und bei der beide Seiten, wie es schien, den zunehmenden Wohlstand zu schätzen wussten.

Inzwischen schrieb Thomas in sein Handelsbuch das Datum vom Mai 1383. Sebastian war fünf Jahre alt, und es war für Thomas eine Wonne zu sehen, wie gut er sich entwickelte. Wenn sich eine Gelegenheit bot, blickte er dem Vater über die Schulter, um alles, was der tat, nachzumachen. Auf eine kleine Wachstafel übertrug er die Zahlen aus dem Handelsbuch des Vaters und hantierte geschwind mit dem Rechentuch, indem er die Steine hin und her schob und das Ergebnis überprüfte. Um die Fähigkeiten seines Sohnes zu fördern, schrieb Thomas mitunter eine falsche Summe unter die Zahlenkolonnen, worauf er, zumindest in den meisten Fällen, von Sebastian berichtigt wurde. Dann lächelte Thomas zufrieden und lobte ihn. Doch so stolz er auch auf die Rechenkünste seines Sohnes war, so sehr ärgerte ihn, dass Sebastian sich immer häufiger sehr furchtsam verhielt. Wenn er eine Hornisse sah, rannte er schreiend davon, wurde er vom Vater gerügt, fing er sofort zu weinen an. Es fehlte ihm ganz und gar das, was Thomas von einem Jungen erwartete: das Draufgängerische. Thomas meinte, nur mit gehöriger Strenge ausgleichen zu können, was Sieglinde durch ihre weichherzige Erziehung versäumte. Er forderte von Sebastian, hart gegen sich zu sein und mit Erreichtem nie zufrieden. Er erinnerte sich daran, wie sein Vater ihn damals Bruder Jacobus anvertraut hatte, damit der ihm geduldig, aber mit gehöriger Strenge beibrachte, worauf es im Leben ankam.

An einem sonnigen Markttag erfüllte Thomas dem Jungen den Wunsch, ihn zu Besorgungen mitzunehmen. Sebastian schaute mit großen Augen, als er an der Mauer neben dem Eingangstor des Rathauses ein eigenartig geformtes Eisenstück entdeckte, in dem die gebräuchlichsten Längenmaße, Fuß, Elle und Klafter, markiert waren. Voller Neugier riss er sich von der Hand des Vaters los, doch schon im nächsten Moment war er wieder zurück, aus Angst, in dem Getümmel verloren zu gehen.

»Ich bin ein Täubchen. Seht her!«, rief jemand von dem Dach der Kirche herunter. Ein bunt gekleideter Wicht turnte auf einem Seil über den Köpfen der Handel treibenden Kaufleute. Kaum einer schenkte dem Zwerg Beachtung. Zu sehr waren sie damit beschäftigt, Rosmarin gegen Ingwer, Schmuck gegen Tuche oder Holz gegen Felle zu tauschen.

»Ein Täubchen, das fliegen kann. Seht her!«

»Pass auf, dass du nicht gebraten wirst«, rief ein Handelsmann, der sich von dem Geschrei belästigt fühlte.

Thomas beobachtete seinen Sohn aus den Augenwinkeln. Furchtsam, aber doch staunend blickte das Kind gen Himmel zu dem Gaukler, der auf dem Seil zu schweben schien.

Mit einer Stange balancierte er das Wagnis aus. Gemessen an der Gefahr, die er beim Herausfordern der Schwerkraft einging, fand er wenig Beachtung. Mehr Interesse erntete ein betrunkener Kaufmann, der sich lauthals darüber amüsierte, wie er an seinem Heimweg scheiterte. Sosehr sich andere Trinkkumpane auch mühten, ihn zu stützen, nach jedem zweiten Schritt knickte er ein und schlug längelang auf das Pflaster. Sein Gesicht war hochrot und verschwitzt und bereits gezeichnet von vielen Stürzen. Nur seine Kleider verrieten, dass er aus besserem Hause kam.

»Wo ist die nächste Schänke? Das Einzige, was mich hier in Hamburg hält, sind die Frauen und das Bier«, krakeelte er. Die Umstehenden verfolgten das Abschleppen des Mannes mit Gelächter, Beifall oder abfälligen Blicken.

Obgleich Thomas Gaukler wenig schätzte, wunderte ihn doch, dass der Kampf um das Gleichgewicht eines Trunkenboldes auf der Erde mehr Aufmerksamkeit fand als ein schwebender Akteur in luftiger Höhe.

Inzwischen schien Sebastian mit dem tanzenden Fabelwesen allein zu sein. Er konnte sich kaum von dem Anblick lösen, wie es einen Fuß vor den anderen setzte, wie der Körper in die Höhe sprang und wieder zielsicher auf dem flatternden Seil landete. Immer wieder schlug er die Hände vor die Augen, bis die Neugier die Angst besiegte und er zwischen Zeige- und Mittelfinger hindurchlugte, um das Geschehen weiter zu verfolgen.

Die Füße des Gauklers hoben sich erneut vom Seil, aber diesmal fanden sie nicht zurück. Pfeifend schwirrte das Seil in der Luft. Sebastian schrie und duckte sich hinter dem Vater.

»Steh auf!«, ermahnte Thomas ihn, ungehalten über so viel Ängstlichkeit. »Du musst dich zwingen hinzuschauen!«

Der Junge öffnete die Augen und blickte zögernd auf das Pflaster. Aber der Seiltänzer lag nicht dort. Er hing, mit den Beinen das Seil umschlingend, noch immer in der Höhe.

Sebastian atmete auf und hatte sich noch nicht ganz beruhigt, da gab es bereits den nächsten Anschlag abzuwehren. Dicht am Kopf des Kindes vorbei flog eine Fackel durch die Luft. Ein Mann fing den brennenden Stock, steckte ihn in den Mund und fraß das Feuer gleichsam auf. Dem Jungen war nicht geheuer. Vorsichtig näherte er sich dem seltsamen Menschen, blieb vor ihm stehen und brachte sich dann wieder blitzschnell hinter dem Vater in Sicherheit.

»Was bist du doch für ein Angsthase«, sagte Thomas Hovemann lächelnd, aber streng. »Eines Tages wird mein Rücken zu gebeugt sein, um dich zu schützen.«

»Was ist ein Angsthase?«, fragte der Kleine.

»Ein Tier, das wegrennt.«

»Warum rennt es weg?«

»Weil es glaubt, dass ein anderes Tier stärker ist und es fressen will. Im Leben entscheidet sich immer wieder neu, ob man Jäger ist oder Gejagter. Einem Angsthasen stellt sich diese Frage nicht, er rennt immer davon.«

Sebastian schaute zu dem Seil empor. »Wann hat man keine Angst mehr?«, wollte er wissen.

Thomas hielt seinem Sohn die Hand hin. »Komm, ich zeige es dir.«

Der schaute misstrauisch und zögerte. Thomas ergriff seine Hand und zog ihn so schnell hinter sich her zum Eingang der Kirche, dass die Füße des Kindes kaum noch den Boden berührten.

»Komm, komm, komm!«, forderte Thomas ungeduldig.

»Wohin gehen wir?«

Thomas antwortete nicht. Er mochte nicht länger dulden, dass sein Sohn sich furchtsam durch das Leben duckte. »Ich werde dich lehren, keine Angst mehr zu haben.«

Er stürmte die Treppe des Kirchturms empor. Das Kind versuchte, sich von der groben Hand des Vaters zu befreien, aber es gelang ihm nicht.

In dem Aufgang war es dunkel. Es roch muffig. Sebastian stemmte sich gegen die feuchten Wände. »Nein, ich will nicht!«, protestierte er verzweifelt.

Aber Thomas war nicht aufzuhalten. Er war sich mit einem Mal sicher zu wissen, was auch ihn in seinem Leben stets behindert hatte: Angst. Das sollte Sebastian nicht passieren. Mit Gewalt zog er den Jungen die Stufen hinauf. »Lauf endlich!«

Je mehr das Kind spürte, dass es keine Wahl hatte, desto größer wurde seine Angst. Es fiel hin, schlug sich das Knie auf und fing an zu schreien. Thomas wollte keine Rücksicht nehmen. Wann, wenn nicht jetzt, dachte er, soll der Junge seine Furcht vor dem Leben ablegen? Wenn es ihm nur einmal gelänge, sie zu überwinden, würde sein Zutrauen zu sich selbst wachsen, und er wäre geheilt. Also zerrte er ihn umso unnachgiebiger die Stufen hinauf. Und wieder fiel ihm Bruder Jacobus ein, der ihn die Dinge des Lebens gelehrt hatte, aber leider viel zu nachsichtig mit ihm gewesen war. Nur deshalb hatten ihn so lange Selbstzweifel und Verzagtheit plagen können.

Noch zwei Stufen, dann hatten sie die Hälfte der Treppe hinter sich. Ein fahles Licht deutete auf eine Öffnung im Gemäuer hin. Thomas wischte sich den Schweiß von der Stirn.

»Sieh nur«, sagte er, »hier ist ein Fenster. Schau hinaus! Los, schau hinaus!«, schrie er, als Sebastian den Kopf abwandte.

Noch nie hatte er seinen Vater so erlebt. Er versuchte, sich aus seinem Griff zu befreien, aber Thomas schob ihn mit aller Gewalt an das Fenster.

»Guck doch, ist das nicht schön?«

Sebastian wurde schwindlig. Er schloss die Augen, aber was er hörte, war genauso Furcht erregend. Eine Fledermaus war aufgeschreckt worden und suchte, dicht an seinem Ohr vorbeifliegend, das Freie. Er ließ sich fallen. Ihm war alles egal. Er legte die Hände an die Ohren und schrie …

Als Thomas seinen Sohn so sah, zusammengekauert, zitternd und schreiend, kam er wieder zu sich. Er erschrak vor sich selbst. Wütend über seine eigenen Schwächen, hatte er das Kind gequält. Wie konnte ihm das passieren? Er hob Sebastian auf, drückte ihn behutsam an sich und streichelte ihm den Kopf. Der Junge schaute misstrauisch und wischte mit dem Ärmel in seinem verheulten Gesicht herum. Thomas blinzelte ihm zu.

Das war ein verabredetes Zeichen, dass alles wieder in Ordnung war. Der kleine Körper aber bibberte noch immer, und plötzlich wusste Thomas nicht mehr, wer von ihnen beiden mehr Angst hatte: er um Sebastian oder Sebastian vor der Welt.

31

Es war die immer gleiche Prozedur. Die Geschäftsbücher lagen bereits aufgeschlagen auf dem Tisch. Vocatus warf nur einen kurzen Blick darauf.

»Es wird wohl stimmen«, sagte er dann wie gewöhnlich, mit einem Lächeln, das offen ließ, ob er vertrauensvoll oder nur großzügig war. Angenehmer wäre es Thomas gewesen, wenn Vocatus nachgerechnet hätte, um dann zu verkünden, dass alles seine Richtigkeit hatte. Aber der nahm nur den Lederbeutel vom Tisch, in dem sich bereits die abgezählten Münzen befanden, und verstaute sie in seinem Umhang.

»Wollt Ihr nicht lieber nachprüfen?«, fragte Thomas, um das Ritual zu durchbrechen.

Vocatus schüttelte den Kopf und sagte mit gespielter Entrüstung: »Sollte ich nach so langer Zeit davon ausgehen müssen, dass Ihr mich betrügt?« Er zog die Augenbrauen hoch. »Und wenn Ihr es tätet, würdet Ihr mich dann auffordern nachzuzählen?«

Offenbar wollte Vocatus schnell das Thema wechseln, denn er erkundigte sich zu Thomas' Überraschung nach Sebastian. Niemals zuvor hatte er Interesse für den Jungen gezeigt.

»Wie alt ist er?«, wollte er wissen.

»Inzwischen ist er fünf.«

Vocatus stand vom Tisch auf. »Ich nehme an, dass er eines Tages Kaufmann wird wie Ihr?«

Das Kind scheint ihn tatsächlich zu interessieren, dachte Thomas. Ansonsten hätte er es doch bei einer Höflichkeitsfrage belassen.

»Sebastian macht sich gut«, gab er Auskunft, »aber mich bekümmert seine Ängstlichkeit.«

Vocatus hob fragend die Augenbrauen.

Thomas schlug die Bücher zu. »Alles erschreckt ihn, und er hat wenig Vertrauen zu sich selbst.«

»Vielleicht weil Ihr ihm gegenüber zu nachsichtig seid?«

Thomas hatte inzwischen alle Bücher übereinander gelegt. »Das ist schwer zu sagen. Auch mit Strenge ist es mir nicht gelungen, ihm die Furcht auszutreiben.«

»Wie dem auch sei ... Ihr solltet unbedingt handeln«, empfahl Vocatus in einem Ton, der andeutete, dass er bereits eine Lösung wusste. »Ich kenne eine Amme«, sagte er denn auch, »der es möglich sein sollte, die gehörige Zucht in das junge Leben zu bringen.« Vocatus kratzte sich nachdenklich am Kinn. »Immerhin ist er in zwei Jahren kein Kind mehr. Ich werde mich darum kümmern, dass sie sich umgehend bei Euch vorstellt.« Er hob beide Hände. »Eure Zustimmung vorausgesetzt?«

Ungeachtet der Frage wartete er das Einverständnis nicht ab. Flink drehte er sich um und verließ das Kontor. Vor der Tür begegnete er Sieglinde. Er verneigte sich wortlos und schritt mit festen Schritten von dannen.

Sieglinde hatte das Gespräch mit angehört. »Ich denke nicht, dass wir uns von diesem Herrn erklären lassen sollten, wie wir unser Kind zu erziehen haben.«

»Du magst Vocatus nicht?«

»Es läuft mir jedes Mal, wenn ich ihn sehe, ein kalter Schauer über den Rücken. Er kommt mir irgendwie gefährlich vor.«

»War er denn jemals unfreundlich zu dir?«

Sieglinde überlegte. Nein, unfreundlich war er nie zu ihr gewesen, doch meist ließ er ein unbehagliches Gefühl zurück, wenn er sich verabschiedet hatte. Als ob etwas von Bedeutung unausgesprochen geblieben wäre. Sieglinde schaute durchs Fenster auf den Hof. Sebastian saß neben dem Brunnen vor einem Frosch, beobachtete ihn neugierig und stülpte eine Holzkiste über ihn, als er Reißaus nehmen wollte.

Sieglinde drehte sich zu Thomas. »Ich möchte nicht, dass Sebastian von einer Amme betreut wird. Alles, was er braucht, kann er auch von mir bekommen. Seit mir die zwei Mägde im Haushalt zur Hand gehen, bleibt mir genügend Zeit, mich selbst um die Erziehung von Sebastian zu kümmern.«

Thomas kam nicht dazu einzuwenden, dass sie das Kind womöglich zu sehr verzärtelte, denn es klopfte fordernd an der Haustür. Sieglinde ging hinaus, um zu sehen, wer da Einlass begehrte, und blickte in das Gesicht einer kräftigen Dame mit spitzer Nase und großen, stechenden Augen.

»Guten Tag. Ich bin Mechthild Biggenbach«, stellte sie sich vor. »Ich wurde geschickt, meine Hilfe anzubieten bei der Erziehung Eures Sohnes.« Ohne einen Willkommensgruß abzuwarten, trat sie an Sieglinde vorbei ins Haus. Die schloss die Tür und schaute ihr verdutzt hinterher. Thomas kam der Frau entgegen und reichte ihr die Hand zum Gruß. Sie blickte nicht einmal auf, sondern zog einige Schriftstücke hervor und rollte sie auseinander. »Hier sind meine Zeugnisse, darunter vom Bürgermeister und etlichen Ratsherren. Es gibt kaum eine angesehene Familie in Hamburg, der ich nicht zu Diensten war.«

»Ihr seid mir von einem guten Freund angekündigt worden«, sagte Thomas und bat sie in sein Zimmer. »Insofern habt Ihr Zeugnisse nicht nötig. Aber wie kommt es, dass Ihr so schnell hier seid? Wir haben erst vor wenigen Augenblicken von Euch gesprochen.«

Sie schien mit dem Vertrauen Thomas' gerechnet zu haben, denn so schnell, wie sie die Papiere aus ihrem Beutel gezupft hatte, so schnell waren sie auch wieder verschwunden. »Spricht es gegen mich? Hätte ich vielleicht noch etwas Zeit vertrödeln sollen?«, erwiderte sie forsch.

»Nein«, versicherte Thomas, beeindruckt von dem energischen Auftreten der Frau.

»Der liebe Vocatus schien geahnt zu haben, dass Ihr Hilfe braucht und Ihr sein Angebot nicht ausschlagen werdet. Wohl deshalb hatte er mich gleich mitgenommen.«

Sie schaute sich um, sah Sebastian im Hof sitzen, noch immer mit dem Frosch beschäftigt, und war Sekunden später bei ihm, als wäre zwischen ihr und den Hovemanns alles besprochen.

»Du musst Sebastian sein«, stellte sie fest.

Der Kleine drehte sich um. Sieglinde war der Frau gefolgt und stellte sich schützend neben ihren Sohn, worauf er die Amme misstrauisch musterte und dann seine Mutter ängstlich ansah. Der Frosch nutzte seine Unaufmerksamkeit zur Flucht.

Die Amme kramte in ihrer Tasche, förderte einen rot leuchtenden, kandierten Apfel am Stiel zu Tage und hielt ihn dem Kind vor die Nase. Im Nu waren die Sorgenfalten in Sebastians Gesicht geglättet, und blitzschnell griff er nach der Leckerei.

Die Amme strich ihm über den Kopf. »Wollen wir ein Stück spazieren gehen, damit wir uns kennen lernen?«, fragte sie.

Sebastian schaute fragend seine Mutter an. Sieglinde war ärgerlich auf sich, weil sie die Amme nicht aufgehalten hatte. Als sie jedoch in die bittenden Augen ihres Sohnes sah, stimmte sie zu.

Kaum waren die beiden ihren Blicken entschwunden, wurde Sieglinde unruhig. »Meinst du, es war vernünftig, ihn dieser fremden Frau anzuvertrauen?«, wandte sie sich an Thomas.

»Jetzt bist du schon genauso ängstlich wie er. Sie ist keine fremde Frau. Sie ist immerhin von einem Freund empfohlen worden.«

Sieglinde schüttelte den Kopf. »Du hättest dir wenigstens ihre Zeugnisse anschauen sollen.«

Ehe Thomas sich rechtfertigen konnte, tauchte Michael auf und spürte sofort, dass etwas nicht stimmte.

»Hab ich was falsch gemacht?«, fragte er, obwohl er sich keiner Schuld bewusst war.

Sieglinde erklärte ihm die Situation, dass sie sich Vorwürfe mache, Sebastian dieser Frau anvertraut zu haben.

»Sie ist eine Amme. Vocatus hat sie uns empfohlen«, versuchte Thomas erneut, sie zu beschwichtigen. »Du machst dir also völlig unnötig Sorgen.«

»Vocatus?«, fragte Michael in einem Ton, der sowohl Sieglinde als auch Thomas aufhorchen ließ.

»Warum fragst du so?«

»Ach, nichts«, wiegelte Michael ab. »Ich werde ihr einfach folgen und aufpassen, dass die Sorge unbegründet bleibt.«

Sieglinde umarmte ihn. »Du bist neben Thomas und Sebastian hier der größte Schatz.«

»Na, na, na!«, rief Caspar vom Hof, wo er damit beschäftigt war, leere Fässer zu stapeln.

32

Lange dauerte es nicht, bis Michael zurückkam. Er war der Amme und Sebastian gefolgt und meinte, Sieglinde beruhigen zu können. »Es gibt nichts, was ich Schlechtes zu berichten hätte. Sie zeigt ihm geduldig alles, wofür er sich interessiert. Er löchert sie mit Fragen und bekommt sie sogar …«, Michael schaute herausfordernd zu Thomas, »… geduldig beantwortet.«

Der blickte Sieglinde an, als erwarte er eine Entschuldigung für ihr Misstrauen.

»Und jetzt?«, fragte sie dennoch nach.

Michael zuckte mit den Schultern. »Weiß ich nicht. Aber bevor es dunkel wird, werden sie gewiss heimkommen.«

Sieglinde war zu unruhig, als dass sie einfach hätte still sitzen und auf die beiden warten können. Sie nahm einen der Töpfe, die an der Wand hingen und die die Mägde blitzblank geputzt hatten, um ihn erneut zu schrubben. Als sie nach dem zweiten griff, hörte sie Sebastian. Er plapperte munter. Dann war es still, die Antworten der Amme waren nicht zu verstehen.

Im nächsten Moment wurde die Tür geöffnet, und Sebastian hüpfte herein, gefolgt von der milde lächelnden Mechthild Biggenbach.

»Ich denke, wir werden gut miteinander auskommen«, tat sie kund.

Sebastian sprang mit Gepolter die Treppe hinauf und kam mit Gepolter auch wieder herunter, in der Hand das kleine Holzpferd, das ihm Thomas damals in die Wiege gelegt hatte. Er zeigte es der Amme. »Guck mal. Was ist das?«, verlangte er von ihr zu wissen.

Die Frau nahm das Holzspielzeug, drehte es nach allen Seiten und meinte: »Ein Rehkitz.«

Sebastian lachte laut auf. »Es ist ein Pferd. Das sieht man doch.«

Die Amme schlug sich gegen die Stirn. »Ja, natürlich, wie komme ich auf Reh. Selbstverständlich ist es ein Pferd.«

Voller Argwohn beobachtete Sieglinde die Szene. Aber so wie die Frau sich verhielt, war ihr nichts vorzuwerfen. Im Gegenteil. Selten hatte Sebastian so schnell Zutrauen zu einer fremden Person gefasst wie zu dieser Mechthild Biggenbach.

Sieglinde entschied sich deshalb, sie zu behalten, und über den Lohn wurden sie sich auch schnell einig. Der Amme wurde eine kleine Kammer im Haus zugewiesen, in der außer einem Bett noch eine Truhe, ein Stuhl und ein Tisch standen.

Abends, als endlich Ruhe eingekehrt war, setzten sich Sieglinde und Thomas vor den Kamin. Sie streichelte ihm den Nacken. Der kleine Streit um die Erziehung von Sebastian tat ihr Leid. »Wahrscheinlich geht es uns zu gut, sodass wir uns unsere Probleme schon selbst schaffen müssen«, entschuldigte sie sich.

Thomas schaute durch ein mit gutem Wein gefülltes venezianisches Glas in das Feuer. Es ging ihnen wirklich gut. Aber der Erfolg hatte auch seine Schattenseiten. So freundlich viele Leute auch taten, Neid und Missgunst ließen sich nicht übersehen. Hinter vorgehaltener Hand wurde über die Emporkömmlinge getuschelt, die es nur durch die Gunst des Marquis zu etwas hatten bringen können. Wer ihnen besonders Böses wollte, wärmte die alte Geschichte über die seltsamen Todesumstände van Törsels wieder auf. Thomas wurde wütend, wenn er daran dachte. Seine Hand umklammerte die Lehne des Stuhls. »Wir müssen wirklich darauf achten, dass der Junge nicht verweichlicht«, sagte er. Er muss darauf vorbereitet sein, dass nicht jedermann ihm wohlgesinnt ist.« Dann beugte er sich zu Sieglinde und gab ihr einen Kuss.

Sie strich ihm durch die Haare. »Weißt du, dass Sebastian dir mit jedem Tag ähnlicher wird? Sogar sein Gang erinnert mich an dich.«

Er wusste sofort, was sie ihm damit sagen wollte. Auch er war nie ein Held gewesen und würde es wohl auch nicht mehr werden.

33

Selbst nachts kühlte es kaum ab in jenem Sommer des Jahres 1383. Mechthild Biggenbach hatte sich schweißdurchnässt in ihrem Bett hin und her geworfen, bis sie es aufgab, sich zum Schlaf zu zwingen, und aufstand.

Seit einigen Wochen kümmerte sie sich nun schon um Sebastian und hatte ihn ins Herz geschlossen. Es war nicht besonders anstrengend, ihn zu beaufsichtigen. Er hing ihr eher zu sehr am Rock, als dass sie fürchten müsste, er liefe ihr davon, wenn sie ihre Spaziergänge zum Pferdemarkt, ans Alsterthor oder am Ufer der Elbe unternahmen. Die Amme öffnete die Tür zum Hof. Still war es und dunkel. Selbst die Vögel schliefen noch.

Das Feuer in der Kochstelle war fast niedergebrannt. Die Amme legte ein dickes Kiefernstück nach. Gierig züngelten die Flammen nach dem Holz. Sie füllte den Kessel mit Wasser, gab getrocknete Brennnesselblätter hinein und hängte ihn über das Feuer. Als der Tee fertig war, goss sie sich einen Becher voll, setzte sich an den Tisch und schloss die Augen, um das Aroma zu genießen. Sie überlegte, was sie nach dem Frühstück mit dem Jungen unternehmen könnte. Meist hatte Sebastian nur ein Ziel: den Kirchturm. Er wollte es unbedingt schaffen, eines Tages ganz allein hinaufzusteigen, und sie hatte ihm versprechen müssen, niemandem davon zu erzählen. Sie hatte noch nicht herausgefunden, warum das so wichtig für ihn war, ließ ihn jedoch gewähren. Anfangs hatte er immer darauf bestanden, vor ihr zu gehen und jederzeit umkehren zu dürfen. Zunächst war er nach nur wenigen Stufen schnell zurückgelaufen. Vor einigen Tagen aber hatte er es bis unter die Kirchturmspitze geschafft und stolz hinuntergeschaut.

Mechthild Biggenbach wurde aus ihren Gedanken gerissen, weil es auf dem Hof lärmte. Caspar und Michael waren ebenfalls früh aufgestanden und polterten mit Fässern herum. Sie wollten den Inhalt eines Braubottichs umfüllen, damit am nächsten Tag neues Bier angesetzt werden konnte. Die beiden Mägde wünschten der Amme einen guten Morgen und machten sich in der Küche zu schaffen, um das Frühstück vorzubereiten. Caspar kam mit einem Krug Bier herein, stellte ihn der Amme vor die Nase und scherzte: »Was trinkt Ihr Tee in einem Brauhaus?«

Die Amme roch an dem Krug. »Was ist es diesmal?«

»Kein gewöhnliches Honigbier, sondern gewürzt mit Buchenrinde. Eine Idee von Michael, aber danach werde ich es mal mit Ingwer probieren.«

Sie nippte aus Höflichkeit an dem Bier, tat begeistert, indem sie »hm« machte, und spülte mit etwas Tee nach, als Caspar wieder im Brauhaus verschwunden war. Sie mochte kein Bier, aber sie wusste sich den Gepflogenheiten der Häuser, für die sie arbeitete, anzupassen.

Inzwischen waren auch Thomas, Sieglinde und Sebastian aufgestanden. Sieglinde stopfte im Gehen ihre Haare unter die Haube. Augenblicklich schob Mechthild Biggenbach ihren Tee beiseite und stand auf, um ihr behilflich zu sein.

Sieglinde wehrte lächelnd ab und wandte sich an Sebastian. »Was willst du heute unternehmen?«

Der Junge strahlte über das ganze Gesicht. »Ihr werdet bald stolz auf mich sein«, verriet er seiner Mutter. »Aber noch ist es ein Geheimnis.«

»Ach ja?«, fragte Thomas amüsiert.

»Ja!«, bestätigte der Kleine eifrig und schaute die Amme verschwörerisch an. »Wenn die Mittagsglocke läutet, müsst Ihr alle auf dem Markt sein. Dann werdet Ihr bestimmt staunen, was ich kann.«

Thomas beobachtete, wie die Amme Sebastian über den Kopf strich. Sollten es Dummheiten sein, die der Junge vorhatte, dachte er, würde sie schon früh genug einschreiten.

Sieglinde war zwar neugierig, was den Kleinen so stolz machte, dass er alle zum Markt bestellte, aber es war lange geplant, mit Caspar, Wolk und dem alten Hovemann übers Land zu fahren, um verschiedenes Getreide für das Bier zu besorgen. »Da werden heute wohl nur dein Vater und Michael kommen können«, sagte sie.

Aber auch Michael wehrte ab. »Gerade wenn ich den Tag über alleine bin, bleibt viel zu tun.«

Thomas verabschiedete sich von Sebastian mit dem Versprechen, dass zumindest er mittags auf dem Markt sein würde, aber der hörte ihm schon nicht mehr zu. Er war bereits ungeduldig auf die Straße gelaufen.

34

Thomas hielt, was er versprochen hatte, und erschien pünktlich auf dem Markt. Zwischen Kirchturm und Rathaus war auch heute wieder ein Seil gespannt, aber es fand keine Darbietung statt. Er schaute sich um. Die schwarze Haube der Amme war nirgendwo auszumachen. Es fing an zu nieseln, und die Händler begannen ihre Pelze, Gewürze und Stoffe so weit einzupacken, dass sie nicht vom Regen verdarben.

Ein Pelzhändler winkte Thomas heran. »Fühlt nur, was für ein edler Hermelin. Ich sehe, Ihr seid ein Mann von Bildung und Geschmack. Wollt Ihr den Pelz kaufen?«

Kaum hatte Thomas abgelehnt, bedrängte ihn schon der

Gewürzhändler, sich für seine Ware zu interessieren. Thomas guckte hierhin und dorthin, bis sich unter die Marktschreierei der Ruf eines Kindes mischte.

»Vater!«

Es war Sebastian, keine Frage, aber sosehr Thomas auch seinen Hals verrenkte, er konnte den Jungen nirgendwo entdecken.

»Hier oben!«

Thomas schaute zum Kirchturm hinauf. Tatsächlich? Der kleine Kerl hatte es geschafft. Am obersten Fenster leuchtete der blonde Haarschopf des Jungen. Das Kind hörte gar nicht mehr auf, mit den Armen zu wedeln, so stolz war es. Und Thomas? Nur wer nach tagelangem Durst endlich die Quelle findet, kann nachvollziehen, wie ihm ums Herz war. Er nahm ein Tuch, winkte zurück und schleuderte es über dem Kopf, um seinem Sohn zu zeigen, wie sehr er sich über ihn freute.

Ob Sebastian das Winken mit dem Tuch als Aufforderung missverstand oder ob es eigener Antrieb war – jedenfalls stellte das Kind ein Bein auf die Fensterkante, um den Fenstersims zu erklimmen.

Thomas war wie gelähmt. Sebastian hockte sich auf den Mauervorsprung und zog auch das andere Bein nach.

»Nein!«, krächzte Thomas, die Stimme versagte ihm. Und noch einmal, diesmal lauter: »Nein! Geh zurück!«

Der Junge schien ihn nicht zu hören.

»Sebastian, geh zurück!«, rief Thomas, so laut er konnte.

Die Umstehenden starrten hinauf zum Kirchturm, wo der Junge sich im obersten Fenster vorsichtig aufrichtete.

Thomas schwenkte die Arme, um Sebastian zum Rückzug zu bewegen, aber der deutete auch das falsch und winkte zurück. Thomas rannte zum Eingang der Kirche. »Wo ist die Amme?«, schrie er. Als er vor dem Kirchenportal angekommen war und hochblickte, sah er, wie Sebastian vorsichtig mit dem rechten Fuß das Seil ertastete und die Arme ausbreitete, um das Gleichgewicht zu halten. Thomas faltete die Hände. Er verfluchte den

Tag, an dem er den Jungen gezwungen hatte, auf den Kirchturm zu klettern. Und er verfluchte sich selbst.

Er drehte sich Hilfe suchend um, als könne es irgendjemanden geben, der diesem gefährlichen Schauspiel ein Ende machte.

Gerade als er sich entschlossen hatte, die Stufen hinaufzurennen, versuchte Sebastian, den linken Fuß auf das Seil zu setzen. Nun war alles vorbei. Thomas wagte nicht einmal mehr zu blinzeln, aus Angst, er würde seinen Sohn für immer verlieren, wenn er ihn jetzt aus den Augen ließe. »Sebastian, bitte, geh zu …!«

Es knirschte kurz, als würden Fasern reißen. Sebastian ruderte mit den Armen. Die Umstehenden schrien. Thomas schlug die Hände vors Gesicht. »Nein!«

Holz splitterte, Stoff riss krachend auseinander. Eine Wolke aus Pfeffer, Ingwer und Kardamom stob durch die Luft. Thomas öffnete langsam die Augen und sah links neben sich das zusammengefallene Zelt des Gewürzhändlers. Im Baldachin lag das Kind, regungslos, und Thomas wagte nicht, es anzufassen.

»Sebastian!«, sagte er tonlos. Die Augen des Jungen blieben geschlossen. »Sebastian?«

Mit einem kräftigen Niesen meldete er sich zurück ins Leben. Dann schaute er verwirrt in die Runde. »Mein Fuß tut weh«, stellte er fest.

Thomas konnte das Glück nicht fassen. Nun war er sich dessen sicher, was er schon lange geahnt hatte: Der Herrgott war auf seiner Seite. Er umarmte seinen Sohn und drückte ihn so stark an sich, dass der kaum noch Luft bekam. Dann öffnete er ihm behutsam den Schuh. Der Knöchel schwoll bereits an. Thomas ging in die Hocke und hielt dem Jungen seinen Rücken hin. Sebastian legte seine Arme um den Hals des Vaters und zog sich hinauf.

Die Kaufleute ringsherum waren erleichtert, nicht zuletzt weil das Kind nicht auf ihren Stand gefallen war. Nur der Gewürzhändler reklamierte seinen Schaden: »Und nun? Die Späße Eures Sohnes haben mich ruiniert.«

Thomas wandte sich um. »Verzeiht, ich wollte mich nicht davonstehlen. Ihr seht einen Mann vor Euch, dem Ihr seinen größten Schatz vor großem Schaden bewahrt habt. Ich danke Euch von ganzem Herzen.« Er drehte sich seitlich zu dem Händler. »Nehmt den Lederbeutel, der an meinem Gürtel hängt. Ich bin mir sicher, dass Ihr mit dem Inhalt mehr als ausreichend entschädigt seid.«

Der Kaufmann fingerte an dem Gürtel von Thomas. Er wog den Beutel prüfend auf seiner Handfläche und war zufrieden. »Wenn Euer Sohn solch ein Abenteurer ist, wäre es vielleicht ratsam, mich häufiger in seiner Nähe aufzuhalten.«

Thomas lachte. »Ich hoffe, es wird nie wieder nötig sein.«

»Schade«, murrte der Händler, fegte seine Ware zusammen und überlegte wohl, unter welchem Namen er das neu entstandene Gewürz verkaufen könnte.

35

Die Amme blieb verschwunden, wie vom Erdboden verschluckt. Auch Sebastian konnte nicht sagen, wo sie hingegangen war, denn er hatte darauf bestanden, die vielen Stufen des Kirchturms allein hinaufzusteigen, um seinem Vater zu beweisen, dass er kein Angsthase mehr war.

Sieglinde war nicht zu beruhigen, seit sie von dem Unglück wusste; sie bebte am ganzen Körper. Da half auch nicht, dass eigentlich kaum etwas passiert war. Sie machte nicht nur der Amme Vorwürfe, sondern auch Thomas. Sie hörte gar nicht mehr auf, über seine Erziehungsmethoden zu schimpfen. »Da siehst du, wie weit sie geführt haben! – Thomas, ich spüre es. Irgendetwas stimmt nicht. Das plötzliche Auftauchen der Amme in unserem Haus ist doch kein Zufall gewesen. Wo ist sie denn jetzt überhaupt?«

»Sie tut ganz gut daran, sich hier nicht mehr blicken zu lassen«, erwiderte Thomas.

Sebastian hingegen genoss die Fürsorge, die ihm zuteil wurde. Michael, Caspar, der alte Hovemann und natürlich Sieglinde, sie alle mussten sich wieder und wieder anhören, wie er ganz allein fast über den Wolken auf dem Seil getanzt habe und sich dann zielgenau auf das Zelt des Gewürzhändlers habe fallen lassen. Nur Wolk war es gelungen, sich davonzustehlen.

Mit jeder Wiederholung entwickelte sich das Erlebte zu einer größeren Heldentat, bis Caspar die Geduld verlor und Michael auffordernd in die Seite knuffte. Der große Bottich, den er in der Früh geleert hatte, musste umgedreht und innen gereinigt werden.

Wolk hatte bereits Platz geschaffen. Stühle und Kisten waren beiseite geräumt. »Da seid ihr ja«, empfing er die beiden. »Ich dachte schon, ich müsste den Trog alleine umwuchten.«

Michael stellte sich an die rechte Seite, Caspar an die linke. Wolk lehnte sich von hinten dagegen und gab das Kommando: »Und, los!«

Aber auch mit gemeinsamer Kraftanstrengung ließ der Trog sich nicht bewegen, als wäre er eingemauert.

Michael schüttelte seine Arme aus. »Ich denke, du hast ihn geleert, Caspar. Der ist mindestens noch halb voll.«

»Quatsch«, antwortete der und drehte an dem Hahn. »Nichts. Kein Tropfen. Du müsstest vielleicht noch ein Bier zur Stärkung trinken, bevor du mir eine Hilfe sein kannst«, spöttelte er.

»Das ist doch nicht möglich. Los, noch mal«, entgegnete Michael. »Und zusammen. Hau ruck!«

Aber auch diesmal schafften sie es nicht. »Der Bottich kann nicht mit einem Mal schwerer geworden sein«, sagte Wolk kopfschüttelnd.

»Lass uns den Deckel anheben und nachschauen. Vielleicht hat sich ja ein Trunkenbold darin versteckt«, witzelte Caspar.

Michael wurde ungeduldig. »Dann lass uns den Bottich einfach vom Sockel herunterkippen. Er wird schon keinen Schaden nehmen.«

Wolk nickte. Die drei stellten sich an die linke Seite, griffen unter den Rand und hoben den Behälter an, bis sich das Gewicht verlagerte und er von seinem Fundament rollte. Im Inneren rumpelte es. Der Bottich schlug auf, und der Deckel löste sich. Caspar, Wolk und Michael sprangen beiseite, weil der Grund für das unerklärliche Gewicht des Trogs herauskullerte und nun ausgestreckt auf dem Boden lag. Es war der Körper einer kräftigen Frau. Der Kopf war verhüllt mit einem Tuch aus Leinen, das von Blut durchtränkt war.

Caspar verzog angewidert das Gesicht und trat einen Schritt zurück. Wolk fasste sich als Erster. Er rannte über den Hof ins Haus, wo Sieglinde, Thomas und der alte Hovemann noch immer das Geplapper von Sebastian über sich ergehen ließen. »Was ist denn passiert?«, fragte Sieglinde, als Wolk atemlos vor Schreck zu ihnen in die Küche stürmte.

»Die Amme …«

Thomas sprang auf und lief, gefolgt vom Vater und Sieglinde, in das Brauhaus. Es gab keinen Zweifel, es war die Amme. Figur und Kleidung stimmten. Aber warum war ihr Kopf völlig mit Leinen umwickelt, ähnlich wie bei einer Mumie? Sie wagten nicht nachzuschauen.

Als Sebastian in das Brauhaus gerannt kam, hielt Sieglinde ihm die Augen zu und schob ihn hinaus.

»Was sollen wir mit ihr machen?«, fragte Caspar hilflos.

Entsetzt sah Thomas auf den Körper der Frau. Es war eine ähnliche Situation wie damals, als van Törsel zu Tode gekommen war. Niemand würde ihm glauben, dass nicht er die Amme getötet hatte. Jeder würde denken, dass er sich an ihr gerächt hatte, weil sie ihren Pflichten nicht nachgekommen war. Sie musste so schnell und so unauffällig wie möglich von hier weggeschafft werden. Aber wohin?

»Lasst sie uns ins Wohnhaus bringen«, sagte er, »und überlegen, was wir jetzt am besten machen.«

Wolk und Michael packten die Leiche an den Beinen, der alte Hovemann und Thomas hielten sie an den Armen. So schleppten sie die Tote über den Hof und legten sie auf dem Boden der Küche ab. Die beiden Mägde hatte Sieglinde rasch zum Einkaufen geschickt.

Caspar lief aufgeregt hin und her.

»Wer macht so was? Und wie ist sie in den Trog gekommen?«

Ihnen blieb keine Zeit, darüber nachzudenken, denn es klopfte an der Tür, und eine fremde Stimme rief: »Ich habe wichtige Nachricht für Euch, Thomas Hovemann.«

Thomas mahnte mit einer Handbewegung zur Stille. Auf Zehenspitzen schlich er an die Tür. Aber der ungebetene Gast schaute bereits zum offen stehenden Fenster herein.

»Ah, da seid Ihr ja. Ich habe etwas mitgebracht, was Euch interessieren dürfte.«

Es war der Kaufmann, dessen Zelt Sebastian das Leben gerettet hatte. Er hielt einen zusammengerollten Strick in die Höhe. »Seht, das ist das eine Ende des Seils, auf das Euer Sohn getreten ist. Es wurde angeschnitten.«

Thomas besah sich das Ende. Tatsächlich. Es war kaum ausgefasert. Also war es nicht gerissen, sondern absichtlich mit einem Messer beschädigt worden. Aber wer trachtete einem Kind nach dem Leben?

»Darf ich es behalten?«, fragte Thomas.

»Gerne!«, sagte der Gewürzhändler, in der Hoffnung auf eine weitere Belohnung.

Thomas missfiel die Neugier, mit der der Mann den Hals verrenkte und in das Haus zu schauen versuchte. Deshalb stellte er sich dicht vor das Fenster. Caspar und der alte Hovemann zogen die Leiche an den Füßen etwas weiter nach hinten. Dabei rutschte eine Hand unüberhörbar vom Brustkorb auf den Holzboden. Der Hals des Gewürzhändlers wurde noch länger.

»Was habt Ihr da … um Gottes willen?!« Er hob die Arme und schubste Thomas einfach zurück. »Ist das nicht die Amme Biggenbach? Was habt Ihr mit ihr gemacht?«

Der Kaufmann blickte mit weit aufgerissenen Augen abwechselnd zu der Toten und zu Thomas.

»Kommt doch erst mal rein, ich kann es Euch erklären!«, forderte Thomas den Mann auf und öffnete rasch die Tür. Er griff nach der Hand des Gewürzhändlers, weil er verhindern wollte, dass der in Panik davonlief und herumerzählte, was er eben gesehen hatte. Aber der entzog sie ihm mit einer heftigen Bewegung und entfernte sich rückwärts. »Ein Mörder ... Ihr seid ein Mörder!«, rief er und rannte davon.

Thomas schloss die Tür und lief erregt durch die Küche. »Wir müssen sie verschwinden lassen, und zwar schnell!«

Sieglinde, die Sebastian in sein Zimmer gebracht hatte und nun zurückkam, fing an zu weinen. Caspar versuchte, sie zu trösten. Nur Michael behielt den Kopf oben. »Es nützt nichts, sie verschwinden zu lassen. Der Gewürzhändler hat sie gesehen, und er wird überall herumerzählen, dass du durchaus Grund hattest, sie zu töten. Dir bleibt keine Wahl. Du musst fliehen.«

»Aber ich kann doch nicht alles im Stich lassen. Und wohin soll ich ...?«

»Egal«, sagte Michael. »Nur weg.«

Er rannte auf den Hof, um die Pferde vor den Wagen zu schirren, aber es war zu spät. Es war bereits Geschrei zu hören und das Rattern eines Wagens, der sich rasch näherte.

Thomas öffnete die Haustür. Notfalls musste er eben zu Fuß flüchten. Eine Kutsche hielt genau vor ihm. Auf dem Bock saß eine in einen schwarzen Umhang gehüllte Gestalt und winkte ihn heran.

»Vocatus!«, rief Thomas erleichtert.

»Kommt, beeilt Euch. Ich weiß einen Ort, wo Ihr Euch verstecken könnt.«

»Aber wir müssen doch wenigstens das Nötigste für das Kind mitnehmen«, wandte Thomas ein.

»Nein, Ihr habt nur allein eine Chance«, drängte Vocatus.

»Wir kommen hier zurecht«, sagte Sieglinde bestimmt. »Bring dich in Sicherheit!«

Vocatus wurde ungeduldig. »Beeilt Euch endlich!«

Thomas sprang in den Wagen. »Ich bin bald wieder zurück.

Es wird sich alles aufklären. Sicherlich wird der Marquis mir helfen können.«

Vocatus ließ die Peitsche knallen, und die Kutsche setzte sich mit einem Ruck in Bewegung. »Da liegt eine Decke in dem Wagen. Versteckt Euch darunter!«, rief er.

36

»Geh hinauf!«, forderte Sieglinde ihren Sohn auf. »Setz dich in eine der leeren Truhen auf dem Boden und warte ab, bis ich dir sage, dass du wieder herauskommen kannst.«

Sebastian, sonst nicht um Widerworte verlegen, gehorchte diesmal sofort. Er vergaß seinen schmerzenden Fuß, stürmte die Holztreppe hinauf, öffnete mehrere Truhen, bis er eine fast leere fand, und hockte sich hinein.

Kaum war Sieglinde wieder in der Küche, donnerten auch schon die Fäuste der aufgebrachten Leute gegen die Tür. »Gebt den Mörder der Amme Biggenbach heraus!« – »Wo habt Ihr Thomas Hovemann versteckt?«

Wolk bewaffnete sich mit einem eisernen Haken, den er aus dem Feuer gezogen hatte. »Frau, geht besser auch nach oben«, sagte er zu Sieglinde.

Aber die schüttelte den Kopf. »Ich werde schon auf mich aufpassen.«

Caspar und Michael stellten sich direkt hinter Wolk. Draußen wurde inzwischen mit Knüppeln gegen die Tür geschlagen, und es prasselten Steine dagegen.

»Die haben wohl den Verstand verloren«, schimpfte Sieglinde, raffte ihr Kleid, schob den verdutzten Wolk zur Seite, und ehe der alte Hovemann sie zurückhalten konnte, öffnete sie die Tür. Die aufgebrachte Menschenmenge wich zurück, weil sie nicht damit gerechnet hatte, dass sich ihr eine Frau entgegenstellen würde. Sieglinde bemühte sich um den finstersten Blick, den sie aufzusetzen vermochte, und rief streng: »Was soll das

Getöse? Wir haben einen Trauerfall. Da geziemt sich ein besseres Benehmen!«

Der Gewürzhändler drängte sich vor und lachte höhnisch. »Für den Trauerfall hat Euer Gemahl selbst gesorgt, und nun verschanzt Ihr Euch hinter der Totenruhe.«

Sieglinde tat so, als habe sie den Vorwurf nicht gehört. »Wenn es euch um die Amme Biggenbach geht, dann habt ihr sicherlich einen Priester mitgebracht, damit sie ihr Seelenheil erfahren kann.«

Die Männer schauten sich an. Niemand hatte daran gedacht. Alle redeten durcheinander, bis sich der Ratsherr Alexander Wadenau durch die Menge nach vorne schob. Da ihm Würde offenbar jederzeit wichtig war, trug er auch jetzt die schwere Ratskette um den Hals.

»Ich tue hiermit kund, dass Euer Gemahl die Amme Biggenbach getötet hat und er deshalb zur Rechenschaft gezogen wird.«

»Er ist nicht hier!«, gab Sieglinde ihm Bescheid. »Aber woher nehmt Ihr die Frechheit, das Urteil zu sprechen, bevor Ihr den Angeschuldigten gehört habt?«

Wadenau machte noch einen Schritt auf Sieglinde zu. Der alte Hovemann, Caspar und Wolk stellten sich demonstrativ hinter sie.

Der Ratsherr drehte sich zu seinen Männern um und höhnte: »Da lassen sich doch tatsächlich drei Mannsbilder von einem Weib beschützen. Aber, gute Frau, die Fakten sprechen klar für sich. Wenn Ihr sagt, Euer Gemahl sei nicht hier, so habt Ihr doch sicherlich nichts dagegen einzuwenden, wenn ich mir das Haus etwas näher ansehe.« Er trat in den Türrahmen. Sieglinde versperrte ihm den Weg.

Der Ratsherr blieb dicht vor ihr stehen. »Ihr gefallt mir. Es gibt wenige Frauen, die so tapfer ihr Heim verteidigen.« Er schaute an ihr vorbei. »Noch dazu, wenn es ihre Knechte vorziehen, im Hintergrund zu bleiben.«

Sieglinde musste den alten Hovemann zurückhalten, Wadenau nicht an die Gurgel zu gehen. Die Stimmung durfte nicht weiter angeheizt werden. »Ich schlage Euch vor, das Haus nach meinem Mann zu durchsuchen«, sagte sie zu Wadenau. »Solltet Ihr ihn finden, so dürft Ihr ihn mitnehmen.«

»Wo könnte er denn sein, wenn nicht hier?«, fragte der Ratsherr listig nach.

»Er erledigt dringende Geschäfte, die ich nicht gewillt bin, vor Euch auszubreiten.«

»Famos! Ihr seid wirklich ein famoses Weibsbild«, staunte Wadenau geradezu begeistert.

Sieglinde erwiderte die Freundlichkeit. »Nun denn, wenn Ihr Euch benehmen wollt, dann tretet ein.« Sie gab die Tür frei.

Alexander Wadenau war von Sieglinde so beeindruckt, dass er sogar seine Kopfbedeckung abnahm, als er in das Haus trat. Sein erster Blick fiel auf die Leiche. Er verzog das Gesicht, als er den umwickelten Kopf bemerkte, und holte tief Luft. »Nun denn ...«

Sieglinde ging vor ihm die Treppe hinauf. Wadenau folgte ihr, begutachtete alle Räume, aber nicht so, als suchte er nach einer flüchtigen Person. Vielmehr hatte es den Anschein, als würde er das Gebäude taxieren.

»Schön«, sagte er. »Aber wird das Haus nicht etwas groß sein für Euch alleine?«

Sieglinde hielt es für ratsam, auf die Unverschämtheit nicht zu reagieren und abzuwarten, wie weit der Mann noch gehen würde.

Wadenau maß die Stube mit Schritten ab. »Euer Mann wird nicht wiederkommen, er wäre ja verrückt. Am nächsten Baum würde man ihn aufknüpfen.« Er lächelte Sieglinde wohlwollend zu. »Aber um Euch wäre es jammerschade. Versteht mich bitte nicht falsch, wenn ich Euch meinen Schutz andienen will.«

Sieglinde wich einen Schritt zurück. »Was wird wohl Eure Gemahlin dazu sagen, wenn sie erfährt, dass Ihr wildert?«

Er legte seinen Arm um Sieglindes Taille und zog sie kräftig an sich. »Sie muss es ja nicht erfahren.« Er näherte sich ihr mit gespitzten Lippen. Sieglinde hatte alle Hände voll zu tun, sich seiner zu erwehren. Schließlich ließ er von ihr ab.

Immerhin war Sieglinde eine verheiratete Frau, was bedeutete, dass selbst ein Ratsherr sie nicht ohne weiteres bedrängen durfte, wenn er nicht die Gerichtsbarkeit zu spüren bekommen wollte.

»Es imponiert mir, wie Ihr zu Eurem Gemahl sogar in schweren Zeiten steht. Und wir sollten den heiteren Zwischenfall für uns behalten, um nicht von Kleingeistern missverstanden zu werden«, schlug er flüsternd vor.

Sieglinde amüsierte sich. »Ich denke auch, Ihr solltet rasch zu Eurer braven Frau gehen.« Und schelmisch lächelnd fügte sie hinzu: »Die Leute würden es sicherlich nicht verstehen.«

Wadenau setzte seinen Hut auf. »Nein, die Leute würden es wohl nicht verstehen ...« Er seufzte, bedachte Sieglinde mit einem letzten begehrlichen Blick, öffnete das Fenster und rief den Wartenden zu: »Thomas Hovemann ist nicht hier. Ich habe alles durchsucht.«

Angespornt von ihrem gerade errungenen Erfolg, baute sich Sieglinde herausfordernd vor Wadenau auf. »Aber wenn wir schon dabei sind, sollten wir auch die übrigen Missverständnisse klären.«

»Was meint Ihr damit?«

»Thomas hat die Amme nicht getötet, und ich kann es Euch beweisen. Ich zeige Euch, wo wir sie gefunden haben.«

Sie führte den Ratsherrn über den Hof in das Brauhaus und wies auf den umgestürzten Trog.

»Wenn Thomas die Amme getötet hätte, wäre er dann so unvernünftig gewesen, sie in diesem Bottich zu verbergen, der, wie er wusste, noch am gleichen Tag gebraucht wurde? Er war mit unserem Sohn zur Mittagszeit auf dem Markt verabredet. Er ist pünktlich fortgegangen und bereits kurze Zeit danach mit dem verletzten Kind auf den Armen zurückgekehrt. Daran wollt Ihr doch sicherlich nicht zweifeln, denn diese Aussage kommt von mir.«

»Wer aber war es dann?«, fragte Wadenau in einem Tonfall, als wäre er gerne bereit, ein Geheimnis mit Sieglinde zu teilen.

»Es kann nur jemand gewesen sein, der Thomas als Mörder beschuldigt sehen will.«

Wadenau rieb sich nachdenklich seine Nase. »Zuletzt muss der Junge die Amme gesehen haben. Und warum hat sie sich überhaupt von ihm getrennt?«

Sieglinde ging mit ihm zurück ins Haus und befreite Sebastian aus der Truhe.

»Erzähl dem Herrn hier, wo die Amme war, als du auf den Kirchturm gestiegen bist.«

Sebastian versicherte, dass er die Amme selbst gebeten hatte, ihn allein bis zur Spitze des Kirchturms klettern zu lassen, weil er dem Vater beweisen wollte, dass er kein Angsthase mehr sei. Immer wieder habe er geübt, bis er keine Angst mehr empfunden habe.

»Nein, ein Angsthase ist der kleine Satansbraten wirklich nicht«, zeigte sich der Ratsherr beeindruckt von dem Vortrag des Jungen. Dennoch waren seine Zweifel anscheinend noch nicht ausgeräumt. »Wann hast du die Amme denn zuletzt gesehen?«

»Als ich von dem Turm hinuntersah, da stand sie vor der Kirche.«

»Und wo befand sich da dein Vater?«

»Der war gerade gekommen. Er hat mich aber nicht gleich bemerkt da oben …«

»Der Junge hat seinen Vater also gesehen, als die Amme noch lebte. Folglich kann Thomas die Frau nicht getötet haben, denn er war ja nach Sebastians Sturz die ganze Zeit bei ihm«, warf Sieglinde ein.

»Er ist noch ein Kind. Wie soll ich sicher sein, dass er die Wahrheit spricht?«, zweifelte Wadenau, nestelte an seiner Geldtasche und nahm einen Taler heraus. Den hielt er in der linken Hand, mit der rechten zog er einen Apfel aus dem Umhang und hielt dem Jungen beides vor die Nase. »Ich möchte dir ein

Geschenk machen«, sagte er. »Aber eines gebe ich dir nur. Apfel oder Geld. Wofür entscheidest du dich?«

Sebastian brauchte nicht lange, um seine Wahl zu treffen. Er nahm das Geldstück, steckte es ein und humpelte, so schnell er konnte, davon.

Der Ratsherr nickte. Sebastians Entscheidung für die Münze war für ihn ein Beweis, dass der Junge schon reif genug war, um ihm glauben zu können. Zwar hätte er sein Geld gerne zurückgefordert, genierte sich aber vor Sieglinde und beschloss, sich den Einsatz vom Stadtkämmerer wiederzuholen.

Wadenau trat vor die Tür und verschaffte sich Respekt und Gehör, indem er mit gewichtiger Miene über die Ratskette strich und bedeutungsvoll seinen Blick über die Menschenmenge schweifen ließ.

Mit tiefer und betont deutlicher Stimme sagte er: »Liebe Bürger der Hansestadt Hamburg. Ja, es ist richtig, die Amme wurde in diesem Haus tot aufgefunden. Aber ich konnte mich davon überzeugen, dass sie an einem anderen Ort als diesem um ihr Leben gebracht worden ist.«

Die Leute grummelten vor sich hin, aber die Aussage Wadenaus zu bezweifeln, traute sich niemand.

Als der Ratsherr sich nun entfernen wollte, hielt ihn Sieglinde am Arm zurück. »Ihr habt der Amme ebenfalls sehr nahe gestanden, hörte ich?«

»O ja. Sie hat meine beiden Kinder aufgezogen.«

Sieglinde nickte. »Es ist sehr traurig. Wäre es nicht besser, sie in die Kirche zu bringen, damit alle von ihr Abschied nehmen können?«

Wadenau senkte nachdenklich seinen Kopf. Schließlich befahl er den Umstehenden, die Amme auf einen Wagen zu legen und zum Gotteshaus zu fahren, um sie dort aufzubahren. Er nickte Sieglinde einen Gruß zu und entfernte sich, gefolgt von den nun zahmen Bürgern der Stadt.

Kaum hatte Sieglinde die Tür hinter sich geschlossen, sank sie erschöpft auf einen Schemel. Eigentlich hätte sie mit dem Ergebnis zufrieden sein können, aber der Anschlag auf Sebastian ängstigte sie noch immer. Was hatte das zu bedeuten? Und wer hatte die Amme Biggenbach getötet und sie dann ausgerechnet hier in einem der Braubottiche versteckt – und warum?

37

Die Fahrt schien kein Ende zu nehmen. Sie waren durch den Wald gejagt, der sich weit hinter dem Spithalerthor erstreckte, dann über mehrere Feldwege und schließlich durch ein zweites, schmaleres Wäldchen gefahren, und nun, endlich, hielt Vocatus vor einem großen Haus an. Thomas kroch unter der Decke hervor. Vocatus schüttelte lächelnd den Kopf. »Was habt Ihr da nur wieder angerichtet? Die bedauernswerte Amme Biggenbach.« Er strich sich über das tiefschwarze Haar. »War das nötig?«

Thomas warf die Decke von sich. »Warum rettet Ihr mich, wenn Ihr glaubt, dass ich sie getötet habe? Beim Augenlicht meines Sohnes, ich war es nicht.«

Vocatus seufzte. »Nun seid Ihr ja in Sicherheit. Beruhigt Euch. Ihr seid unter Freunden.«

Thomas kletterte vom Wagen und besah sich das Haus, das aus massiven Felssteinen errichtet war. Robust und fast wie ein Trugbild stand es da, umgeben von hohen Bäumen. An jeder der vier Ecken erhob sich ein Turm, und man hätte den Bau für eine Burg halten können, wären da nicht die vielen Fenster aus rotem Glas gewesen.

»Wo sind wir hier?«

Vocatus legte seinen Arm um Thomas' Schulter. »In Sicherheit«, wiederholte er. »Mehr sollte Euch nicht interessieren, mein Freund.«

Er ging ein Stück am Haus entlang bis zu einer breiten, hohen Tür und forderte Thomas auf, ihm zu folgen. Jeweils links und rechts vor dem Eingang hielten zwei Knechte des Marquis Wache.

»Tretet ein«, forderte Vocatus ihn auf.

Sie schritten einen langen Gang entlang, der in einen Saal mündete. Unzählige brennende Öllampen und Talglichter, überall in dem großen Raum verteilt, erinnerten Thomas an den Sternenhimmel in einer klaren Nacht. Durch die roten Glasfenster schien die Sonne und verbreitete in dem Gemäuer eine Angst einflößende Stimmung. Wenn es nicht so kühl gewesen wäre, hätte man fast glauben können, in der Hölle gelandet zu sein.

Es roch nach Gebratenem. In der Mitte des Saales stand ein langer Tisch, umringt von reich verzierten Stühlen. In der hinteren Ecke loderte ein Feuer in einem Kamin. Diesem gegenüber befand sich ein massives Schreibpult, auf dem ein aufgeschlagenes Buch lag. An den Wänden hingen kostbare Teppiche.

Thomas war beeindruckt.

»Nehmt Platz«, forderte Vocatus ihn auf und deutete auf einen der Stühle. »Bedient Euch.«

Auf dem Tisch standen zwei Kelche, gefüllt mit Bier. Drum herum lagen Früchte und in der Mitte ein gebratenes Ferkel auf einer Silberplatte. Alles deutete darauf hin, dass er erwartet worden war.

Vocatus nahm einen Kelch und hielt ihn in die Höhe. »Auf die gelungene Flucht.«

Thomas nahm den anderen und kostete von dem Getränk. Es war Caspars neuestes Gebräu: Honigbier, gewürzt mit Buchenrinde. Merkwürdig, dachte Thomas, denn das Bier war noch gar nicht ausgeliefert. Erst am Morgen hatte Caspar es in kleinere Fässer umgefüllt.

Ehe Thomas eine Erklärung finden konnte, betrat der Marquis den Raum, das Gesicht wie immer verborgen hinter einer Maske, die ihn diesmal wie einen Fuchs aussehen ließ. Thomas erhob sich, um ihn zu begrüßen und sich dafür zu bedanken, dass er in Sicherheit gebracht worden war, aber Vocatus zog ihn am Ärmel zurück auf den Stuhl. »Lasst ihm noch einen Moment Ruhe«, flüsterte er.

Der Marquis stellte sich an das Pult, tauchte den Gänsekiel in das Töpfchen mit der Tinte und begann zu schreiben. Es war so still, dass außer dem Kratzen der Feder zu hören war, wie schwer der Marquis unter seiner Maske atmete. Es erschien Thomas wie eine Ewigkeit, bis er sich ihm zuwendete und ihn mit einem Wink aufforderte, näher zu treten.

Als Thomas vor ihm stand, gab der Marquis den Blick auf das Geschriebene frei. »Es ist so weit«, war da als Überschrift zu lesen. Aber nicht das, was da stand, ließ Thomas das Blut in den Adern gerinnen, sondern *wie* es geschrieben war. Er kannte diese geschwungene, ausladende Handschrift. Sie gehörte ...

Nein, dachte Thomas, das kann nicht sein. Aber das Buch auf dem Pult? An den Rändern war es rußbeschmutzt. Es gab keinen Irrtum. Es war *das* Buch.

Der Marquis schien sich an der Angst, die sich im Gesicht seines Gastes spiegelte, zu weiden. Langsam nahm er die Maske ab. Thomas wich einen Schritt zurück. Darunter kam eine zweite zum Vorschein, die dem Gesicht Randulf van Törsels glich. Der Marquis lachte schallend und verstummte dann abrupt.

Bedächtig wie ein Spielmann, der aus der Spannung des Publikums Lust gewinnt, legte er die Hand von vorne vorsichtig auf die Maske und riss sie dann mit einem Ruck herunter ...

Etwas Widerlicheres hatte Thomas selten gesehen. Der Marquis sah aus wie ein Tier, dem die Haut über den Kopf gezogen worden war. Zwei stechende Augen, umgeben von vernarbtem rohem Fleisch, aus dem an einigen glänzenden Stellen Blut quoll.

Thomas stockte der Atem, er glaubte ersticken zu müssen. In diese Augen hatte er schon einmal gesehen. »Von Erp!«, hauchte er.

Der Marquis lachte. »Ganz recht.«

»Aber ...«, stammelte Thomas.

»Du wunderst dich, dass ich nicht tot bin, obwohl du mich doch in die Flammen geworfen hast?«

Thomas suchte nach einer Möglichkeit zur Flucht. Er sah die

roten Fenster und erinnerte sich, wie heiß es damals gewesen war, als alles um ihn herum brannte, und wie Marta dalag in ihrem Blut und wie er mit von Erp kämpfte, bis der plötzlich in die Flammen stolperte und die brennenden Balken auf ihn fielen. Und dann – dieser entsetzliche Schrei, der einem Menschen nur entfährt, wenn er kurz vor seinem Ende steht. Waren das alles nur Hirngespinste?

»So begegnet man sich wieder«, spottete von Erp. »Es ist mir fast eine Ehre.« Er trat auf Thomas zu, packte ihn und schleuderte ihn auf den Boden. »Sieh her, du Bastard, was du aus mir gemacht hast.«

Thomas wehrte sich mit aller Kraft, aber von Erp war schwerer.

»Du hast mir alles genommen, wofür es sich lohnte zu leben. Aber ich werde mir alles zurückholen, mit Zins und Zinseszins. Leiden wirst du und merken, dass es ein Fluch ist, Heinrich von Erp zum Feind zu haben.«

So plötzlich, wie er sich auf ihn gestürzt hatte, ließ er wieder von Thomas ab. »Ach, was sollen wir uns streiten«, sagte er im Ton des ehrenwerten Marquis. »Wir haben viel miteinander vor.« Er hielt Thomas seine Hand hin, um ihm aufzuhelfen. »Nimm Platz. Du bist mein Gast, oder besser gesagt …« Von Erp setzte sich auch an den Tisch und lachte. »Nein, besser ist, ich nenne dich mein Eigentum.«

Er schob einen Kelch zu Thomas. »Es ist dir gut gelungen, dein neuestes Bier. Hast du schon gekostet?«

»Was habt Ihr vor?«, fragte Thomas, bemüht, seine Angst nicht merken zu lassen.

Von Erp ließ sich Zeit für die Antwort. Erst trank er einen Schluck aus Vocatus' Kelch, schmatzte genüsslich und richtete anschließend den Siegelring an seinem Finger.

»Ich habe dein Leben so gelenkt, wie es mir gefiel. Alles, was dir widerfahren ist und du Glück oder Unglück nanntest, ist durch meine Hand geschehen. Nun ist es an der Zeit, die Früchte meiner Arbeit zu ernten.«

Er stand auf und lief wie ein König, der sein Land abschreitet, durch den Saal. »Sieglinde wird mich lieben, wie sie dich begehrt, und dein Fleiß hat dafür gesorgt, dass ich nicht das Leben eines Bettlers führen muss, wenn ich dein Leben lebe. Und an deinen Sohn werde ich mich vielleicht auch noch gewöhnen.«

Thomas war nicht in der Lage, auch nur einen Ton von sich zu geben. Er stand wie versteinert, als von Erp erklärte: »Zugegeben, einiges ist mir nicht geglückt.« Er stützte sich mit beiden Händen auf den Tisch. »Dein Sohn sollte den Sturz eigentlich nicht überleben. Solche Niederlagen machen mich richtig traurig. Aber ich sage mir, Kopf hoch! Noch ist nicht aller Tage Abend. Man kann nicht immer gewinnen, und schließlich streiten wir uns seit Tausenden von Jahren, wer von uns beiden schneller ist.« Er blickte hoch zur Decke und sagte: »Ja, meine Aufgabe ist tatsächlich schwerer als seine ...«, er lächelte, »... aber auch unterhaltsamer.«

Heinrich von Erp hielt sich anscheinend für den Teufel und den Allmächtigen für seinen Gegenspieler. Thomas schwindelte vor Angst. »... wenn ich dein Leben lebe«, hatte der Marquis gesagt. Was sollte das heißen? Was hatte er vor? Und würde er noch einmal versuchen, Sebastian zu ermorden?

»Aber mein Sohn gehört doch zu meinem Leben«, wandte er ein. »Warum wolltet Ihr ihn töten, wenn Ihr so wie ich leben wollt? Das wollt Ihr doch, oder habe ich das missverstanden?«

»Ich mag keine Kinder«, gestand von Erp.

38

Obwohl Sieglinde annehmen durfte, dass Thomas in Sicherheit war, hatte sie seit seiner Flucht kaum geschlafen. Sein blindes Vertrauen in den Marquis hatte sie nie verstanden. Das konnte kein rechtschaffener Mann sein, so wie er sich aufführte. Zudem machte sie sich Sorgen, weil der alte Hovemann plötzlich verschwunden war. Caspar und Wolk hatten jedes Gasthaus nach ihm abgesucht, aber keiner hatte ihn gesehen. Da das Fuhrwerk noch auf dem Hof stand, konnte er nicht weit sein.

Sie rief Wolk, Michael und Caspar in die Stube, um mit ihnen zu besprechen, wie es bis zu Thomas' Rückkehr mit dem Geschäft weitergehen sollte. Und das würde so lange ja nicht dauern, da man die gegen ihn erhobenen Anschuldigungen fallen gelassen hatte. Irgendwann würde Vocatus sich melden, um den monatlichen Zins einzufordern, und dann konnte sie ihm sagen, dass die Gefahr für Thomas vorüber war und er nach Hause kommen konnte.

»Jeder macht seine Arbeit wie bisher«, sagte sie gerade, da klopfte es draußen an der Tür.

Sieglinde eilte hinaus, in der Hoffnung, dass der alte Hovemann oder Thomas zurückgekehrt sei. Ihrem enttäuschten Gesicht war anzusehen, dass jemand anderes vor der Tür stand.

»Komme ich etwa ungelegen? So viel Missvergnügen zu verbreiten war mir bisher noch nie gelungen«, stellte der Ankömmling ironisch fest.

»Verzeiht! Nehmt mein Verhalten nicht persönlich, wir haben Thomas erwartet.«

»Dass ich mit Thomas nicht mithalten kann, will ich schon verstehen.«

»Aber kommt doch bitte herein«, forderte Sieglinde den Besucher auf. »Entschuldigt mein Benehmen und seid herzlich willkommen, Bruder Jacobus.« Sie führte ihn in die Stube zu den anderen.

Der kleine Mönch stöhnte erleichtert, rieb sich zur Linderung seiner Schmerzen mit der Hand über die Hüfte und setzte sich in einen bequemen Stuhl. Erst als sich seine Augen an das Dämmerlicht im Raum gewöhnt hatten, bemerkte er Caspar, Michael und Wolk am Tisch und nickte ihnen einen Gruß zu. Aufstehen mochte er jetzt nicht noch einmal.

»Mir hat nur eines die Kraft gegeben, bis hierher durchzuhalten, nämlich die Vorfreude auf das Bier, das in diesem Hause gebraut wird«, sagte er. »Es heißt, dass so eines nirgendwo sonst zu finden ist. Nun würde ich es gerne probieren und hoffe, nicht einem Gerücht aufgesessen zu sein.«

Michael holte sogleich einen Becher, Caspar füllte ihn mit dem neusten Bier, und Bruder Jacobus ließ es sich schmecken. Dann wurde erzählt und schließlich auch berichtet, dass Thomas' Schwester Friedelinde nicht mehr gesehen wurde, seit er, Bruder Jacobus, zu seiner Pilgerreise aufgebrochen war.

Der kleine Mönch war fassungslos. »Aber wie kann Hovemann nur annehmen, dass ich, um ihn zu strafen, Friedelinde mit mir genommen habe? Ja, sie hat mich ein Stück begleitet, ist aber recht bald wieder umgekehrt«, versicherte er.

Sieglinde hatte nie glauben können, dass Bruder Jacobus etwas mit dem Verschwinden von Friedelinde zu tun hatte. Dem alten Hovemann aber wurde jetzt seine letzte Hoffnung genommen. Wo mochte er bloß sein? War es möglich, überlegte Sieglinde, dass er sich allein auf die Suche nach Thomas gemacht hatte? Zuzutrauen wäre es ihm.

»Ihr seid schmal geworden, Bruder Jacobus«, stellte sie fest, nachdem Caspar, Michael und Wolk wieder an ihre Arbeit gegangen waren.

»Ja, ich hoffe, dass der Herrgott es zu schätzen weiß, dass ich mich streng an die Gebote einer Pilgerreise gehalten habe.«

Er lehnte sich auf den Tisch, um Sieglinde ein wenig näher zu sein. »Aber du scheinst größere Probleme mit dir herumzutragen, mein Kind, obwohl der erste Eindruck das Gegenteil verheißt. Ihr bewohnt ein stattliches Haus, und es scheint euch, wenn ich mich so umsehe, an nichts zu fehlen.«

Sieglinde wischte verlegen mit der flachen Hand über den Tisch, als sie spürte, wie gut es ihr tun würde, sich ihre Sorgen von der Seele zu reden. Und so erzählte sie dem Mönch von dem schweren Anfang hier in Hamburg und wie erfolgreich sich dann mit einem Mal alles entwickelte hatte, von dem Vertrag, den Thomas mit dem Marquis geschlossen hatte, über den schrecklichen Tod van Törsels, über Sebastians Sturz vom

Kirchturm und von Thomas' Flucht, weil man ihn zu Unrecht des Mordes verdächtigt hatte.

»Und wo ist er jetzt?«, fragte der Mönch.

»Ich weiß es nicht, aber sicherlich werden wir bald über Vocatus etwas von ihm erfahren.«

Bruder Jacobus überlegte gerade, wo er diesen Namen schon einmal gehört hatte, als Sebastian die Treppe heruntergehumpelt kam. Seit seinem Sturz war der Wildfang etwas gebändigt, weil sein Fuß noch immer schmerzte.

»Verdammt!«, rief Bruder Jacobus und hielt sich sofort die Hand vor den Mund, weil er seinen Herrgott nicht mit Flüchen verärgern wollte. Aber der Junge war das Ebenbild des kleinen Thomas Hovemann, dem er damals im Klostergarten geduldig die Welt und was sie umgab erklärt hatte. Sebastian schaute seine Mutter an, die ihn aufforderte, Bruder Jacobus zu begrüßen. Der strich ihm über die blonden Locken und sagte: »Er sieht seinem Vater, wie ich ihn als Kind kannte, zum Verwechseln ähnlich, zweifellos.«

Sieglinde seufzte. »Wo er nur stecken mag?« Inzwischen wusste sie, dass seine Flucht ein Fehler gewesen war. Auch wenn Thomas dabei gewesen wäre, hätte man den Ratsherrn von seiner Unschuld überzeugen können.

Bruder Jacobus sorgte etwas anderes. Er erinnerte sich wieder, wo er den Namen Vocatus gehört hatte, und auch daran, dass von diesem Marquis, der nach 1377 das erste Mal in Erscheinung getreten war, außerhalb Hamburgs nichts Gutes berichtet wurde. Der Mönch schlug Sieglinde vor, zwei Tage abzuwarten, ob Nachricht von Thomas kommen würde. Er versprach, eine Kerze für ihn zu stiften, und tröstete sie mit den Worten: »Thomas wusste sich immer zu helfen. Es sollte doch mit dem Teufel zugehen, wenn wir nicht bald von ihm hören.« Und um sich selbst zu beruhigen, fügte er leise hinzu: »Und das wollen wir doch nicht hoffen.«

39

Heinrich von Erps Plan war dem eines Teufels würdig. Alles, was Thomas erlebt hatte, war nach dessen Willen geschehen. Der anfängliche Misserfolg in Hamburg, damit er auf das Angebot des Marquis eingehen musste, der Mord an van Törsel ebenso wie der an der Amme. Jetzt verstand Thomas, warum der Kaufmann ihm geschrieben hatte: »Wir müssen dringend miteinander sprechen. Ihr seid in Gefahr!« Vermutlich hatte er herausgefunden, dass sich hinter der Maske des Marquis der Mörder seiner Tochter verbarg – eben Heinrich von Erp.

Thomas wurde in einen Raum des Hauses gebracht, der mit dicken Teppichen ausgelegt und mit Möbeln prächtig ausgestattet war. Aber die Fenster waren vergittert. Drei Tage war er nun schon Gefangener von Erps, der ihn stundenlang nach seinem Leben ausfragte. Je länger sie sich miteinander unterhielten, desto mitteilsamer wurde der. Fast schien es so, als habe er noch nie mit jemandem so gut reden können wie mit Thomas. Wenn er ging, bedankte er sich sogar für das Gespräch.

»Selten habe ich mich so wohl gefühlt«, sagte er auch jetzt. Dann wurde er nachdenklich und erklärte in einem fast weinerlichen Ton: »Das letzte Mal war es in Gegenwart deiner Schwester. Ach, Friedelinde …«

Thomas hielt den Atem an. War dies die Gelegenheit, endlich zu erfahren, was mit seiner kleinen Schwester geschehen war? Er musste es geschickt anfangen, wenn er von Erp zum Sprechen bringen wollte. »Ihr wisst wohl auch nicht, wo Friedelinde jetzt ist?«, sagte er in einem etwas geringschätzigen Ton.

»Das ist es ja«, jammerte von Erp. »Wenn dein Vater damals vernünftiger gewesen wäre, hätte er uns allen viel Kummer ersparen können.« Er schlug sich mit der flachen Hand vor den Kopf. »Und auf die Idee, dich zu fragen, bin ich nicht gekommen. Und nun ist es zu spät.«

»Für einen Mann wie Euch ist es niemals zu spät«, schmeichelte Thomas.

»Doch!«, widersprach von Erp heftig und fluchte erbittert: »Dieser vermaledeite Ritter. Was für ein Großtuer. Ritter Erich von Falke! Er war nicht fähig, die einfachsten Aufgaben, die man ihm übertrug, zu erfüllen. Dieser Tölpel vermochte nicht mal auf sich selbst aufzupassen, geschweige denn auf das Wertvollste, was ich besaß: Friedelinde ...«

Thomas wusste sofort, von wem die Rede war. Drei Jahre war es nun her, dass die Berliner Bürger Opfer seiner Brandschatzung geworden waren. Er hatte es ja mit eigenen Augen gesehen.

»Das tut mir Leid«, heuchelte er. »Und Ihr habt also keine Ahnung, wo sie jetzt sein könnte?«, versuchte er von Erp herauszufordern.

»Sie hat mich verlassen«, gestand von Erp wieder weinerlich. Doch dann hellte sich sein Gesicht auf. »Aber ich weiß schon, wie ich sie für mich gewinnen kann.«

Er sprang auf und verließ ungestüm wie ein Kind, das seine Spielsachen vorführen möchte, den Raum. Nach etlichen Minuten streckte er seine rechte Hand zur Tür herein und winkte mit ihr, um Thomas' Aufmerksamkeit auf sich zu lenken. Dann stellte er sich in den Türrahmen und zeigte sich mit seinem neuesten Gesicht – dem von Christian Hovemann.

40

Thomas war wie betäubt. Von Erp schien überhaupt nicht zu begreifen, was er ihm zumutete und dass er seine Begeisterung nicht teilen konnte. Der Mann war wahnsinnig, zweifellos.

Dass Friedelinde lebte, sein Vater hingegen tot war und er selbst sich in größter Gefahr befand – das alles erreichte Thomas kaum noch. Er hatte das Gefühl, als würde er von fremder Hand gesteuert. Reden, damit dieses Ungeheuer beschäftigt war, Zeit gewinnen, das war das Einzige, was er denken konnte. Es musste ihm irgendwie gelingen, von Erp glauben zu machen, dass er sich ihm zu höchster Dankbarkeit verpflichtet fühlte für das, was er durch ihn als Marquis erreicht hatte. Und plötzlich wusste er, wie er ihn täuschen und dem Gefängnis hier lebend entkommen könnte.

»Ihr denkt, unter dieser Maske Friedelinde erobern zu können?«, fragte er scheinbar unbeeindruckt.

Von Erp nahm wortlos die Maske ab. Obwohl das zerstörte Gesicht kaum Gefühle zu zeigen vermochte, wirkte er mit einem Mal traurig.

Thomas straffte sich, stand auf und ging einen Schritt auf ihn zu. Er musste jetzt sicher auftreten, durfte keine Schwäche zeigen. Er ahnte längst, was diesen Teufel quälte. Mit seinem Reichtum hatte er sich alles beschaffen können, was sein Herz begehrte – nur Liebe bekam er nicht. Und eben das war es, was ihn in den Wahnsinn trieb.

»Ich weiß, warum Ihr nicht geliebt werdet«, behauptete Thomas dreist. »Ihr seid zu stark. Die Starken werden bewundert, aber die Schwachen liebt man.«

Von Erp schaute, als lausche er den Worten nach.

Thomas fuhr fort: »Aber Liebe ist wie ein scheues Reh: schreckhaft und furchtsam allem gegenüber, was stark ist. Man muss den Furchtsamen die Angst nehmen, ihr Vertrauen gewinnen. Wenn sie merken, dass ihnen keine Gefahr droht, bleiben sie freiwillig und gerne auch bei einem so starken Menschen, wie Ihr einer seid. Und sie werden Euch lieben, ohne dass Ihr Euch hinter einem fremden Gesicht verstecken müsst.«

Heinrich von Erp ging wort- und ruhelos durch den Raum und dachte nach. Eine Minute. Zwei Minuten. Eine Ewigkeit, wie es Thomas schien. Würde er sich täuschen lassen? Thomas wagte kaum zu atmen.

»Und was schlägst du vor?«, fragte von Erp endlich.

Thomas tat, als überlegte er, um dann zu sagen: »Ich werde das scheue Reh für Euch einfangen. Halten werdet Ihr es alleine können, da bin ich mir sicher.«

Nachdem Thomas seinen Plan erklärt hatte, zog von Erp sich

zurück. Thomas befürchtete, dass er Vocatus zurate ziehen würde und der womöglich merkte, wie unsinnig sein Vorschlag war. Aber von Erp kam wieder und fragte: »Du bist also der Meinung, dass der Erfolg bei einem Weib überhaupt nichts mit dem Gesicht zu tun hat?«

»Überhaupt nichts«, log Thomas.

»Und dir als Marquis wird gelingen, was mir nicht gelungen ist? Du glaubst, du kannst es schaffen, dass sich ein Frauenzimmer in mich verliebt?«

Thomas nickte.

»Gut«, sagte von Erp. »Dann lass uns in die Stadt fahren. Ich werde sehen, wie du mein Leben führst, und, wenn es mir nötig erscheint, das Spiel beenden.«

Thomas wurde eingekleidet wie der Marquis. Damit man ihn nicht als Thomas Hovemann erkannte, musste er sein Gesicht hinter einer Löwenkopfmaske verbergen. Nachdem er in der Kutsche des Marquis Platz genommen hatte, wurden ihm die Augen verbunden. Von Erp war also noch immer misstrauisch.

Viel Zeit blieb Thomas nicht zu überlegen, was jetzt am besten zu tun war. Hoffnung, flüchten zu können, hatte er nicht, aber vielleicht war das Glück mit ihm, und er traf jemanden, den er kannte und dem er vertrauen durfte. Allzu viele waren es allerdings nicht.

Erst kurz vor der Stadt wurde ihm die Augenbinde wieder abgenommen, dann fuhren sie weiter bis zum Markt.

»Los, steig aus und verrichte mein Gebet in der Kirche. Ich will unterdessen hier sitzen bleiben und nach einer passablen Jungfer Ausschau halten«, zischte von Erp, der sich hinter dem Vorhang der Kutsche verbarg.

Thomas stieg aus und bemühte sich, so aufrecht zu gehen, wie es der Marquis immer tat. Er spielte seine Rolle offenbar gut, denn links und rechts grüßten ihn die Leute mit einer tiefen Verbeugung.

Vor dem Tor des Gotteshauses zögerte Thomas. Was er hier

tat, würde nicht gut gehen, fürchtete er. Doch Vocatus war ihm gefolgt und kommandierte: »Los, setz dich dicht vor den Altar, wo der Marquis sonst Andacht hält.«

Die Kirche war nicht so gut besucht wie zu einem Gottesdienst. Die vorderen, meist von reicheren Bürgern gemieteten Bänke waren leer. Nur einzelne Kaufleute zündeten ein paar Kerzen an und baten den ein oder anderen Heiligen um Beistand für bevorstehende Geschäfte.

Thomas hockte sich in die erste Bank, die das Namensschild des Marquis de Samy trug. Die Maske nahm er ab, weil Vocatus zum Glück draußen Wache hielt und er seinem Herrgott ohnehin nichts hätte vormachen können. Er faltete die Hände und begann zu beten. Zu allererst für den Vater, der auf so schreckliche Weise gestorben war. Und dann richtete er die Bitte an den HERRN, er möge Sorge tragen, dass er und die Seinen die bevorstehenden Prüfungen unbeschadet überstehen.

Sehr lang war sein Gebet nicht. Als er sich erheben wollte, wurde er aufgehalten.

»Du hast dich kaum verändert. Noch immer scheinst du die Unterhaltung mit deinem Schöpfer auf das Nötigste zu beschränken.«

»Bruder Jacobus!«, entfuhr es Thomas in unziemlicher Lautstärke für diesen Ort. Er hielt sich erschrocken den Mund zu und flüsterte: »Euch schickt der Himmel.«

»Und zu Übertreibungen neigst du auch noch, wie früher«, flüsterte der Mönch zurück und forderte Thomas, der vor Überraschung aufgesprungen war, mit einer Handbewegung auf, sich wieder hinzuknien. »Was ist das für eine Maske, die du in den Händen hältst?«, fragte er.

Thomas erzählte in kurzen Sätzen, dass von Erp lebte, Friedelinde Gott sei Dank wahrscheinlich auch und dass man sofort nach Berlin fahren müsse, weil es möglich war, dass seine Schwester vom Ritter Erich von Falke gefangen gehalten wurde.

Sie hörten, wie das Portal geöffnet wurde, und schwiegen augenblicklich. Vocatus blickte misstrauisch in die Kirche, aber er wagte wohl nicht, näher zu treten, weil er es sich beim Marquis auch nicht getraut hätte. Deshalb blieb Jacobus Zeit zu erklären, dass Thomas sich unnötig in Gefahr gebracht habe, weil es Sieglinde rasch gelungen sei, den Verdacht des Mordes an der Amme von ihm abzuwenden.

»Aber bevor Friedelinde nicht in Sicherheit ist, sollte ich das Spiel fortsetzen«, sagte Thomas. »Kümmert Euch also nicht um mich. Sorgt für Sieglinde und Sebastian. Michael soll nach Berlin fahren und nach Friedelinde suchen.«

Inzwischen war Vocatus doch ungeduldig geworden. Auf Zehenspitzen schlich er sich an Thomas heran, aber der hatte ihn längst bemerkt und die Löwenmaske aufgesetzt. Bruder Jacobus huschte zwischen den Bankreihen hindurch zum Ausgang.

Argwöhnisch schaute Vocatus ihm hinterher. »Wer war das?«, wollte er wissen.

»Ein Mönch«, antwortete Thomas wahrheitsgemäß.

Vocatus presste die Lippen aufeinander und zog die Augenbrauen zusammen. Deshalb fragte Thomas mit Unschuldsmiene: »Ein Mönch in einer Kirche. Was macht Euch daran misstrauisch?«

»Wir haben noch viel vor«, sagte Vocatus unwillig und drängte Thomas zum Ausgang.

41

Bruder Jacobus eilte zurück zu Sieglinde, um ihr mitzuteilen, was er von Thomas erfahren und mit ihm besprochen hatte. Es machte sie starr vor Entsetzen, als sie hören musste, was ihrem Schwiegervater angetan worden war, und sie vermochte ihre Angst um Thomas kaum noch zu zügeln.

Michael und Caspar waren sofort bereit, sich auf den Weg nach Berlin zu machen, aber Sieglinde hielt sie zurück.

»Es ist besser, wenn ich fahre. Wolk kann mich begleiten. Thomas wird eure Hilfe hier dringender benötigen. Ob Friedelinde wirklich in Berlin ist, können wir nicht wissen.« Es zeigte sich, dass Sieglinde eine selbstsichere Frau geworden war.

Bruder Jacobus überlegte, ob er Sieglinde und Wolk nicht begleiten sollte, doch verwarf er den Gedanken gleich wieder. Wenn der Guardian erfuhr, dass er endlich heimgekehrt war, würde er ihn mit Reiseberichten unterhalten müssen und fände somit kaum noch Gelegenheit, das Kloster wieder zu verlassen.

Er versprach, Sebastian im Kloster Marien Magdalenen unterzubringen, bis er außer Gefahr war.

Sieglinde packte rasch ein paar Sachen für die Reise zusammen und wies die Mägde an, sich um den Haushalt zu kümmern. Michael und Caspar beluden den Wagen mit Proviant, und Wolk spannte die Pferde an. Eilig verabschiedeten sie sich voneinander.

Sieglinde war froh, sich für Wolk als Begleiter entschieden zu haben. Er kannte nicht nur den Wasserweg nach Berlin inund auswendig. Auch die Abkürzungen des Landweges waren ihm vertraut. Wolk genoss die Anerkennung, die Sieglinde ihm zollte, als sie merkte, wie schnell sie vorankamen.

Nach sechs Tagen hatten sie Berlin erreicht. Allerdings war die Dunkelheit bereits hereingebrochen, und das bedeutete, die Stadttore waren schon geschlossen und würden für sie wohl nicht noch einmal geöffnet werden.

Und richtig, der Wächter des Oderberger Thors hatte kein Einsehen. »Wenn Ihr nicht zur rechten Zeit kommt, müsst Ihr draußen übernachten. Ab Einbruch der Dunkelheit darf ich niemanden mehr in die Stadt lassen.«

»Guter Mann, es soll Euer Schaden nicht sein«, verlegte Sieglinde sich aufs Bitten. Sie hielt ihm zwei Gulden hin. »Steckt sie weg. Ich weiß von nichts.«

Der Aufforderung hätte es nicht bedurft. Die Münzen klimperten in die dafür vorgesehene Tasche, die dank weiterer großzügig ausgelegter Verordnungen schon reichlich gefüllt war.

Der Wächter gab ein Zeichen. Das Tor wurde geöffnet.

Wolk grinste. »Ihr versteht es, mit Gesindel umzugehen.«

Auch dieses Erfolges wegen war Sieglinde voller Tatkraft. »Wo wollen wir übernachten?«

»Direkt neben dem ›Ratskeller‹ befand sich der Gasthof ›Zur gerupften Gans‹«, erinnerte sich Wolk. »Wenn es den noch gibt, bekommen wir dort ein Nachtlager. Und im ›Ratskeller‹ werden wir sicherlich Leute finden, die bereit sind, Auskunft zu geben, solange wir darauf achten, dass genügend Bier läuft.«

Sieglinde fand die Idee vernünftig. Und tatsächlich, den kleinen Gasthof gab es noch, und die Wirtin stieg auch gleich die Treppe hinauf, um die Zimmer herzurichten. Sieglinde und Wolk kehrten derweil im »Ratskeller« ein, wobei Wolk warnte: »Ihr werdet aufpassen müssen, denn auch wenn der ›Ratskeller‹ keine Absteige ist, sind keusche Frauen dort nur selten anzutreffen.«

»Du wirst doch auf mich aufpassen«, scherzte sie.

Wolk wurde verlegen, was man daran erkennen konnte, dass seine etwas zu großen Ohren tiefrot wurden.

Kaum hatten sie Platz genommen, eilte der Wirt zu ihnen an den Tisch. Niemals zuvor war Sieglinde hier im »Ratskeller« gewesen, aber der Wirt war ihr dennoch in Erinnerung geblieben, weil man ihn, lange bevor man ihn auf der Straße sah, wegen seiner laut klappernden Holzpantinen hören konnte.

Es war offenbar nicht seine Art, die Gäste zu fragen, was ihr Begehr sei, denn er stellte einfach zwei Humpen Bier auf den Tisch. Sieglinde erkundigte sich, ob es keinen Wein gebe, woraufhin der Wirt aufbrauste: »Wein?« Er stemmte seine Fäuste in die Hüften. »Wein gibt es schon lange nicht mehr. Niemand wollte ihn mehr trinken. Angeblich war er zu sehr verwässert. Nun gut. Dann eben nicht. Trinken die Leute eben Bier.«

Sieglinde konnte ein Grinsen kaum zurückhalten. Dass im »Ratskeller« der Wein gepanscht wurde, hatten sich sogar die Kinder erzählt.

»Woher seid Ihr?«, erkundigte sich der Wirt.

»Aus Hamburg«, antwortete Sieglinde freimütig.

Der Wirt setzte sich unaufgefordert an den Tisch und schaute Sieglinde in die Augen. »Aber Ihr kommt mir bekannt vor.«

»Ich bin in Berlin geboren und aufgewachsen«, antwortete sie.

»Sieglinde Sauertaig! Ist das zu fassen!«, entfuhr es dem Wirt. »Wie habt Ihr Euch verändert. Aber gut seht Ihr aus.«

Dann stockte er. »Es tut mir Leid, was mit Eurem Vater geschehen ist. Und das schöne Haus. Aber es hat ja so viele getroffen.«

Obwohl Sieglinde das Thema betrübte, war sie doch froh, dass der Wirt es von sich aus angesprochen hatte.

»Ja, es ist eine schwere Zeit«, ging sie auf ihn ein. »Zwei Brände innerhalb von vier Jahren. Die können einer Stadt den Lebenswillen nehmen. Wie ist es denn eigentlich den Hovemanns ergangen?«

»Ach«, seufzte der Wirt. »Das ist ebenso tragisch. Beim ersten Brand ist die Mutter umgekommen.« Der Wirt beugte sich vor und flüsterte: »Lange wurde erzählt, der eigene Sohn soll die Stadt angezündet haben.« Er lehnte sich wieder zurück. »Später aber hat sich herausgestellt, dass es ein Priester war.«

»Und die Tochter?«

Der Wirt hob die Augenbrauen. »Die Tochter. Ja. Was ihr genau widerfahren ist, weiß keiner. Sie selbst redet ja nicht mehr.«

»Was heißt, sie redet nicht mehr? Lebt sie?« Sieglinde spürte vor Aufregung ihr Herz heftig pochen.

»Leben. Tja. Wenn man das Leben nennen will.«

Sieglinde wurde ungeduldig. »Guter Mann, Ihr sprecht in Rätseln.«

»Als es vor ungefähr drei Jahren erneut brannte ...« Er schaute an die Decke. »Herrgott, diese Stadt scheint nie zur Ruhe zu kommen.«

»Ja«, spornte Sieglinde ihn ungeduldig an fortzufahren.

»Diesmal war der Schuldige schnell ausgemacht, und es konnte auch bewiesen werden. Ihr habt vielleicht davon gehört. Es war der Ritter Erich von Falke. Ein übler Geselle.«

»Ich weiß«, bestätigte Sieglinde.

»Nun denn«, fuhr der Wirt fort. »Als die Leute sicher waren, dass der Ritter der Brandstifter war, sind sie zum Schloss Saarmund gezogen, wo er sich aufhielt. Sie haben ihm den Kopf abgeschlagen und auf das Stadttor gesteckt. Zur Mahnung gewissermaßen.«

Inzwischen hatte Wolk seinen Humpen gelehrt. Der Wirt erhob sich, um ihn aufzufüllen, aber Sieglinde hielt ihn zurück.

»Ihr wolltet erzählen, was mit Hovemanns Tochter geschehen ist?«

»Tja, als man das Schloss durchsuchte, fand man sie. Wie sie dort hingekommen war, kann niemand sagen. Und sie schweigt, als habe es ihr die Sprache verschlagen.«

»Das heißt, Ihr wisst, wo sie ist.«

»Ja, sicher. Die Nonnen vom Heiliggeistspital haben sie aufgenommen. Sie geht ihnen zur Hand, sagt kein Wort, aber erledigt fleißig und gewissenhaft, was man ihr aufträgt.«

Am liebsten wäre Sieglinde aufgesprungen und zum Heiliggeistspital gelaufen, aber Wolk konnte sie überzeugen, besser den Morgen abzuwarten.

42

Heinrich von Erp war ungehalten. »Niemals würde ich über einen einfachen Mönch zu Gott reden. Das mache ich schon selbst.« Er schüttelte den Kopf. »Mir hat auch nicht gefallen, wie du gelaufen bist. Ich gehe anders. Sieh her!«, nörgelte er und schritt vor Thomas hin und her, indem er seinen Bauch vorstreckte und die Arme in die Hüften stützte. »Deinen Bewegungen fehlt jede Eleganz. Du siehst aus, als würdest du bei jedem Schritt stolpern. Probier es noch mal!«

Von Erp setzte sich auf einen Stuhl, schlug die Beine übereinander und wies Thomas mit einem Fingerzeig den Weg. Thomas spannte seinen Körper, schaute geradeaus und setzte einen Fuß vor den anderen.

»Nein, nein, nein ...!«, protestierte von Erp. »Das gefällt mir alles nicht.« Dann wandte er sich ab. »Ich habe mir das irgendwie anders vorgestellt.«

Vocatus passte es ganz und gar nicht, dass sich der Marquis so sehr mit Thomas eingelassen hatte. Nun sah er die Gelegenheit gekommen, etwas dagegen zu unternehmen. »Mir gefällt dieser ganze Plan nicht«, ließ er ungefragt verlauten.

Er erntete aber nur ein unwirsches »Vocatus, lass uns allein!«.

Beleidigt zog der sich zurück.

»Etwas ist mir noch nicht klar«, gestand Heinrich von Erp. »Wenn die Liebe so flüchtig ist, wie du sagst, dann muss ich sie doch festhalten, mit aller Macht.«

»Wie soll denn Liebe entstehen, wenn den einen nur Gewalt zwingt, bei dem anderen zu bleiben, denn ...«

»Ich ahne, was du meinst«, fiel von Erp ihm ins Wort und lief unruhig hin und her. »Die Ehe ist dazu da, dass Gott dem Manne die Drohung abnimmt, auf dass das Weib treu bleibt und nicht davonläuft.«

»Nein. Die Liebe kommt nicht durch die Macht, sondern die Liebe ist die Macht«, widersprach Thomas.

Es missfiel von Erp sichtlich, dass es anscheinend Macht gab, die er nicht hatte. Er verschränkte die Arme hinter dem Rücken, wippte auf den Zehenspitzen und überraschte Thomas mit der Mitteilung »Ich will heiraten«.

Thomas ahnte, dass von Erp keine gewöhnliche Heirat meinte. »Was habt Ihr vor?«

Von Erps Begeisterung wuchs mit dem Vortrag seines Plans. »Dass du Geschmack hast, beweist die Wahl, die du mit Marta getroffen hast. Also wirst du mir eine Frau auswählen, die so ist wie sie. Du sorgst dafür, dass sie sich in dich, also in mich, verliebt. Das, was die Lust mir befiehlt, soll sie in der Kirche erfahren, als die wahre Hochzeit – vor Gott ...«

43

Kaum graute der Morgen, da war Sieglinde bereits auf den Beinen und klopfte an Wolks Tür.

»Dass du jetzt noch schlafen kannst«, wunderte sie sich, als er mit zerzausten Haaren durch einen Türspalt guckte. Sie lief rasch wieder die Treppe hinunter und rief: »Beeil dich!«

Wolk hatte seine Not, der tatendurstigen Frau zu folgen.

Zum Heiliggeistspital war es nicht weit. Der rote Backsteinbau befand sich an der Spandauer Straße. Es war ein Haus für die Armen. Wer hier gepflegt wurde, war auf die Hilfe barmherziger Nonnen angewiesen, weil er alt oder krank war.

Sie mussten einige Male an die Tür klopfen, ehe diese geöffnet wurde. Eine Nonne lugte scheu heraus.

»Ihr wünscht?«

»Mein Name ist Sieglinde Hovemann. Ich komme des Mädchens wegen, das Ihr hier aufgenommen habt.«

Die Frau mit der Haube musterte Wolk, bis der respektvoll einen Schritt zurückwich.

Daraufhin öffnete die Nonne die Tür ein weiteres Stück. »Wir haben viele Mädchen hier aufgenommen. Ihr müsst es schon besser beschreiben.«

»Man erzählt, dass es stumm ist.«

»Was wollt Ihr von dem Mädchen?«

Sieglinde fürchtete, die Nonne zu verschrecken, wenn sie ihr all das, was sie über Friedelinde erzählen könnte, anvertrauen würde. Also sagte sie: »Es ist die Schwester von Thomas Hovemann, meinem Gemahl, und wir sind schon lange auf der Suche nach ihr.«

Neugierig näherte sich eine zweite Ordensschwester der Tür. Sie schien im Rang höher zu stehen, denn sie forderte Sieglinde auf, ins Haus zu kommen. Als Wolk sich anschließen wollte, stellte sie sich ihm in den Weg. »Ihr solltet besser draußen warten.«

Sie führte Sieglinde einen langen Gang entlang, an dem jeweils rechts und links Truhen standen, die allesamt geöffnet waren. Darin befanden sich die Dinge, die zur Pflege der Kranken benötigt wurden. In dem großen Saal, in dem die Kranken Bett an Bett lagen, hallte jeder Schritt. Das Flüstern der emsig umherhuschenden Nonnen wurde durch vereinzelte Schmerzensschreie oder das Klagen Sterbender übertönt.

Die Ordensschwester zeigte auf ein mageres Wesen mit einem Eimer in der Hand. »Da ist sie.«

Es war tatsächlich Friedelinde. Bleich sah sie aus. Dunkle Schatten unter den Augen ließen ahnen, wie schwer ihr Leben in den letzten Jahren gewesen war.

Sieglinde folgte ihr. »Friedelinde?« Ganz leise sprach sie, um das Mädchen nicht zu verschrecken.

Friedelinde drehte sich nicht um, beschleunigte aber ihren Schritt. Dann stellte sie den Eimer ab, wischte eine Schüssel aus und ließ dann aus dem Eimer Wasser hineinplätschern.

»Sie hört Euch nicht. Es ist, als habe sie sich von dieser Welt verabschiedet«, erklärte die Nonne.

Wieder wurde die Stille durch einen Schrei unterbrochen. Friedelinde zuckte zusammen.

»Friedelinde, ich bin es«, sagte Sieglinde eindringlich.

Der Blick des Mädchens sprang umher, als würde es die Stimme suchen.

»Hier.« Behutsam ging Sieglinde auf sie zu, wohl einen Schritt zu weit, denn Friedelinde wandte sich scheu ab.

Wie sie so dastand, erinnerte sie Sieglinde an das Kind, das sie, die fünf Jahre Ältere, allerlei Spiele und Zeitvertreib gelehrt hatte. Sieglinde kreuzte ihre Arme und streckte sie dem ängstlich blickenden Mädchen entgegen. Friedelinde schien zu überlegen, so konzentriert, dass sie nicht einmal ein durchdringender Schmerzensschrei aufschreckte.

Zögerlich hob auch sie die Arme, legte sie übereinander und ließ sich von Sieglinde bei den Händen nehmen. Langsam drehten sich die beiden umeinander, wobei Friedelinde aufrecht stehen blieb und sich nicht nach hinten fallen ließ, so wie sie es sich früher getraut hatte. Deshalb versuchte Sieglinde es. Sie verlagerte ihr Gewicht nach hinten, aber Friedelinde stolperte nur einen Schritt auf sie zu. Sie schien zu begreifen, aber schüttelte den Kopf. Sieglinde nahm sie in die Arme. An der Schulter spürte sie Friedelindes Tränen. Sie strich ihr über den Kopf und flüsterte: »Soll ich dich nach Hause bringen?«

Ohne aufzublicken, nickte das Mädchen.

44

»Was soll es für einen Sinn machen, ihr hinterherzureisen? Sieglinde hat uns angewiesen, die Geschäfte so weiterzuführen, als sei nichts geschehen, und abzuwarten«, sagte Caspar.

Michael war anderer Meinung. »Wenn dieser von Erp den alten Hovemann getötet hat, dann ist auch sie in Gefahr, und wir müssen sie beschützen. Außerdem schlage ich vor, Thomas zu befreien. Vier, fünf Männer werden wir wohl auftreiben können, dann folgen wir dem Marquis und nehmen ihn gefangen.«

»Thomas hat mich gebeten, nicht übereilt zu handeln«, widersprach Bruder Jacobus dem Heißsporn bedächtig. Aber so ruhig, wie der Mönch sich gab, war er nicht. Wie auch immer man es anstellte, überlegte er, alles hatte seine Tücken. Vielleicht verfolgte Thomas inzwischen ganz eigene Pläne, die von den ungestümen Absichten Michaels durchkreuzt würden. Die Sorge um Sieglinde allerdings teilte er.

»Es war vielleicht doch ein Fehler, sie alleine mit Wolk fahren zu lassen«, sagte er nachdenklich.

»Sicherlich war es falsch«, erwiderte Michael bestimmt. »Am besten, wir rufen ein paar starke Männer zusammen und teilen uns auf. Die einen fahren Sieglinde entgegen, und die anderen sollten den Marquis gefangen nehmen, sobald er wieder in der Stadt auftaucht.«

Bruder Jacobus erinnerte daran, dass sie dem Marquis nichts von seinen Taten beweisen konnten. Zudem hatte der in der

Stadt nicht wenige Helfer und Helfershelfer. Er schüttelte den Kopf.

»Ich denke, wir sollten das tun, was abgesprochen war. Da Thomas und ich uns in der Kirche begegnet sind, wird er versuchen, mich genau da wieder zu treffen. Das einzig Sinnvolle ist, dort wie jeden Tag auf ihn zu warten.«

Er machte sich auch sogleich auf den Weg zur Kirche und nahm dort Platz, von wo aus er sowohl den Altar als auch den Eingang gut im Blick hatte.

Stunde um Stunde verging. Es mochten an die drei Kerzenlängen gewesen sein, die heruntergebrannt waren, als Thomas endlich zur Tür hereinkam. Er setzte sich neben den Mönch und faltete ebenfalls die Hände. Diesmal trug er eine Affenmaske.

»Weißt du was Neues?«, flüsterte Bruder Jacobus. »Was hat der Marquis vor?«

Thomas behielt das Kirchentor im Auge, falls Vocatus ihn wieder kontrollieren sollte. »Er hält sich für den Teufel, und ich weiß nicht, ob ihm allein die Einbildung die Kraft für seine Untaten gibt oder ob er es tatsächlich ist. Meine Maskerade ist nur der Anfang. Wenn er den Eindruck gewinnt, dass mich die Leute tatsächlich nicht von ihm unterscheiden können, wird er mich zwingen, das Spiel nach seinen Wünschen fortzuführen. Und wenn uns nicht etwas einfällt, werde ich es tun müssen, um Sieglinde und Sebastian vor Schlimmem zu bewahren.«

»Was können wir tun?«

»Ihr solltet alles zur Flucht vorbereiten. Wir müssen irgendwohin, wo er keinen Einfluss hat.«

»Wo kann das sein?«, fragte Bruder Jacobus besorgt.

Wenn Thomas diese Frage hätte beantworten können, wäre ihm wohler gewesen.

»Solange wir Friedelinde nicht gefunden haben, können wir nichts entscheiden.«

Bruder Jacobus versicherte, alles Nötige vorzubereiten. »Wie bleiben wir in Verbindung?«

»Ich soll jeden Tag für ihn hierher in die Kirche gehen, damit mich die Leute sehen. Vocatus ist natürlich immer an meiner Seite. Die Bürger der Stadt sollen bestätigen können, dass der Marquis in Hamburg war, während er woanders sein Unwesen treibt.«

Bruder Jacobus seufzte. »Was macht dich sicher, dass du nicht eines Tages für seine Taten gerichtet wirst, wenn man zwischen Euch nicht mehr unterscheiden kann?«

»Nichts.«

45

Es dämmerte bereits. Obwohl es ein noch recht warmer Septembertag war, hatte sich Friedelinde in mehrere Decken gekuschelt. Stumm saß sie auf dem Wagen neben Sieglinde, die ihr sanft über den Rücken strich. Mit ruhiger Stimme erzählte sie von Thomas und ihrer Hochzeit, in der Hoffnung, von dem Mädchen zu erfahren, was sich damals, am Tag ihres Verschwindens, zugetragen hatte.

Wolk konnte Friedelinde verstehen. Er war auch einer, der ungern redete, und er vermutete, dass sie ihr Gedächtnis und ihre Sprache verloren hatte, um sich vor dem zu schützen, was ihr widerfahren war. »Wir sollten in Wittenberge Rast machen!«, rief er vom Kutschbock herunter.

Sieglinde war es recht. Sie war müde und froh, dass die Rüttelei vorerst ein Ende fand.

Als sie Wittenberge erreicht hatten, war es dunkel. Die meisten Bewohner hatten sich bereits zur Nachtruhe in ihre Häuser zurückgezogen. Nur am Ende der Steinstraße stand ein Haus, in dem mehr als nur eine Kerze Licht spendeten.

»Das scheint ein Wirtshaus zu sein«, freute sich Wolk. »Wollen wir einkehren?«

»Hoffentlich bekommen wir hier auch etwas zu essen«, sagte Sieglinde.

Im Wirtshaus war es stickig. Es roch nach Männerschweiß. Offenbar waren sie in einer Kaschemme gelandet, die eher den Knechten zur Unterhaltung diente. Sieglinde rümpfte die Nase. Doch da kam schon die Wirtin mit drei Bechern Wein angelaufen und einem Lächeln, das Sieglinde zum Bleiben umstimmte.

»Ihr seid auf der Durchreise?«, fragte sie. Die meisten Gäste des Wirtshauses waren auf der Durchreise, also wartete sie die Antwort nicht ab. Sie hob den Finger. »Ich bring Euch mal was zur Stärkung.«

Sieglinde wunderte sich, warum sie nicht wenigstens gefragt wurde, was sie gerne essen würde. Als sie sich umblickte, erkannte sie, warum. Offenbar war ein Schwein geschlachtet worden, hing nun am Spieß und musste unter die Leute gebracht werden, damit es nicht verdarb.

Nur wenige Augenblicke später war die Wirtin wieder zurück, beladen mit Braten und Brot. Sie legte Messer dazu und wünschte mit ihrem breiten Lächeln, dass es schmecken möge.

Wolk war hungrig und zögerte nicht, sich ein ansehnliches Stück Fleisch abzuschneiden. Sieglinde schmeckte die Kruste am besten. Nur Friedelinde saß nahezu reglos daneben und blickte starr in die gegenüberliegende Ecke des Raumes. Sieglinde beobachtete sie von der Seite und meinte mit einem Mal ein Lächeln über ihr Gesicht huschen zu sehen.

Dort, wo Friedelinde hinschaute, amüsierten sich zwei Kerle mit einem Mädchen. Einer der beiden griff ihr unter das Hemd, worauf sie kichernd aufstand, aber festgehalten wurde. Sieglinde wollte sich gerade voller Scham abwenden, da fielen ihr die pechschwarzen Haare des Mädchens auf. Das Gesicht mit großen dunkelblauen Augen war schmal und zierlich. Sieglinde erhob sich, um besser sehen zu können, und plumpste verblüfft zurück auf ihren Platz. Wie war das möglich, dachte sie, das Mädchen sah aus – ja, es sah aus wie Marta, nur etwas älter, aber immer noch wie ein Mädchen.

Die Hübschlerin spürte die Blicke und schlug auf die Hand des einen Kerls, die sich unter ihren Rock verirrt hatte.

Sieglinde stand auf und ging zu ihr. »Marta?«, fragte sie zögernd.

Das Mädchen schüttelte den Kopf. »Ich heiße Lea.«

Die beiden Männer wurden ungeduldig. »Was wollt Ihr uns stören? Verdammt! Zieht weiter!«

Sieglinde kramte in ihrer Tasche und legte dem Mädchen einen Silberling auf den Tisch. »Das sollte reichen, um dich für ein entgangenes Geschäft zu entschädigen.«

Lea schaute verwundert, als Sieglinde sie bat, mit an ihren Tisch zu kommen, aber wer sie bezahlte, war ihr egal. Sie sprang vom Schoß des Mannes und steckte das Geld ein.

Die so um ihren Spaß gebrachten Kerle wurden böse. »Wir waren zuerst da!« – »Bleib hier. Du kannst uns nicht einfach hier sitzen lassen.«

Wolk stellte sich schützend neben Sieglinde, aber sie beherrschte die Situation. Um die beiden aufgeregten Gemüter zu beruhigen, orderte sie zwei Krüge frischen Bieres und schob das Mädchen sanft zu dem Tisch, an dem Friedelinde mit großen Augen auf sie wartete. »Setz dich zu ihr.«

Kaum hatte das fremde Mädchen Platz genommen, lächelte Friedelinde. Und als Lea das Lächeln unsicher erwiderte, klammerte sie sich an sie.

»Dir ist etwas Großartiges gelungen«, sagte Sieglinde und versuchte, Lea zu erklären, warum Friedelinde mit leuchtenden Augen an ihr hing, als wolle sie sie niemals wieder loslassen.

»Marta war bei ihr, als sie am glücklichsten war. Danach folgte ein Unglück dem anderen.« Und sie erzählte auch von Thomas und wie sehr er damals unter dem Tod Martas gelitten hatte.

Lea erinnerte sich an einen schüchternen Jungen, der vor langer Zeit in der Stadt Rast gemacht und sie auch auf die Ähnlichkeit mit einer Marta angesprochen hatte. Er sei auf der Reise von Berlin nach Hamburg gewesen, um dort Roggen zu verkaufen, den er geladen hatte.

»Das war Thomas«, wusste Wolk, denn er war damals mit ihm, Michael und Caspar in Wittenberge abgestiegen.

»Was ist aus ihm geworden?«, fragte Lea.

»Er ist mein Mann«, gab Sieglinde stolz Auskunft.

Obgleich es bereits tiefe Nacht war, zeigte die Wirtin Verständnis, als die Runde sich nicht auflösen wollte. Sie konnte an den Gesichtern ihrer Gäste erkennen, dass sie mehr als nur eine Unterhaltung zum Zeitvertreib führten. Deshalb schloss sie die Schankstube, wischte die Tische sauber und setzte sich geduldig in eine Ecke. Als es ihr dann aber doch zu viel wurde, gähnte sie unüberhörbar. Sieglinde war der Wirtin dankbar für ihre Langmut und wollte sie auch nicht überfordern.

»Ihr habt doch sicherlich ein Zimmerchen für uns?«, fragte sie.

Die Wirtin nickte. »Alles ist vorbereitet.«

Lea stand auf. Friedelinde hatte sie die ganze Zeit über nicht losgelassen. Auch jetzt klammerte sie sich fest an sie, und als Lea versuchte, sich von ihr zu lösen, verzog sie angstvoll das Gesicht.

»Willst du nicht mit uns kommen?«, hörte sich Sieglinde plötzlich sagen. »Du könntest bei uns als Magd bleiben und hättest ein gutes Leben.«

Der Vorschlag war ihr in den Sinn und sogleich über die Lippen gekommen. Erst als Lea, ohne zu zögern, zustimmte, befiel sie Furcht, dass alte Wunden aufreißen könnten, wenn Thomas und Lea sich begegneten. Aber welche Wahl hätte sie gehabt? Nur noch mit Gewalt wäre Friedelinde von dem Mädchen zu trennen gewesen.

46

Inzwischen hatte Heinrich von Erp seine Selbstsicherheit wiedergewonnen. Aus dem Fenster der Kutsche beobachtete er gierig jedes Mädchen, das vorbeilief, bis er eines entdeckte, das keine Haube trug, also weder versprochen noch verheiratet war. »Geh zu ihr und sprich mit ihr«, befahl er Thomas.

Als der aussteigen wollte, reichte ihm Vocatus eine Wolfsmaske. »Nimm die!«

»Ich weiß nicht, ob eine Jungfrau Sehnsucht nach einem Wolf haben wird«, wandte Thomas ein, aber er musste sie wohl oder übel aufsetzen.

»Er ist ein intelligenter Jäger. Und deine Aufgabe ist es, sie mit diesen Qualitäten zu beeindrucken«, sagte von Erp.

Thomas stieg aus und lief dem Mädchen hinterher, allerdings nicht allzu schnell, damit sie außer Hörweite der beiden Männer in der Kutsche waren.

»Halt, bleib stehen, schönes Kind! Erkennst du mich?«

Das Mädchen blieb tatsächlich stehen. »Ihr seid der Marquis«, gab es unsicher zur Antwort, offenbar verwundert, diesen sprechen zu hören.

Thomas stellte sich mit dem Rücken zur Kutsche und lüftete die Maske. »Du solltest dem ersten Eindruck niemals trauen und einem Mann, der sich verstecken muss, schon gar nicht. Mein Name ist Thomas Hovemann, und ich bin nicht der Marquis, sondern nur gezwungen, seine Rolle zu spielen.«

Das Mädchen guckte verwirrt und ungläubig, drehte sich hastig um und lief davon, ohne sich noch einmal umzusehen.

Thomas hoffte, erreicht zu haben, was er erreichen wollte, nämlich dass das Mädchen weitererzählen würde, was ihr eben widerfahren war. Dann würden die Leute vielleicht genauer hinsehen, wenn ihnen der Marquis begegnete.

Er kehrte zur Kutsche zurück, wo ihn von Erp bereits missmutig empfing.

»So wird das nichts.« Aufgeregt rutschte er auf dem Sitz hin und her.

»Wenn Ihr mir mehr Freiheiten lasst, will ich schon für das Abenteuer sorgen, das Ihr ersehnt.« Thomas blickte von Erp eindringlich ins Gesicht. »So, wie wir beide es doch besprochen hatten.«

Vocatus guckte argwöhnisch.

Weil von Erp schwieg, erinnerte Thomas ihn an seine eigenen Worte: »In der Kirche, die wahre Hochzeit.«

Wie er das vollmundig abgegebene Versprechen einlösen wollte, wusste er nicht, aber er hoffte, dass Friedelinde bis dahin gefunden war und sie alle gemeinsam an einen Ort flüchten konnten, wo niemand sie kannte.

Von Erp wog, wie es schien, die Risiken ab, wenn er Thomas die erbetene Freizügigkeit gewährte. Und da er noch immer annehmen musste, dass Thomas sich nicht zu erkennen geben durfte, weil er sonst wegen Mordes in den Kerker geworfen würde, sagte er: »Gut, so soll es sein. Du hast drei …«, er verschränkte die Arme, »… nein, zwei Tage Zeit, mich mit deinem Ergebnis zu erfreuen. Wir treffen uns, kurz bevor der Morgen graut, in der Kirche. Sollte es dir nicht gelingen, mich zufrieden zu stellen, dann bist du des Todes. Und vergiss nicht, dass ich nicht nur dich, sondern auch deine Familie im Auge behalte.«

47

Ein größeres Abenteuer als die Fahrt nach Hamburg hatte Lea noch nicht erlebt. Als sie die Stadt erreichten und der Wagen durch das Brokthor fuhr, ordnete sie ihr Haar. Die vielen gepflasterten Straßen, großen Häuser und edel angezogenen Menschen beeindruckten sie sichtlich. Der Wagen hielt vor dem Haus der Hovemanns. Caspar war der Erste, der die Ankömmlinge begrüßte. Lea fiel ihm sofort ins Auge, wie sie ihm auch damals in Wittenberge gleich aufgefallen war. Aber inzwischen erschien sie ihm noch schöner.

Bruder Jacobus war nicht aufzuhalten und nahm Friedelinde fest in die Arme. Lange hatte Sieglinde ihn nicht mehr so freudig erlebt. Aber auch ihn schien Friedelinde nicht wiederzuerkennen. Ihre Augen waren leer und huschten zwischen Caspar, Bruder Jacobus, Michael und Lea hin und her.

»Friedelinde«, sagte der Mönch sanft. »Erkennst du mich nicht? Ich bin es, Bruder Jacobus.«

Friedelinde schob ihn zaghaft von sich und versteckte sich hinter Lea. Erst jetzt nahm Bruder Jacobus das Mädchen wahr. »Teufel auch … Marta?«, entfuhr es ihm.

Lea, die sich inzwischen daran gewöhnt hatte, verwechselt zu werden, schüttelte lächelnd den Kopf. »Lea.«

Bruder Jacobus hatte seine Schwierigkeit, diese Laune des Herrgotts zu verstehen. Lea war nicht nur auf den ersten Blick das Ebenbild von Marta. Ihm fiel auf, dass sie sogar das gleiche, wenn auch etwas kleinere Muttermal unter dem rechten Auge zierte. Und das konnte kein Zufall sein. »Wo kommst du her, mein Kind?«

»Aus Wittenberge.«

»Und wer sind deine Eltern?«

Lea zuckte mit den Schultern. »Das weiß ich nicht.«

Bruder Jacobus blickte sie noch immer prüfend an, bis Lea verlegen wegschaute.

»Was ist mit Euch, Bruder Jacobus?«, fragte Sieglinde.

Ohne zu antworten, drehte er sich um und ging davon.

»Bruder Jacobus, seid Ihr in Ordnung?«, sorgte sie sich.

»Ja, ja«, rief er und ließ sich nicht aufhalten.

Sieglinde blieb keine Zeit, über das seltsame Verhalten des Mönchs nachzudenken. Sie bat alle, an dem großen Tisch in der Küche Platz zu nehmen. Die Mägde brachten Becher und Krüge mit Bier und Saft.

Es dauerte nicht lange, bis Bruder Jacobus wieder zurück war. Er winkte Wolk zu sich und wirkte so aufgeregt wie selten.

»Wir könnten morgen Abend bereits zurück sein«, hörte Sieglinde ihn sagen.

»Von mir aus, gerne«, antwortete Wolk.

Sieglinde fragte: »Ihr wollt verreisen, Bruder Jacobus?«

»Ja, in das Kloster Lüne. Wenn mein Gedächtnis mich nicht völlig verlassen hat, dann finden wir dort die Erklärung für die Ähnlichkeit zwischen Marta und Lea.«

»Sollten wir nicht lieber alles für die Flucht vorbereiten? Vielleicht kommt Thomas ja heute«, mahnte Caspar, aber Bruder Jacobus ließ sich nicht von seinem Vorhaben abbringen.

»Wegzurennen wird uns immer gelingen. Dazu brauchen wir keine große Vorbereitung.«

Wenn Wolk ihm nicht abgeraten hätte, nachts zu reisen, wäre er am liebsten sofort losgefahren. Ganz aufgewühlt erklärte er, dass das Benediktinerkloster über wertvolle Schriften verfüge, unter anderem über eine Chronik des Klosters, die seit der Gründung geführt wurde. Diese Aufzeichnungen seien ihm damals aufgefallen wegen einiger Ungereimtheiten. Durch die Ähnlichkeit zwischen Marta und Lea habe er sich wieder daran erinnert und hoffe nun, das Rätsel lösen zu können.

Lea saß am Fenster und begriff nichts von dem, was um sie herum geredet wurde. Noch nie im Leben war sie Mittelpunkt solch großer Aufregung gewesen.

»Wenn es stimmt, was ich vermute«, fuhr Bruder Jacobus fort, »wird von Erp in Lea erstmals einen Gegner finden, der ihm überlegen ist.«

Er schnürte sein Bündel auf, das er an der Tür abgelegt hatte, zog eine Kutte heraus und hielt sie Caspar vor den Bauch. »Passt.«

»Warum soll ich eine Kutte anziehen?«

»Einer muss in die Kirche zu Thomas gehen, um ihm von unseren Absichten zu erzäh…«

Mit einem Mal sprang die Tür auf, ohne dass angeklopft worden war. Ein Mann mit einem schwarzen Umhang stürzte herein und zog die Kapuze vom Kopf.

»Thomas!«, rief Sieglinde und fiel ihm um den Hals. »Bist du dem Scheusal entkommen?«

»Noch nicht«, antwortete er und erzählte, dass er den Auftrag hatte, innerhalb von zwei Tagen ein Mädchen zu finden, mit dem von Erp in der Kirche seine »Hochzeit« feiern wollte, um Gott zu verhöhnen. »Es wird uns nichts anderes übrig bleiben, als so schnell wie möglich zu flüchten.«

Bruder Jacobus bat ihn, sich erst einmal seinen Plan anzuhören. Während er dem Vorschlag des Mönchs lauschte, hatte er Lea und Friedelinde entdeckt. Es konnte nur eine Täuschung sein, Lea und Friedelinde so beieinander sitzen zu sehen. Behutsam näherte er sich seiner Schwester, doch selbst ihn erkannte sie nicht. Aber er war glücklich, dass er sie wiedersehen durfte. Jetzt würde alles gut werden, war er überzeugt.

Lea fühlte sich unwohl, weil Friedelinde nicht von ihrer Seite wich, zumal ihr klar war, dass sie für jemanden gehalten wurde, der sie nicht war. Sanft schob sie Friedelinde etwas von sich fort, aber Thomas schüttelte fast unmerklich den Kopf.

»Erinnerst du dich an mich?«, fragte er Lea, als der Mönch in Erwartung einer Antwort von ihm schwieg.

»Ja«, antwortete sie. »Der Brunnen in Wittenberge. Ihr wolltet nach Hamburg.«

Thomas blinzelte ihr zu. »Sei herzlich willkommen bei uns.«

Dann sagte er: »Vielleicht ist der Plan von Bruder Jacobus doch besser. Eine Flucht vor dem Teufel kann uns ohnehin nicht gelingen.«

48

Es war gegen Mittag des nächsten Tages, als Bruder Jacobus mit Wolk das Kloster Lüne erreicht hatte und den schweren Eisenring gegen das Tor schlug. Geöffnet wurde ihnen von einer hoch gewachsenen, schlanken Nonne mit freundlichem Gesicht.

Bruder Jacobus schaute zu ihr hinauf. »Ehrwürdige Schwester, verzeiht die Störung. Ich komme wegen eines ungewöhnlichen Anliegens. Würdet Ihr so gütig sein und mich zur Äbtissin führen?«

Er bat Wolk, auf die Pferde zu achten, und versprach, sich zu beeilen.

Das massige Tor fiel hinter ihm ins Schloss. Bruder Jacobus schaute sich um. So hatte er das Kloster nicht in Erinnerung.

»Sagt«, sprach er die Nonne an, »waren Kirche und Kreuzgang schon immer in Backstein gebaut?«

»O nein«, erwiderte die Nonne. »Vor drei Jahren hat ein schwerer Brand nahezu alles in Schutt und Asche gelegt.«

»Auch das Skriptorium?«, fragte Bruder Jacobus entsetzt.

»Ja, auch die vielen Bücher sind leider verbrannt.«

Der Mönch fürchtete, die Reise vergeblich gemacht zu haben.

Im Kreuzgang kam ihnen die Äbtissin entgegen. »Bruder Jacobus!«, rief sie aus. »Welch eine Freude, Euch zu sehen.«

Bruder Jacobus war erstaunt, dass sie sich noch an ihn erinnerte, und sie bemerkte wohl seine Verwunderung. »Wie ist es Euch in der Zwischenzeit ergangen?«

»Gut, sehr gut«, versicherte er, »aber ich musste hören, Eure gesamten Schätze ...«

»Welch ein Jammer«, fiel ihm die Äbtissin ins Wort. »Dreizehnhundertachtzig war eine schwere Prüfung für uns. Alles ist uns genommen worden, auch die kostbaren Bücher. Nun ist es weniger der Verlust des Besitzes, der uns schmerzt, aber die Lehre, die mit den Büchern verloren ging, Ihr versteht ...«

Bruder Jacobus wurde nachdenklich, denn 1380 hatte auch Berlin gebrannt. »Und die Chronik des Klosters?«

»Auch die Chronik. Einiges haben wir aus dem Gedächtnis und den Schriften anderer Klöster zusammengetragen, aber ein Großteil ist unwiderruflich vernichtet.« Ihre Miene hellte sich auf, und sie schaute ihn verschmitzt an. »Wisst Ihr, als ich Euch habe kommen sehen, erfreute mich schon die Vorstellung, unsere Gebete seien erhört worden und man hat Euch geschickt, Euer Talent in unserem Skriptorium zur Geltung zu bringen. Aber ich spüre, Ihr seid aus anderen Gründen gekommen.«

Sie entließ die Nonne, die Bruder Jacobus begleitet hatte, mit einem freundlichen Nicken und führte ihn in einen Raum mit einem Schreibpult und Regalen voller Schriftstücke. »Wie kann ich Euch helfen?«, fragte sie und bat ihn, auf einem der zwei Stühle Platz zu nehmen.

Bruder Jacobus erzählte von den beiden Mädchen Marta und Lea und seiner Vermutung, sie seien Schwestern. Und er berichtete auch, dass er damals, nachdem zwei Mädchen kurz nach ihrer Geburt dem Kloster übergeben wurden, in der Chronik des Klosters einen Vermerk gefunden hatte, auf dass man sie gut pflege, erziehe und dann gewappnet in das Leben außerhalb der Klostermauern entlasse solle.

Die Äbtissin wurde nachdenklich. »Meine Eigenschaft ist es, nicht auszuplaudern, was man mir anvertraut hat.«

»Was wollt Ihr damit andeuten?«

»Es ist eine Schande, was damals passiert ist.« Die Äbtissin stand auf und wandte sich ab.

»Ihr müsst mir helfen«, bat Bruder Jacobus. »Ihr wisst, ich bin kein Mann der Übertreibung, aber ich sage Euch, dass es um mehr als nur um Schande geht. Es geht um Leben und Tod.«

Die Äbtissin schwieg. Schließlich sagte sie nach einem tiefen Seufzer: »Eure Erinnerung trügt Euch nicht. Es gab zwei kleine Kinder, die unserem Kloster anvertraut worden waren. Woher sie kamen, kann ich nur vermuten. Niemand sollte von ihnen erfahren, und wir wurden reichlich entlohnt dafür. Aus der Summe aber, die gezahlt wurde, um die beiden Mädchen wie gefordert auf ein einfaches Leben vorzubereiten, war zu schließen, dass sie aus gehobenem Hause stammten.«

»Eine größere Summe?«, fragte Bruder Jacobus.

»Eine große Summe«, antwortete die Äbtissin. »Ich war damals noch nicht in diesem Kloster, aber man hat mir erzählt, dass die Schwestern von ihrem Lohn lange auskömmlich leben konnten. Ein Teil des Geldes war für die Erziehung der Kinder hier im Kloster gedacht, der andere sollte ihnen mitgegeben werden, wenn sie reif genug waren für ein Leben außerhalb der Klostermauern.«

»Aber wer gibt so viel Geld, damit seine Kinder in einfachen Verhältnissen aufwachsen sollen?«

Die Äbtissin wartete ab, ob Bruder Jacobus sich die Frage nicht vielleicht selbst beantworten konnte. Als sie in sein ratloses Gesicht blickte, wusste sie, dass er nichts von dem, was damals geschah, erfahren hatte. Ein Geräusch am Fenster ließ sie hinausblicken. Es regnete heftig.

»Die Schwestern haben mir erzählt, dass der Geldgeber ein Verhältnis neben der Ehe hatte, zu einer Frau, die ebenfalls von blauem Blute war, weshalb sie sich der beiden Kindern entledigt haben.«

In Gedanken ging Bruder Jacobus sämtliche Herrscherhäuser durch. Die Beschreibung passte auf das, was man sich über den Herzog von Sachsen-Lauenburg erzählte. Aber Bruder Jacobus glaubte nicht, dass die Äbtissin ihm das, auch wenn es stimmte, bestätigen würde, denn sie fühlte sich dem damaligen Auftraggeber gegenüber vermutlich noch immer verpflichtet.

»Und wohin sind die Kinder dann gekommen?«

»Das ist es ja. Wir können es nicht genau sagen. Weil sie noch sehr klein waren und deshalb Muttermilch brauchten, wurden sie zwei Ammen außerhalb des Klosters übergeben. Der Fehler war vielleicht, sie für ihre Dienste im Voraus zu bezahlen. Selbstverständlich wurden sie nur mit einem Bruchteil des uns anvertrauten Vermögens entlohnt. Aber es war wohl genug, um sich damit davonzumachen. Die Kinder tauchten nie wieder auf. Und auch der – ich will ihn Geldgeber nennen – fragte nie wieder nach ihnen. So behielten wir das Geld und bauten damit nach dem Brand das Kloster und die Kirche wieder auf.«

Bruder Jacobus schwieg wohl einen Moment zu lange, sodass die Äbtissin glaubte, die Situation rechtfertigen zu müssen.

»Was hätten wir machen sollen? Die Ammen suchen, obwohl wir nicht wussten, wohin sie mit den Kindern gegangen waren? Also ließen wir in der Hoffnung, dass sie von braven Menschen aufgezogen würden, auch gedanklich von ihnen ab.«

Es war der Äbtissin anzusehen, wie schwer es ihr fiel, so offen über das Geheimnis zu reden.

»Grämt Euch nicht länger«, beruhigte Bruder Jacobus sie. Es lag ihm nichts daran, ihr Vorwürfe zu machen. »Marta ist in Berlin bei einem Müller und seiner Frau aufgewachsen, und Lea ist nun Magd bei einer Kaufmannsfamilie in Hamburg, wo es ihr gut geht.«

Der Mönch konnte sehen, wie die Anspannung der Äbtissin sich löste. Sie trat ans Fenster. Es regnete immer noch.

»Ihr habt mir eine große Last genommen, Bruder Jacobus, sagte sie nach einer Weile und setzte sich wieder. »Auch wenn ich persönlich nichts mit all diesen Dingen zu tun hatte, haftet der Makel auf diesem Kloster, im Fall der beiden Kinder versagt zu haben.«

»Ihr könntet etwas für Lea tun«, wagte Bruder Jacobus sich vor. »Wenn Ihr mir auch schriftlich bezeugen würdet, dass sie von edlem Blute ist …«

»Ich soll Euch bestätigen, wer ihr Vater ist?«

»Nein, nein«, beruhigte Bruder Jacobus sie. »Habt keine Sorge. Weder wird sie an Euch noch an ihren Vater Ansprüche erheben.«

»Aber nein, Bruder Jacobus«, sagte sie kopfschüttelnd. »Ihr beschämt mich. Es ist nicht so, wie Ihr denkt. Nach alldem, was ihr widerfahren ist, hat sie berechtigte Forderungen an uns. Wie habe ich mir gewünscht zu wissen, was aus den Mädchen geworden ist. Wir werden mit den Folgen zu leben haben. Aber die leiblichen Eltern hineinzuziehen hieße, einen neuen Fehler zu begehen.« Zur Bekräftigung nickte sie.

Bruder Jacobus versicherte ihr, dass sie die Namen der Eltern nicht zu erwähnen brauche.

»Dann will ich Euch das gewünschte Schreiben aufsetzen«, sagte sie entschlossen.

Geschwind sauste die Feder über das Papier, und es schien Bruder Jacobus, als habe die Äbtissin lange auf den Moment gewartet, endlich ihr Gewissen erleichtern zu können.

Als das Siegel erkaltet war, rollte sie das Pergament zusammen und händigte es dem Mönch aus. Und der war zufrieden mit sich wie schon lange nicht mehr, weil es ihm mit diesem Schriftstück gelingen würde, von Erp vor Gericht zu bringen.

Dieses Schreiben war der Beweis dafür, dass von Erp sich an einem Kinde aus adligem Hause vergangen hatte. Nun würde ihn keine Macht mehr schützen können.

49

Thomas trommelte mit den Fingern auf die Tischplatte. »Wenn Bruder Jacobus nicht bald kommt, werde ich handeln müssen.«

»Wir«, verbesserte ihn Michael sogleich. »*Wir* werden wohl handeln müssen.«

Thomas raufte sich das Haar. »Ich kann es nicht verantworten, Euch länger mit hineinzuziehen. Es ist viel zu gefährlich.«

Michael schlug mit der flachen Hand auf den Tisch, dass die Becher emporsprangen. »Was heißt hineinziehen? Entweder wir sind Freunde, oder wir sind es nicht.« Empört stand er auf und ging hinaus auf den Hof.

Die Sonne stand inzwischen so tief, dass sie in das Fenster schien und den Raum rot ausleuchtete.

»Wir sollten uns nicht auf Bruder Jacobus verlassen und doch das Nötigste für die Flucht vorbereiten«, schlug Caspar vor. »Vielleicht schafft er es nicht, bis morgen zurückzukommen. Immerhin ist es bis Lüneburg kein Katzensprung.«

Michael kam mit einem Krug frischen Bieres zurück. »Ich habe eine Idee«, verkündete er. »Thomas gibt vor, ein schönes Mädchen für von Erp gefunden zu haben. Der wird sich auf die Verabredung einlassen, tappt in unsere Falle, und wir schaffen ihn einfach beiseite.« Michael guckte sich Beifall heischend um, aber niemand war überzeugt von seiner Idee.

Auch Thomas schüttelte den Kopf. »Alle kennen den Marquis. Sie würden ihn vermissen. Zuallererst Vocatus. Es würde nicht lange dauern, bis der Verdacht auf mich fiele. Nein, nein, wir müssen uns etwas Besseres einfallen lassen.«

Michael tat Sieglinde Leid, als sie sein enttäuschtes Gesicht sah, aber auch sie fand den Einfall etwas grob und wenig geeignet, einen Mann wie von Erp zu bezwingen.

»Alle Welt müsste erfahren, dass sich hinter dem Marquis in Wahrheit Heinrich von Erp verbirgt«, sagte sie nachdenklich, um im nächsten Moment begeistert auszurufen: »Ich hab's! Wenn Heinrich von Erp die Kirche entweihen will, dann soll er es doch tun. Unsere Aufgabe wird es sein, für Zeugen zu sorgen.«

Caspar ahnte, wen Sieglinde meinte. »Du denkst an Alexander Wadenau?«

»So ist es. Der Ratsherr Alexander Wadenau. Es gibt keinen besseren Zeugen.«

»Nein!«, widersprach Thomas. »Das ist viel zu gefährlich.« Und er fügte resigniert hinzu: »Vielleicht haben wir es doch mit dem Teufel zu tun. Nur der Teufel konnte dem Feuer damals entrinnen, nur der Teufel hat diese Macht, und nur er konnte auf die Idee kommen, Gott derart herauszufordern, indem er die Kirche mit einem Liebesakt zu entweihen sucht.«

»Wenn es der Teufel ist, dann werden wir sowieso nicht mit ihm streiten können und sind alle verloren. Aber wenn er nur vorgibt, es zu sein, dann haben wir eine Chance«, wandte Sieglinde ein.

Draußen rumorte es, und gleich darauf stürmte Bruder Jacobus zur Tür herein, tropfnass und gefolgt vom ebenso durchnässten Wolk, der sich erst schnäuzte und dann so laut nieste, dass der Mönch erschreckt zur Seite sprang. Da, wo die beiden standen, bildeten sich Pfützen.

Bruder Jacobus tastete nach dem Schriftstück in seinem Umhang und atmete erleichtert auf, denn das Pergament war wie durch ein Wunder trocken geblieben. »Wir haben etwas, das von Erp nicht gefallen wird«, sagte er und reichte Thomas das Schreiben.

Thomas begann zu lesen: »Hiermit erkläre ich, Schwester Christina, Benediktinerin, Äbtissin des Klosters Lüne, vor Gott, dem Schöpfer, dass uns die Kinder Lea und Marta übergeben wurden, um ihre Erziehung und Pflege zu sichern. Vor Gott bezeuge ich, dass sie uns von einem nicht Geringeren als einem Herzog, dessen Namen wir geheim zu halten versprochen haben, übergeben wurden, mit der Bitte, sie zu hüten, bis ihnen ein Leben außerhalb des Klosters möglich sein würde.

Ich schwöre dies vor Gott, dem allmächtigen Vater …«

Es folgte die Beschreibung der Kinder, bei der vor allem auf die Muttermale hingewiesen wurde.

Bruder Jacobus kostete den Triumph aus, indem er einen nach dem anderen ansah und stolz in die beeindruckten Gesichter lächelte. »Von all seinen Schandtaten wird von Erp der Tod von Marta mit Sicherheit den Kopf kosten.«

»Und was, wenn es nun doch der Teufel ist?«, sorgte sich Thomas noch immer.

Nun wurde es sogar Bruder Jacobus zu viel. »Wenn du so an Gott zweifelst, was habe ich dir dann beigebracht? Was wir brauchen, sind Einigkeit und ein Plan! Dann lässt uns auch der Allmächtige nicht im Stich.«

50

Der Regen spülte den Abfall von der Straße. Noch war es stockdunkel. Nur in der Nicolaikirche brannte Licht. Nicht nur auf dem Altar, auch auf der Empore hatte Caspar Kerzen und Talglampen aufgestellt. Alexander Wadenau erschien in Begleitung der Stadtwache, die ein Auge auf von Erps Büttel haben sollte. Leicht war es Sieglinde nicht gefallen, den Ratsherrn zu überzeugen, dem Spektakel beizuwohnen, hielt er doch den Marquis noch immer für einen ehrenwerten Mann und Sieglindes Anschuldigungen für Hirngespinste. Erst als sie ihm andeutete, dass sich nach diesem Tag auch die Machtverhältnisse in der Hansestadt verändern würden und es besser sei, sich auf die neue Situation einzustellen, um nicht demnächst die Ratskette ablegen zu müssen, erklärte er sich bereit, mit ihr zu kommen. Er hielt sich hinter der Tür des Eingangs versteckt. Caspar verbarg sich auf der anderen Seite der Kirche. Wo Michael sich aufhielt, konnte niemand sagen. Aber nach ihm zu suchen, war keine Zeit.

Thomas und Lea hasteten die Treppe hinauf zu der Empore, die sich auf der linken Seite des Altars befand. Das Mädchen hockte sich hinter das Geländer. Auf die Mitte der Brüstung legte Bruder Jacobus das Pergament.

Der Weg, den von Erp gehen sollte, war mit bunten und parfümierten Seidentüchern geschmückt. In seiner Lust, so hoffte man, würde er ihnen wie einem Wegweiser folgen.

Alle waren bereit und warteten. Durch die Scheiben der Kirche zeigte sich bereits die Morgendämmerung, als die schwere Klinke gedrückt und die Tür langsam geöffnet wurde. Von Erp trat herein, diesmal ohne Maske, schritt, sich vorsichtig umblickend, den Gang zwischen den Bankreihen entlang und bückte sich sogleich nach dem gelben Tuch, das am Fuß der Treppe zur Empore lag, hielt es an die Nase und atmete den Duft tief ein. Die Rechnung schien tatsächlich aufzugehen. Das rote Tuch hob er als nächstes auf, wenige Stufen danach das grüne und schließlich das blaue. Ungeduldig nahm er drei Stufen auf einmal. »Ich komme, mein Täubchen«, verkündete er mit vor Erregung heiserer Stimme. Als er auf der Empore das erwartete Mädchen nicht entdeckte, rief er: »Hallo?! Des Wartens ist genug, liebes Kind. Wenn Ihr nur halb so schön seid, wie die Tücher duften, müsst Ihr Euch nicht länger verstecken.«

Auf der gegenüberliegenden Seite der Empore trat Thomas ins Licht. »Ihr kommt sehr spät!«, stellte er fest.

Von Erp sah misstrauisch um sich. »Was machst du hier?«

»Ich wollte mich vergewissern, dass Ihr Euch nicht langweilt.«

»Was schwatzt du da herum«, erwiderte von Erp ungehalten. »Gib mir endlich das, was ich dir aufgetragen habe, sonst …«

»Sonst?«, unterbrach Thomas ihn. »Ergeht es mir sonst wie van Törsel und der Amme Biggenbach und meinem Vater und den vielen Mädchen, die Ihr getötet habt?«

Von Erp schwieg. Sieglinde biss sich in die Faust. Wadenau verschränkte die Arme. Seine Kette klimperte leise, rasch hielt er sie fest.

»Ja? Ist es so? Wollt Ihr mir das Gleiche antun wie Marta, der Amme Biggenbach oder van Törsel?«, fragte er herausfordernd nach.

»Das könnte gut sein, wenn du dein loses Mundwerk nicht hältst und mich noch länger auf die Folter spannst«, entgegnete von Erp aufgebracht, wie von Thomas gehofft.

»Warum habt Ihr das getan?«

Von Erp lachte auf. »Was wird das hier?« Dann verdüsterte sich sein Gesicht. »Was hast du vor? Ich spüre, dass wir nicht alleine sind.« Er blickte hektisch um sich und schrie: »Vocatus, Michael!«

Thomas stockte der Atem. Michael? Auch Michael stand also im Dienst des Marquis? Deshalb hatte Vocatus über alles so gut Bescheid gewusst. Und deshalb war er nicht hier. Wie konnte er, Thomas, sich nur so täuschen lassen. Dann war Michael es auch, der den Vater …? Nun war ihm alles egal.

»Ihr rühmt Euch, der Teufel zu sein und jeden in die Hölle schicken zu können? Dass ich nicht lache! Ihr seid weniger als ein armseliger Stümper«, stichelte er weiter.

Von Erp wusste anscheinend nichts zu erwidern. Dass er schwieg, machte Thomas Mut, denn so hilflos reagierte kein Teufel.

»So war es auch mit Marta.«

»War sie nicht deine große Liebe?«, fragte von Erp nun hämisch. Er stolzierte hin und her. »Leider war ich gezwungen, sie in die Hölle zu schicken. Schade. Sie war ein hübsches Kind.«

Thomas hatte Mühe, seine Aufregung zu verbergen, als von Erp drauf und dran war, die Empore wieder zu verlassen.

»Ihr wolltet doch ein Mädchen«, rief er ihm zu.

Erp blieb stehen.

»Wie wäre es denn mit Marta? Wenn es Euch gelungen ist,

sie in die Hölle zu schicken, dann ist das hier der Ort der Verdammnis.«

Lea kam langsam aus ihrem Versteck hervor.

Von Erp starrte sie an und wandte sich rasch ab. »Vocatus! Michael!«, kreischte er erneut.

Aber weder der eine noch der andere ließ sich blicken. Vocatus war vor der Kirche bereits von Wadenaus Gehilfen festgesetzt worden. Und Michael hatte offensichtlich das Weite gesucht, als ihm klar wurde, dass der Marquis nicht mehr zu retten war.

»Ihr habt einen Fehler gemacht!«, sagte Thomas. »Lest das Pergament, das auf dem Geländer neben Euch liegt.«

Von Erp stürzte sich auf das zusammengerollte Schreiben und riss das Band ab. Noch ehe er den Text zu Ende gelesen hatte, trat Alexander Wadenau in die Mitte der Kirche.

»Das Spiel ist aus, Marquis de Samy oder Heinrich von Erp oder wie Ihr Euch sonst noch zu nennen pflegt. Ich, der Ratsherr Alexander Wadenau, klage Euch des mehrfachen Mordes an.«

Von Erp schoss das Blut in den Kopf. Er starrte mit offenem Mund hinunter zu dem Ratsherrn. Auf dem entstellten Gesicht sammelten sich einzelne Tröpfchen. Plötzlich sprang er auf die Brüstung und rief: »Fluch über alles, was Euch heilig ist.« Die Augen flackerten weiß in dem blutenden Gesicht. Als er die Arme ausbreitete, verlieh ihm sein Umhang das Aussehen eines großen Vogels. »Wir sehen uns wieder!« Dann streckte er seinen Oberkörper und stieß sich erbärmlich schreiend von der Brüstung ab.

»Gott steh uns bei!«, rief Bruder Jacobus.

Sieglinde hatte sich angstvoll an seine Kutte geklammert, weil sie es für möglich hielt, dass der Marquis sich fliegend aus dem Staube machen könnte. Aber es folgte ein dumpfer Aufschlag auf dem Steinfußboden der Kirche.

Sieglinde wandte sich ab. Alexander Wadenau war der Erste, der sich von Erp näherte.

Der Sturz hatte ihm den Schädel zerschmettert. Aus den Ohren floss Blut. Es klang fast wie eine Entschuldigung, als der Ratsherr zu Sieglinde sagte: »Nun bleibt mir doch nicht viel zu tun. Er hat sich selbst gerichtet.«

Als Vocatus mit auf dem Rücken zusammengebundenen Armen weggeschafft wurde, jammerte er, dass der Marquis ihn gezwungen habe, all seine Scheußlichkeiten zu vertuschen. In der Seele seines Herzens aber sei er, Vocatus, ein guter Mensch und würde es auch gerne beweisen, wenn man ihn nur laufen ließe.

Wadenau zeigte sich unbeeindruckt von dem Gebarme und befahl, ihn in den Kerker zu werfen.

Sieglinde bedankte sich bei dem Ratsherrn. »Ich weiß es zu schätzen, dass Ihr gekommen seid. Der Marquis war immerhin ein mächtiger Mann.«

Alexander Wadenau lächelte, beugte sich zu Sieglinde und sagte so leise, dass Thomas es nicht hören konnte: »Aber doch nicht mächtiger, als eine schöne Frau es sein kann.«

»Ja ...«, gab sie zurück. »Es wird viel über die Schönheit Eurer Frau berichtet.«

Das stimmte zwar nicht, aber sie fand, dass diese Flunkerei erlaubt war, um die lüsterne Amtsperson abzuwehren.

Als die Gehilfen des Ratsherrn die Leiche Heinrich von Erps aus der Kirche trugen und Thomas sich vergewissern konnte, dass der teuflische Kaufmann nun wirklich tot war, hatten Sieglinde und er nur noch einen Wunsch: Sie wollten Sebastian wieder bei sich haben und konnten es kaum erwarten, dass er ihnen stundenlang seine Erlebnisse im Kloster erzählte.

Epilog

Das Gesinde des Marquis wurde kurzerhand aus der Stadt gejagt.

Weil Vocatus im Prozess gegen ihn glaubwürdig zu beeiden vermochte, dass von Erp die treibende teuflische Kraft gewesen sei und er ihm *bloß*, wie er sagte, als Stimme gedient habe, schnitt man ihm lediglich die Zunge heraus. Bedingung für die Milde war, dass er Alexander Wadenau das Versteck des Marquis zeigte. Ob der Ratsherr sich der dort gelagerten Kostbarkeiten annahm, blieb ungeklärt. Niemand hatte je danach gefragt.

Das Handelsbuch Heinrich von Erps übergab Wadenau an Thomas. Der legte es im Hof auf ein paar brennende Holzscheite. Niemals wieder sollte es Einfluss auf sein Leben und das seiner Familie nehmen können. Bruder Jacobus kam gerade noch rechtzeitig, um es den Flammen zu entreißen. Er konnte es nicht zulassen, dass ein Buch verbrannt wurde, selbst wenn es das Werk eines Teufels war. Er nahm es mit nach Berlin und stellte es zu den anderen kostbaren Folianten, die gut gesichert im Skriptorium des Franziskanerklosters aufbewahrt wurden.

Wo sich das Buch heute befindet? Das lässt sich nicht belegen. Vielleicht würde man in der Weimarer Herzogin-Anna-Amalia-Bibliothek fündig werden …

Was wäre sonst noch nachzutragen? Ja, natürlich! Thomas und Sieglinde wurden durch den Tod des »Marquis de Samy« steinreich und machten ein Vermögen, das sich Sebastian später mit seinen zahlreichen Geschwistern teilen musste. Caspar und Lea wurden ein glückliches Paar. Und Friedelinde – sie hat dank der Fürsorge aller die Sprache und ihr Lachen wiedergefunden, nur ihr Gedächtnis nicht.

Waldtraut Lewin,

Miriam Margraf

Weiberwirtschaft

Ein Hansekrimi

Taschenbuch 52810

205 Seiten

ISBN 3-434-52810-5

Magdeburg im Jahre 1482: Eine Hochzeit steht an, zwischen Richard Alemann, Sohn einer Magdeburger Patrizierfamilie, und Regina Jessen, Tochter eines Hamburger Kaufmanns. Die Verbindung soll die Liebe festigen, aber auch die gemeinsamen Handelsbeziehungen. Doch dann findet Richard die Leiche des ermordeten Kaiserlichen Rats Wulffenstein – ermordet. Ein blutverschmiertes Dokument steckt ihm im Rachen – mit dem Siegel des Kaisers, gerichtet an die Hansestadt Hamburg. Als man Richard als Mörder einsperrt, löst der alte Jessen die Verlobung und reist abrupt ab. Sein Weg führt ihn in die Börde, zu Adela Braunböck von Alvensleben, der Herrin des Korns.
Welche Verbindung besteht zwischen den beiden? Haben sie den Mord an Wulffenstein in Auftrag gegeben? Die Zeit drängt: Richard sitzt im Gefängnis und Regina ist die einzige, die an seine Unschuld glaubt ...

Die Hanse